희정

—92학번 권희정입니다

희정

―92학번 권희정입니다

박혜지 지음

차례

프롤로그 1 여래(汝來)

네가 오다

*

   강물은 은빛 햇살을 튕기며 잔잔히 흘러가고 있었다. 선순은 감출 것도 없지만 더 이상 드러내 보일 것도 없다는 듯 무심히 흐르는 강물을 하염없이 바라보았다. 이곳이 어디인지, 왜 여기까지 온 것인지 가늠할 새 없이 그린 듯 흐르고 있는 강물을 넋 놓고 보고 있었다. 그렇게 한참을 흘러가는 강물을 보고 있는데 어디선가 소리가 들려왔다.

“저기 있다!”

선순은 부신 눈을 들어 소리가 들려온 쪽을 바라보았다. 강 건너편이었다. 강 건너에 승려 두 분이 서 계셨다. 그중 한 분이 선순을 향해 손짓을 했다.

"이리로 오시게."

강을 건너라고, 이리로 오라고 자꾸만 손짓을 했다. 선순은 난처했다. 저 강을 어떻게 건너지? 그것이 기우였다는 듯 선순은 어느새 강 건너편 승려의 곁에 서 있었다. 모든 것이 기이했으나 이상하게도 두렵지 않았다. 선순은 부지중에 두 승려에게 합장했다.

고개를 들고 합장한 손을 풀자 손짓으로 선순을 부른 승려가 품속에서 강보를 꺼냈다. 그러고는 선순의 품에 그것을 안겨 주었다.

"소중히 기르시게."

승려는 이 말을 남기고 감쪽같이 사라졌다. 두 승려가 사라진 자리에 희고 환한 빛이 쏟아져 내렸다. 선순은 그 빛을 홀린 듯 바라보다가 자신의 품에 안긴 강보를 들춰 보았다. 아기가, 한눈에 보아도 귀하고 어여쁜 아기가 선순을 올려다보며 웃고 있었다.

프롤로그 2 회자정리(會者定離)
만남이 있으면 헤어짐도 있으니

*

소리에도 색깔이 있다면 저것은 붉은색으로 다급하게 깜빡이는 경광등 같다고 해야 할까? 승연은 전화벨 소리가 왠지 사이렌 소리 같다고 생각하며 수화기를 들었다. 총장실 점거 투쟁이 한창이었고, 매일매일 선전물이 나와야 해서 승연은 어젯밤도 문구들과 씨름하느라 한숨도 못 잤다. 몸이 천근만근 무거웠고, 머리가 멍했다.

"나 체육과야. 내가 무슨 글을 써."

수없이 항변해 봤지만 허사였다. 모두 직책에 따라 각자 해야 할 일이 있었다.

"누가 작품을 쓰래? 그냥 그날그날의 상황을 정리해서 학우들에게 전달하면 돼."

　그날그날의 상황이라. 그날그날의 상황은 매번 비슷했다. 학생들이 총장실을 점거했다. 총학에서 학교 측에 면담을 요청했다. 학교 측은 학생들의 면담 요청을 거부했다. 학생들은 총장실 점거를 이어 가기로 했다. 상황은 같은데 매일 다른 선전물을 만들어 내는 것은 고역이었다. 차라리 예술 작품을 쓰는 게 쉬울 것 같았다. 승연은 무겁게 내리누르는 눈까풀을 오른쪽 엄지와 검지로 꾹꾹 누르며 수화기를 들었다.

　"희정 언니가, 희정 언니가……."

　전화를 끊고 한참을 멍하니 서 있었다. 귀가 아팠다. 번쩍이는 경광등의 붉은 소리가 날카로운 바늘처럼 귓속을 파고들었다. 승연은 주먹을 쥐고 양쪽 관자놀이를 꾹꾹 누르다 귀를 막고 주저앉았다. 죽었어? 죽었다고? 이렇게 갑자기? 얼마 전까지도 멀쩡하게 회의를 하던 사람이 왜, 왜, 왜? 그런데 전화를 한 사람은 누구지? 분명 아는 목소리인데. 누가, 왜 이런 전화를 한 거지? 어떡하지? 나는 어떻게 해야 하는 거지? 그나저나 이 소리, 이 소리 좀 안 나게 해 줘. 머리가 너무 아파. 승연은 주저앉은 채 두 주먹으로 머리를 쾅쾅 내리쳤다. 누군가 다가와 그런 승연의 팔을 낚아챘다. 시간이 멈춘 듯, 공간이 사라진 듯 아무것도 보이지도 들리지도 않았다.

언니의 손은 따뜻했다. 죽으면 몸이 차가워진다던데…….
이상했다. 이렇게 따뜻한 손이 죽은 사람의 손이라는 게. 그렇
지, 그럴 리 없지. 언니가, 다른 사람도 아닌 언니가 이렇게 허망
하게 죽을 리가 없지. 할 일을 잔뜩 남겨 놓고 죽을 언니가 아니
지. 후배들 고생하는 거 불쌍해서 가고 싶어도 못 가지.

"언니. 언니. 지금 이럴 때가 아니야. 상황이 너무 심각해. 일
어나 봐. 가자. 빨리 가자."

혜영은 어린애가 투정하듯 따뜻하고 말랑한 희정의 손을
잡아끌며 흔들었다. 지금은 이럴 때가 아니었다. 학원 자주화
투쟁에 동참하여 등록금을 내지 않은 학우들이 학교 측으로부
터 개별적으로 회유와 협박을 당하고 있었다. 학생들은 두려워
하고, 단과대 회장들은 당황하여 어쩔 줄을 모르고 있었다. 처
음에 등록금을 내지 않은 학생들이 절반 정도였다가 지금은 그
절반으로 줄었다. 지금 남아 있는 학생들마저 언제 이탈할지
알 수 없다. 이럴 때일수록 총학이 학우들에게 믿음을 주어야
한다고 불과 몇 시간 전에 말해 놓고 언니는 도대체 왜 이러고
있는가. 동력이 떨어지면 총장실을 점거하고 있는 학우들도 언
제 끌려 나올지 알 수 없는데. 너무너무 고단해서 잠시 쉬고 싶
은 마음은 충분히 이해한다. 나도 그러니까. 단 10분, 아니 단 1
분 만이라도 아무 생각하지 않고 푹 쉬어 보고 싶다. 하지만 우
리 뒤에는 학우들이 있다. 제적할 거라는 협박을 받으면서도

아직까지 등록금을 내지 않은 학우들이 우리만 믿고 버티고 있다. 정부의 기만적인 교육 정책을 뒤엎고 백년지대계의 참교육을 열어 가고픈 학우들의 열망이 우리를 기다리고 있다. 그러니 언니, 가자. 얼른 일어나서 학교로 돌아가자. 학우들에게로 가자. 자는 듯 누워 있는 희정을 깨워 일으키려는 혜영 옆에서 한 여인이 기어코 눈물을 터뜨리며 주저앉았다. 혜영은 여인을 원망스러운 눈길로 쏘아보았다. 울지 말아요. 왜 우는 겁니까? 도대체 왜, 왜, 왜!

태정은 어이가 없다 못해 화가 나려고 했다. 언니를 보러 갔을 때만 해도 언니는 쌩쌩했다. 그게 불과 대여섯 시간 전이었다. 중집(중앙집행부) 회의 때만 해도 절대 꺾여선 안 된다고, 이럴 때일수록 우리가 똑바로 버텨야 한다고, 그래야 학우들이 우리를 믿고 함께할 수 있다고, 지금 우리가 하고 있는 일은 단순히 등록금을 덜 내겠다고 억지 부리는 투정이 아니라 이 나라의 교육을 바로 세우겠다는 열의를 담은 가열한 투쟁이라고, 모두들 애쓰고 있는 건 잘 알지만 조금만 더 힘을 내자고 주먹을 부르쥐던 언니였다.

"언니, 병원에 가 보자. 얼른 나아야 또 싸우지."

혜영이가 언니를 병원에 데리고 간 것도 단순히 소화가 되지 않는다고 해서였다. 집에 들러서 죽을 조금 먹었는데 그게 얹혔는지 영 소화가 되지 않는다고 했다. 그도 그럴 것이 언니는 열흘간 단식을 했고, 단식을 푼 후에도 매일 총학생회실에서 쪽잠을 자느라 몸을 회복할 새가 없었다. 단대 학생회장들을 교육하고, 총장실 점거 투쟁을 지휘하고, 학교 측으로부터 회유와 협박을 당하고 있는 학우들을 찾아다니며 설득하느라 몸이 열 개라도 모자랄 지경이었으니 소화라고 제대로 시킬 수 있었을까.

학교 측은 언니가 정책국장으로서 총학에서 중책을 담당하고 있음에도 5학년이라는 이유로 언니의 말을 들으려 하지 않았다. 졸업생은 제3자이므로 협상의 상대가 될 수 없다고 했다. 여러 번 항의했지만, 아무 소용이 없었다. 언니는 학교 측과 맞짱을 뜨는 대신 매일 수정대에 올라가 학우들을 만났다. 태정은 언니가 일대일로, 혹은 몇몇 학우들에 둘러싸인 채 벤치에 앉아 진지한 얼굴로 고개를 끄덕이는 걸 몇 번이나 목격했다. 학우들을 직접적으로 만나는 게 아직은 어려운 태정은 그런 언니가 경이로웠다.

언니는 병원 침대에 앉아서도 후배들 걱정만 했다.

"그냥 좀 쉬면 될 텐데 왜 입원까지 하라는지 모르겠어. 고양이 손이라도 빌려 써야 할 때인데 너희들한테 미안해서 어쩌니."

병원에 와서 조금이나마 쉬어서 그런지 혈색도 좋고, 간혹 농담도 던지던 언니는 마치 꾀병을 부리는 사람 같았다. 그래서 태정은 이렇게 말할 수 있었다.

"그러니까 내 말이. 이거 과잉 진료 아냐?"

물론 농담이었지만, 언니가 빨리 퇴원해서 학교로 돌아왔으면 하는 진심이 깔려 있었다. 학교 상황은 촌각을 다툴 정도로 심각하게 돌아갔다. 이제는 일반 학우들뿐만 아니라 단대 회장들까지 흔들리고 있었다. 정말 언니 말대로 고양이 손이라도 빌려야 할 만큼 바빴다. 그런데 이게 뭔가. 이렇게 정신없는 때에, 후배들 걱정만 하던 언니가, 활짝 웃으며 곧 돌아가겠다고 말하던 언니가, 왜, 도대체 왜. 아아, 그럴 리가 없다. 이건 사실이 아니다. 언니는 이제까지 단 한 번도 그렇게 무책임했던 적이 없다. 뭔가 잘못돼도 한참 잘못됐다.

슬픈가. 나는 슬픈가. 뭐가 뭔지 아무것도 모르겠는데 나는, 슬픔을 느껴야 하는가. 선주는 현수막에 글씨를 쓰면서 자꾸만 입술을 깨물었다. 어제까지만 해도 마법의 묘약인 듯 붓을 든 팔목에 신명을 불어넣었던 신나 냄새가 역겹게 느껴졌다. 눈물은 나오지 않았다. 독한 신나 냄새가 자꾸만 눈을 찔러 왔지만, 눈물은 한 방울도 나오지 않았다. 흰색 바탕에 검은 글씨. 색깔이 마음에 들지 않는다. 투쟁의 결의를 높이려면 단연 빨간색이다. 그런데 이 검은색 글씨는 다 뭔가. 선주는 기어이 페인트 통에 붓을 빠뜨리고 바닥에 털썩 주저앉았다. 무릎 사이로 고개를 파묻었는데도 신나 냄새가 자꾸만 콧속을 파고들었다. 속이 울렁거렸다. 화장실까지 갈 힘도 없다. 선주는 목으로 넘어오는 신물을 삼키며 혀를 깨물었다. 두 눈이 촉촉이 젖어 드는 게 느껴졌다. 슬프지 않다. 이 눈물은 토하고 싶은 걸억지로 참아서 나오는 눈물이다. 결코 슬프지 않다. 고개를 파묻고 웅크린 선주의 목에서 기어코 신음이 새어 나왔다. 함께 현수막을 쓰던 승연, 유인물을 만드느라 다다다닥 자판을 두드리던 혜영, 전화기를 붙잡고 여기저기 전화를 돌리던 태정, 모두 그 소리를 들었지만 아무도 아는 체하지 않았다. 바깥은 봄, 4월은 지독히도 잔인한 달이었다.

모두들 넋이 나간 채로 희정의 장례를 치렀다. 장례를 치르는 중에도 학자(학원 자주화) 투쟁을 계속 이어 가야 했기 때문에 제대로 애도하지도 못했다. 학교 측과 4차, 5차 협상을 하는 내내 계속 장애물이 나타났다. 상황에 따라 정책과 투쟁의 방향을 결정했던 희정이 없으니 뭘 어떻게 해야 할지 우왕좌왕이었다. 하루라도 울고 싶지 않은 날이 없었으나 그렇다고 울 수도 없었다. 어찌 됐든 그들은 남은 자들이었고, 남은 자들은 반드시 해 내야 할 몫이 있었다.

1996년 5월 8일, 그들은 제6차 교학협의회에서 학생 측의 요구가 있을 때 등록금 문제, 예결산 공개, 예산에 대한 요구 사항 등을 교학협의회에서 협의할 것과 학생경비 5%를 추가 확충할 것 등의 내용을 담은 합의안을 도출하고 10일에 조인식을 가졌다. 합의서에 사인을 하는 총학생회장 구혜영의 마음은 매우 복잡했다. 길고 긴 싸움 끝에 학자 투쟁을 승리로 이끌었고, 성신의 학자 투쟁은 타의 모범이 되기에 충분했으나 하나도 기쁘지 않았다. 이런 마음은 선주, 승연, 태정 등 총학 간부들 모두의 마음이기도 했다. 격렬한 전투 끝에 승리를 이루었으나 장수를 잃어버린 군사들의 마음 같은 것. 얻은 것보다 잃은 게 훨씬 더 컸다.

봄이 무르익어 흐드러지는 동안 잠도 못 자고 계속 뭔가를 한 것 같은데 생각이 하나도 안 났다. 내일도 또 모레도 가야 할 길은 아직 먼데, 그 길이 너무 아득하여 멀미가 났다. 아직 흘리지 못한 눈물이 가슴 가득 차서 한 발짝만 떼어도 거세게 출렁였다. 부르면 무너지고 말 것 같아서 끝내 부르지 못한 그 이름이 내딛는 걸음걸음을 무겁게 했다. 그러나 또 그 이름 때문에 힘을 내야 했다. 권희정, 그이와 함께 도달하고자 했던 세상이 저만치에서 손짓하고 있었다. 자유와 꿈과 희망이 넘실거리는 세상, 그 누구도 피 흘리지 않고 아프지도 않은 세상, 한 사람 한 사람이 전부 귀하고 귀해서 되려 아무렇지 않아도 되는 화엄의 바다가.

시절인연(時節因緣)
모든 것에는 때가 있다

*

　집에서 개봉역까지 걸어서 20분. 개봉역에서 서울역까지 지하철로 25분. 서울역에서 4호선으로 갈아타고 성신여대입구역까지 15분. 다시 성신여대입구역에서 학교까지 보통 걸음으로 15분. 대학에 입학한 지도 벌써 2주가 지나 삼월도 중순인데 봄이 오려면 아직 멀었는지 등교하는 내내 몸이 오들오들 떨렸다. 꽃 피는 춘삼월이라더니 꽃이 피기는커녕 멋모르고 피어나던 꽃들도 다 얼어 죽게 생겼다. 가만, 꽃 피는 춘삼월이란 말은 옛날 사람들이 한 말이니까 여기서 춘삼월이란 음력인가? 그렇다면 수긍할 만하다. 아직 때가 되지 않은 것이다. 이것과 저것을 분별하여 옳고 그름을 따지는 것은 오직 사람의 마음일 뿐,

계절은 스스로 때를 알아 가고 온다. 분별심을 버리라는 부처님의 가르침을 실천하며 살겠다고 수없이 다짐했건만 나는 어찌 이다지도 어리석을까. 인간의 어리석은 마음으로 봄을 재촉한다고 계절이 때를 앞서 미리 오는 것도 아닌데. 관세음보살, 관세음보살, 관세음보살. 희정은 속으로 생각하며 바삐 걸음을 옮겼다.

교문에서부터 시작되는 언덕바지를 오르니 적당히 숨이 차고 가볍게 열이 났다. 희정은 이런 느낌이 좋았다. 그래서였을까. 학교 입구에 길게 늘어서서 동아리 가입을 권하는 선배들의 목소리가 왠지 다정하게 느껴졌다. 어리벙벙 물정 모르는 새내기 희정을 아무 조건 없이 환대해 주는 것만 같아서 괜스레 목울대가 뻐근해졌다.

'동아리에 가입해야겠어.'

그러나 그렇게 결심만 했을 뿐, 희정은 동아리를 홍보하는 테이블들을 건성으로 훑고 지나쳤다. 지금은 수업이 우선이었다. 대학교 수업은 고등학교 때까지와는 달라서 강의실을 직접 찾아가서 수강하는 방식이었는데, 사범대에서 들으면 되는 전공 수업과 달리 교양 수업 중에는 다른 단과대로 가서 들어야하는 것도 있었다. 그리 넓지 않은 학교였지만, 아직은 이런 방식이 낯설어서 자칫 방심하다간 길을 잃을 수도 있었다. 며칠 전엔 강의실을 잘못 찾은 줄도 모르고 다른 강의실에 천연덕스럽게 앉아 있었다. 다행히 수업이 시작되기 전에 옆자리에 앉은 학생들이 저희들끼리 하는 이야기를 듣고 남의 강의실에 잘못 들어왔다는 걸 알아챘다. 첫 수업은 대부분 강의 소개만 하고 일찍 끝내 주는데 이 교수님은 깐깐해서 첫 수업도 꽉 채워서 한다는 둥 뭐 그런 얘기였다. 그들이 교수님을 '이 여자'라고 표현했기 때문에 강의실을 잘못 찾았다는 걸 알았다.

호수를 다시 한번 확인하고 강의실로 들어서자 창가에 나란히 앉아 있던 혜영이와 수명이가 손을 흔들며 아는 체했다. 희정이 손을 마주 흔들며 그들에게로 다가갔다.

"일찍 왔네."

"아직 서울이 낯설다 아이가."

혜영이 말해 놓고 겸연쩍게 웃었다. 촌사람 티를 낸 것이 부끄러운 모양이었다.

"이래서 1교시 수업은 듣는 게 아니야. 우리 같은 촌년은 특히나."

"니는 기숙사에 있잖아. 자빠지면 코 닿을 데 있으면서 너무한 거 아이가. 내는 학교 오는 데만 두 시간이다, 두 시간."

제주에서 와 기숙사 생활을 하는 수명이 투덜거리자 마산에서 와 친척 집에 기거하는 혜영이 핀잔을 주었다. 통학 시간으로 따진다면 희정도 만만치 않았다. 그러나 희정은 서울 사람이었고, 가족과 함께 살았다. 혜영과 수명에 비한다면 처지가 나아도 한참은 나았다.

"너희들 밥은 먹었니?"

"아니."

희정이 묻자 둘이 동시에 대답했다.

"니는 기숙사에서 밥 주잖아."

혜영이 나무라는 투로 말했다. 그냥 궁금해서 물은 것인데 사투리 때문에 그렇게 들렸는지도 모르겠다. 혜영의 사투리는 재미있고 귀여웠지만 가끔은 시비를 거는 것처럼 들렸다. 수명은 혜영의 말투가 아무렇지 않은 듯 천연덕스럽게 대답했다. 하긴, 무슨 말인지 알아듣기 어려운 제주 사투리도 내막을 모르고 들으면 싸우는 소리로 들렸다. 수명은 사투리를 쓰지 않았지만, 제주 사투리에 익숙해서 혜영의 말투가 싸우자는 소리로 들리지는 않는 듯했다.

"나에겐 밥보다 10분의 잠이 더 소중해."

"돈지랄한다."

이번에는 정말 나무란 것이었지만 수명은 혜영을 향해 어깨를 한번 으쓱했을 뿐이었다.

"수업 끝나고 밥 같이 먹자. 내가 살게. 나 어제 과외비 받았거든."

희정이 말하자 수명과 혜영은 동시에 엄지를 세워 희정 앞으로 척 내밀었다. 곧이어 강의실 문이 열리며 초로의 교수님이 들어왔다. 고등학교 졸업과 동시에 해방된 줄로만 알았던 영어 수업, 그것도 교양 영어였다. 대학에서 배우는 교양 영어라고 고등학교 때 배웠던 영어와 별다를 건 없었다. 단어 외우고 독해하고 그게 다였다. 책을 펼치는데 우스갯소리를 잘하는 수명이 한숨을 섞어 중얼거렸다.

"그래도 교양 수학이 없는 게 어디니."

교수님이 듣는다면 기분 나쁠지도 모르겠지만, 희정은 슬며시 웃음이 났다. 희정은 대학 노트 맨 앞장에 수명이 한 말을 적고 밑줄을 그었다. 그리고 그 밑에 빨간색 볼펜으로 '긍정적인 생각'이라고 썼다. 앞으로 영어 수업이 지루하고 힘들 때마다 이 말은 희정에게 위로와 힘이 되어 줄 것이었다. 노트를 다음 장으로 넘기려다가 희정은 '긍정적인 생각' 옆에 느낌표를 하나 추가했다.

*

누군가 '고양이가 낮잠 자기 좋은 불교학생회'라고 말했던 것처럼 동아리방은 봄날의 환한 빛으로 가득 찼다. 진희는 밥 먹을 땐 밥상으로 사용하고 나머지 시간에는 책상으로 사용하는 접이식 탁자에 앉아 의미 없는 낙서를 끄적이다가 바닥에 등을 대고 누워 눈을 감았다. 밝은 빛 때문인지 눈을 감고 있어도 붉고 투명한 커튼이 드리워진 듯 눈앞이 환했다.

똑똑. 동아리방 문을 노크하는 소리가 들렸다. 깜빡깜빡 졸다 깨다 하던 진희는 처음에는 그 소리를 듣고도 알아채지 못했다. 다시 한번 노크하는 소리를 듣고서야 부스스 일어났는데, 여전히 정신이 돌아오지 않은 상태여서 대답을 하지 못했다. 문 뒤에서 속삭이는 소리가 들려왔다.

"아무도 없나 봐."

"그런가?"

동시에 문손잡이 돌리는 소리가 나더니 문이 빼꼼히 열렸다.

"문이 열려 있는데?"

"그냥 가자."

"기왕 여기까지 왔는데 들어가 보자."

"아무도 없는데 어떻게 그래."

"뭐 어때. 그냥 둘러만 보자는 건데."

'요것들 봐라.'

가만히 앉아서 둘이 주고받는 이야기를 듣고 있던 진희는 발소리를 죽이고 살금살금 문 앞으로 다가가 문을 벌컥 열었다. 어지간히 놀랐는지 문밖에 있던 두 여학생이 동시에 꺅, 비명을 질렀다.

"너희들 여기서 뭐 해?"

진희가 여전히 문손잡이를 잡은 채 따지듯 묻자, 까무잡잡한 여학생이 가슴에 손을 얹은 자세 그대로 또박또박 말했다.

"불교학생회에 가입하려고요."

"왜?"

"동아리 활동을 하고 싶어서요. 그런데 동아리 가입하는 데 꼭 이유가 필요한가요?"

진희는 속으로 참 재미있는 아이라고 생각했다. 맹랑한 걸 보니 문손잡이 돌린 애가 분명 너겠구나.

두 학생 중 한 명만 불교학생회에 가입하겠다고 했다. 까무잡잡하게 생긴 당돌한 아이였다. 이름이 권희정이라고 했다. 함께 온 아이는 같은 과 친구인데, 천주교 신자이기 때문에 불교학생회에는 가입할 수 없다고 했다. 그런데 왜 같이 온 거냐고 묻자 희정이라는 아이가 수줍은 듯 말했다.

"혼자 오기엔 조금 떨려서요."

진희는 저도 모르게 웃음이 났다. 맹랑함 속에 감춰진 순진함이라. 이런 애들이 오래갔다. 영악하기만 한 아이들은 영악한 값을 하느라고, 순진하기만 한 아이들은 겁을 먹거나 힘들어서 활동을 중도에 그만두는 일이 많았다. 희정이처럼 맹랑함과 순진함을 모두 갖춘 아이들은 자기 자신과 끊임없이 갈등하면서 오래 남는다. 자신에게 던져진 화두에 대해 가망 없다고 미리 포기하거나 이미 다 깨달았다고 자만하지 않는다. 미희 언니가 '좋은 자질'이라고 평가했던, 뭐라 딱 꼬집어 설명할 순 없지만 느낌으로 다 아는 그런 면이 그 아이에게는 있었다. 진희는 회원들에게 새로 온 신입에 대해 빨리 말해 주고 싶어서 벌써부터 입이 근질거렸다.

*

걱정스럽지 않은 것은 아니었으나 선순은 희정의 뜻을 존중하기로 했다. 희정은 언제나 반듯한 아이였다. 허튼짓을 할 아이가 결코 아니었다. 하지만 시절이 수상했다. 대학생들이 자꾸만 거리에서 죽어 갔다. 선순은 대학생들이 거리에서 죽어야만 하는 이유가 뭔지 정확히 알 수 없었으나 그들을 생각할 때마다 가슴이 아팠다. 경찰에게 맞아 죽고 최루탄에 숨 막혀 죽는 것도 가슴 아팠지만, 자신의 몸에 스스로 불을 질러 죽는 것은 더욱 가슴 아팠다. 새파랗게 어린 것이 세상에 대해 뭘 안다고 젊은 목숨을 함부로 끊을까, 딱한 마음이 들다가도 오죽하면 제 몸에 불을 붙였을까, 보통 독한 마음이 아니고선 어림도 없는 일인데, 싶어 가슴이 미어졌다.

"데모하는 건 아니지? 넌 절대 그런 데 발 들이면 안 된다. 알지?"

"제가 가입한 데는 불교학생회예요. 종교 동아리라 데모할 일 없으니까 안심하세요."

선순은 딸을 믿었다. 그렇지만 확실히 해 둘 필요가 있었다. 그래야 안심할 수 있을 것 같았다. 선순은 딸의 눈을 들여다보며 다시 한번 다짐을 두었다.

"아빠 아시면 큰일 나. 절대로 데모하는 데는 근처에도 가지 마."

"아휴, 걱정 안 하셔도 된다니까요. 절대로 데모 같은 건 안 해요."

희정이 선순의 한쪽 손을 잡아끌어 자신의 새끼손가락을 걸며 초승달눈을 만들었다.

널 믿어, 널 믿어……. 방으로 들어가는 딸의 뒷모습을 눈으로 좇으며 선순은 마음속으로 외고 또 외웠다. 딸을 믿는다고 했지만, 정말로 믿는 것인지 그저 믿고 싶은 것인지 자신할 수 없었다. 딸은 착한 아이다. 부모 말을 거역하거나 거짓말할 아이가 절대 아니다. 그 점은 확신할 수 있다. 그러나 선순은 마음 한구석에서 미약하게 팔딱이는 불안을 끝내 떨쳐 버릴 수가 없었다. 딸을 믿지만, 그 애의 기질은 믿을 수가 없는 것이다. 딸은 기본적으로 착하고 순한 아이지만 불의를 보면 얼마든지 다른 사람이 될 수도 있는 아이였다.

— 엄마는 제가 저 애들이 학교에서 잘리거나 말거나 상관않고 공부나 하는 애였으면 좋겠어요? 그렇게 서울대 가서 혼자 잘 먹고 잘사는 그런 애였으면 좋겠어요?

그날 교문 앞에서 희정이 했던 말이 머릿속을 맴돌았다. 너무나 옳은 말이어서 반박할 수 없었던 그 말. 희정을 그대로 두고 집으로 돌아오던 때의 복잡한 마음이 생생히 떠올랐다.

담임 선생님의 전화를 받고 부랴부랴 희정이 다니는 학교로 달려갔다. 희정이 멋모르고 학내 시위에 휩쓸린 것 같으니 와서 설득하라는 것이었다. 희정은 겨우 고3이었다. 선생님 말씀처럼 뭘 알고 한 짓은 아니었을 것이다. 그 순진한 것이 나쁜 친구들의 꾐에 빠져 제가 뭘 하는지도 모르고 휘말려 든 거겠지. 아이고, 머리에 피도 안 마른 것들이 데모라니. 뭘 알고나 하는 짓들인지. 학교로 달려가는 선순의 마음속에서 걱정인지 분노인지 모를 감정들이 소용돌이쳤다. 그 와중에 택시 운전을 하는 희정의 아버지가 이 사실을 알게 될까 봐 더럭 겁이 났다. 딸애가 태어난 날부터 지금까지 애지중지 아끼던 그였다. 희정이 넘어져 생채기가 나거나 어딘가에 부딪혀 멍이라도 들라 치면 어쩔 줄 몰라 하며 밤새 뒤척이던 그였다. 애들이 다 그러면서 크는 거지 극성도 참, 혀를 차는 선순을 매정하다 몰아붙이던 그였다. 위암 수술을 받고 완치되었다고는 하나 요즘 들어 부쩍 기력이 없는 그가 이 소식을 듣게 된다면 이참에 자리보전하고 드러눕게 될지도 몰랐다. 데모를 하면 죽거나 다치거나 감옥에 가거나 하다못해 학교에서 잘려 사람 구실도 못 하게 될 거라고 믿는 그가 이 소식을 듣는다면 마음에 큰 상처를 입을 게 뻔했다. 그러기는 선순도 마찬가지였지만, 지금은 자신의 상처를 돌아볼 때가 아니었다. 어떻게든 희정을 저 사악한 무리로부터 한시라도 빨리 구해내야 했다.

— 지금 친구 2명이 제적을 당하게 생겼어요. 그렇게 되면 그 애들은 대학도 못 가요. 우리가 구출해 주지 않으면 안 된다고요. 엄마, 입장을 바꿔 놓고 생각해 보세요. 만일 제가 그 상황이라면 아이들이 저와 함께 싸워 주었으면 좋겠어요, 아니면 모르는 척하고 자기 공부나 했으면 좋겠어요?

누가 누굴 구한다는 것인가. 저 작은 주먹을 치켜들고서. 더구나 희정은 고3이었다. 다른 데 신경 안 쓰고 공부만 해도 모자란 시기였다. 잘못하다가는 지난 12년간 공들여 쌓은 탑이 허무하게 무너질 수도 있었다. 과외를 시키지도 못 했고, 변변한 학원 하나 보내 본 적 없지만 희정은 공부를 아주 잘했다. 때문에 선순은 주변 사람들이 공부 잘하는 딸을 둬서 얼마나 좋겠냐고 부러워할 때마다 겉으로 자랑하진 않았지만 어깨가 저절로 으쓱해졌더랬다. 그렇게나 자랑스런 아이였는데……. 저 혼자 알아서 공부 잘하던 아이가 뭐에 씌어서 갑자기 저런 짓을 할까, 너무나 기막혔다.

하지만 선순은 지금 교실에 남아 공부하고 있는 아이들이 잘하고 있다고 생각할 수는 없었다. 교실 밖으로 나와 공부 대신 싸움을 하고 있는 아이들이 철부지들로 보이는 만큼 교실에 남아 공부하고 있는 아이들은 영악하고 이기적인 사람들로 보였다. 저렇게 차가운 심장으로 나라의 우두머리가 되면 뭐하나 싶기도 했다. 결국 선순은 희정에게 이 말을 남겨 놓고 발길을 돌릴 수밖에 없었다.

— 당연히 함께 싸워 주길 바라지. 하지만 이거 하나는 꼭 약속해 줘. 절대 앞장은 서지 마.

집으로 돌아오는 선순의 발걸음이 천근만근이었다. 이 세상은 더불어 살아가는 세상이라고, 어려움에 처한 사람을 절대 모른 체해서는 안 된다고, 부처님의 가르침을 다 실천하며 살 수는 없다 해도 그러기 위해 노력해야 한다고 아이들이 자라는 내내 가르쳐 왔다. 그런데 왜 이렇게 마음이 무거운 것일까? 딸애는 가르친 대로 잘 자라 준 것뿐인데 왜 이다지도 미운 마음이 드는 것일까? 선순은 후회했다. 차라리 아무것도 가르치지 말걸. 그러다가 이내 도리질을 쳤다. 나는 아이들을 잘못 가르치지 않았다. 고통 가운데 있는 이웃을 나 몰라라 한다면 이 세상이 어떻게 되겠는가. 그렇다 해도, 그게 왜 하필 너여야만 하는가. 너희 학교는 무슨 잘못이 그렇게 많아서 한창 공부해야 할 학생들을 데모하게 만드는가. 착하고 바르게 커 나가는 너희를 왜 범죄자로 만들려 하는가. 작은 마음들이 마음 안에서 서로 부딪혔다. 억누르면 억누를수록 못난 마음이 더 세게 튀어 올라 선한 마음을 짓밟았다. 원망하지 않으려 했으나 모든 것이 원망스러웠다. 심지어 씻어 놓은 듯 파란 하늘까지도.

　데모에 가담한 이력 때문인지 희정의 고3 담임은 쉽게 원서를 써 주지 않았다. 별 트집을 다 잡아 가며 너 같은 게 어떻게 그렇게 좋은 학교에 갈 수 있겠냐고 희정을 조롱했다. 우등생 딸을 둔 선순으로서는 처음 당해 보는 모욕이었다. 결국 1학년 때 담임 선생님께 가서 원서를 썼다. 워낙 희정을 예뻐했던 터라 어려운 부탁인 줄 알면서도 매달렸던 건데, 몹시 곤란해하면서 겨우겨우 써 주었다.

　왜 그때의 일이 자꾸만 떠오르는 걸까? 선순은 고개를 흔들며 옛 생각을 떨쳐 버리려 애썼다. 불교학생회면 괜찮지. 불교 신자가 데모 같은 걸 할 리가 없잖아? 게다가 절대로 데모 같은 건 안 한다고 손가락까지 걸었는걸. 아무 일 없을 거야. 사람은 늘 정직해야 한다고 가르쳤으니까 거짓말은 안 하겠지. 하나의 산을 넘으면 또 하나의 산이 가로막고 있는 것이 인생인가. 한숨이 저절로 터져 나왔다. 어렵게 원서 써서 대학에 보내 놨더니 이런 일로 걱정하게 될 줄은 정말 몰랐다. 희정이 아버지가 이 사실을 알면 뭐라 할지 그것 또한 걱정이었다. 나무아미타불, 나무아미타불, 나무아미타불……. 선순은 고요 속에서 간절한 마음으로 외우고 또 외웠다. 연약했던 마음이 조금은 강해지는 느낌이 들었다.

파사현정(破邪顯正)
그릇된 것을 깨뜨리고 바른길을 드러내다

*

교리 공부는 어려웠다. 머리가 딱딱 아팠다. 그리고 자존심도 좀 상했다. 희정은 어릴 때부터 엄마와 함께 절에 다녔던 터라 부처님의 말씀을 어느 정도는 이해하고 있다고 생각해 왔다. 스님의 설법을 들을 때마다 마음에 쏙쏙 와닿았고, 새롭게 깨닫게 되는 무언가가 있었다. 하여 부처님의 말씀을 늘 마음에 새기며 그 말씀대로 살고자 노력했다. 그런데 이게 뭔가. 똑같은 부처님 말씀인데 그때는 너무도 잘 이해되던 것이 왜 지금은 하나도 이해가 안 된단 말인가.

"아이리스, 한번 말해 볼래?"

공책에 무의미한 낙서를 하며 딴생각에 빠져 있는데 갑자기 자신의 이름이 불려서 희정은 깜짝 놀랐다. 어떻게 시작됐고 왜 그랬는지는 모르겠지만 불교학생회에서는 각자 꽃 이름으로 별명을 지어 불렀다. 미희 언니는 수국, 진희 언니는 국향, 명선 언니는 수련, 인숙 언니는 능소화, 명희는 앵두꽃 하는 식이었다. 희정의 별명은 아이리스였는데, 희정은 백합을 좋아해서 백합으로 하고 싶었지만 언니들이 아이리스로 정해 버렸다. 희정이는 얼굴에 그늘이 없고 아이리스처럼 예쁘다면서.

"네?"

"이 세상에 공(空) 아닌 것이 없다고 하신 부처님 말씀을 어떻게 생각하지?"

눈빛들이 희정에게로 쏟아졌다. 최루탄을 맞은 듯 온몸이 따가웠다. 아아, 차라리 최루탄이 낫지. 최루탄은 그걸 쏜 경찰에게 '폭력 경찰 물러가라'고 소리라도 지를 수 있으니까. 그렇지만 저 무구한 눈빛들에게는 날 쳐다보지 말라고 소리 지를 수도 없지 않은가. 희정은 마음이 조급해졌다. 머릿속에 떠오르는 건 없는데 뭔가 대답은 해야겠고, 그렇다고 솔직하게 모르겠다고 말하기는 싫었다. 그래서 대충 아무 말이나 막 했다.

"집착하지 말라는 말씀인 것 같습니다."

질문을 던진 미희 언니가 미소를 지으며 고개를 끄덕였다. 희정은 대답을 제대로 한 것 같아 뿌듯한 기분이 들었다. 비록 소 뒷걸음질 치다 쥐 잡은 격이었지만. 그런데 그런 기분에 찬

물을 끼얹으며 목소리 하나가 날아들었다.

"이 세상은 공하니 집착을 버리라는 말은 참으로 무책임한 말인 것 같습니다."

희정과 동기인 명희였다. 명희는 희정보다 조금 늦게 동아리에 가입했지만 누구보다 열심히 동아리 활동을 했다. 고등학교 때 벌어진 교내 시위에서 비극적인 일들을 마주해야 했던 희정은 다시는 무작정 분위기에 휩쓸리지 않겠다고 다짐했었다. 남의 눈을 의식하며 살지 않겠다고, 내 의지로 나의 삶을 이끌어 나가겠다고, 그것이 아무리 옳은 일이어도 마음이 내키지 않는 한 함부로 나서지 말자고. 그래서 선택한 동아리가 불교학생회였다. 그에 반해 명희는 데모하기 위해 동아리에 가입했다고 공공연히 말하고 다니는 애였다. 처음에는 이게 무슨 말도 안 되는 소리인가 했는데, 불교학생회 활동을 한 지 얼마 안 되어 명희의 말이 무슨 뜻인지 정확히 알 수 있었다. 희정은 이제라도 그만둬야 하는 건 아닌지 갈등했지만 명희는 제 세상을 만난 듯 활기찼다. 희정은 명희의 거침없는 자신감이 부러운 한편, 뭐든 지나치게 복잡하게 생각하며 주저하는 자신이 한심하게 여겨졌다. 신중함이라는 허울에 가려진 우유부단함. 그것이 언젠가 자신의 발목을 잡게 되진 않을까 하여 희정은 걱정됐다.

그때까지도 입가에 미소를 머금고 있던 미희 언니가 명희를 바라보며 물었다.

"어째서 그렇게 생각하지?"

"이 세상은 부조리와 악으로 가득 차 있습니다. 이 세상이 공하다는 설정 자체가 틀린 거죠. 이 세상이 공하다면 선도 악도 없어야 합니다. 그런데 모두가 알다시피 이 세상엔 불의와 불법이 판을 치고 있습니다. 지금 한국 사회만 보더라도 민주주의를 외치다 거리에서 죽는 사람이 얼마나 많습니까? 이 세상이 공하다면 불의는 왜 있는 것이며, 거리에서 싸우다 피 흘리는 사람은 왜 자꾸 생겨나는 걸까요? 불의와 싸우는 것을 과연 집착이라 부를 수 있을까요?"

맞는 말인 것도, 아닌 것도 같았다. 부처님이 말씀하신 공은 애초에 아무것도 없다는 것이 아니라 모든 것은 덧없으니 덧없는 것들에 마음 두지 말라는 말 아닌가? 그렇게 생각하니 명희가 말한 '무책임'이란 말이 또 맞는 것 같았다. 어떠한 권력도 영원하지 않다. 중세의 기독교도, 이행기의 절대 왕정도, 근대의 제국주의도 대단한 위세를 떨쳤지만 모두 덧없이 끝났다. 그러나 그것들이 덧없기 때문에 스스로 소멸한 것인가? 그렇지 않다. 절대 권력이 사라질 때까지 인류는 그것들과 싸우며 얼마나 많은 피를 흘렸던가. 국민을 억압하는 독재 권력 또한 덧없는 건 맞지만, 그렇다고 해서 마음을 두지 않을 수는 없다. 덧없는 것을 덧없다고 그대로 둔다면 그것은 영영 사라지지 않을 것이다. 대를 이어가며 덧없음을 반복하는 것이 권력의 속성이니까. 그것을 알면서도 그대로 두는 것은 무책임한 일이다. 공책에 꽃들이 늘어갔다. 머릿속의 의문들이 꽃으로 피어나고 있었다. 희정의 볼펜 끝에서 태어난 그것들은 세력을 넓히며 흰 공간을 검은색으로 물들여 갔다.

"석가모니는 샤카 왕국의 왕자였습니다. 지배 계급이죠. 지배 계급은 피지배 계급의 눈을 가리기 위해서 끊임없이 계몽하거나 폭력으로 억압합니다. 심지어 살인까지 저지릅니다. 그야말로 자신이 가진 권력을 잃지 않으려고 별짓을 다 하는 거죠. 샤카 왕국의 왕자였던 석가는 지배 계급의 이러한 헤게모니를 일상적으로 접했을 겁니다. 그리고 결국엔 그것이 얼마나 허망한 것인가를 깨달았을 겁니다. 아무리 대단한 권력자라도 언젠가는 죽으니까요. 석가가 깨달은 공이란 이런 것 아니었을까요? 죽음으로써 이 세상에 영원한 것은 없으니 집착하지 말라. 어쩌면 석가의 말씀은 더 이상 잃을 것 없는 피지배 계급을 향해서가 아니라 탐욕으로 가득 찬 지배 계급을 향한 것이었을 겁니다."

희정이 동아리에 가입하려고 왔던 날 처음으로 만났던 진희 언니였다. 뭔가 자꾸만 따지려 드는 것 같아 첫인상이 별로였는데, 알면 알수록 대단한 선배였다. 아는 것도 많고 투쟁도 열심히 하고 사람들도 잘 챙겼다. 공강 시간에 동아리방에 들렀다가 언니를 만나면 언니는 항상 무언가를 골똘히 읽고 있었는데, 우리가 들어가면 읽던 것을 내려놓고 늘 밥 먹었냐는 말부터 했다. 아직 안 먹었다고 하면 잔뜩 쌓아 놓은 책들을 치우고 순식간에 책상을 밥상으로 만들어 버렸는데, 희정은 그것이 봐도 봐도 신기했다.

"그런 면도 있겠지만, 그건 너무 지엽적인 것 같습니다. 불교는 지배 계급의 종교가 아니라 누구나의 종교입니다. 또한 불교는 가르침의 종교가 아니라 깨달음의 종교입니다."

늘 조용한 인숙 언니가 한마디했다. 뭔가 가슴에 와 닿는 게 있는 말이었다. 희정은 꽃들이 잔뜩 그려진 페이지를 한 장 넘겨 '불교는 가르침의 종교가 아니라 깨달음의 종교'라고 썼다. 늘 보고 늘 하던 말이었는데 처음 들은 것처럼 새로웠다. 그리고 감동적이었다. 어쩌면 이런 순간을 깨달음의 순간이라고 하는 건지도 모른다는 생각이 들었다. 명확한 말로 설명할 수는 없지만 새롭고 낯선 감각이 가슴을 쾅 울리는 순간. 희정은 이전의 자신과 앞으로의 자신을 가르는 분기점이 있다면 바로 이 순간일 것이라 생각했다.

"아우, 배고파. 밥 먹고 합시다."

"밥 먹고 하긴 뭘 해. 이제 끝내야지."

역시 명선 언니였다. 하고는 싶은데 눈치가 보여 차마 꺼낼 수 없는 말을 당당하게 할 수 있는 건 명선 언니밖에 없다. 동아리 최고참인 미희 언니는 그런 명선 언니를 무람없다 타박하면서도 늘 품 넓게 받아 주었다.

"자, 이제 정리합시다. 불교를 비판할 때 가장 많이 하는 말이 불교는 허무주의적인 종교라는 겁니다. 하지만 불교는 허무주의적인 것과는 거리가 아주 멉니다. 각자의 깨달음을 통해 모두가 부처가 될 수 있다고 하니까요. 이처럼 희망찬 메시지가 또 있을까요? 문제는 이 깨달음이란 게 무엇이냐인데, '이 세상의 공함을 아는 것'이 불교에서 말하는 깨달음의 요체입니다. 그렇다면 공이란 무엇이냐. 이건 다음 시간에 얘기하기로 하고, 밥 먹으러 갑시다."

미희 언니가 폐회를 선언하자 동아리방에 활기가 돌았다. 토론에 열심히 참여했어도 교리 공부가 어렵긴 마찬가지였던 듯 모두의 얼굴에 개운한 빛이 떠올랐다.

"우린 항상 결론이 없어."

가방을 챙기면서 진희 언니가 투덜거렸다. 희정이 따지기 좋아하는 버릇이 또 나왔다고 생각하고 있을 때, 명선 언니가 일갈했다.

"결론은 죽어야 나는 거야."

그러자 인숙 언니가 조곤조곤 말했다.

"죽어도 결론은 안 나."

이 모든 얘기를 듣고 미희 언니가 선승처럼 말했다.

"밥이나 먹자."

희정이 슬며시 웃었다.

*

들어는 봤다. 데모하다 잡혀 낯선 곳에 버려진 얘기. 선배들 얘기를 들을 때는 너무 화가 나서 욕밖에 안 나왔는데 막상 자신의 얘기가 되고 보니 희정은 기가 막혀서 웃음밖에 안 났다. 대한민국 경찰의 치졸함이 자못 귀엽기까지 했다. 험한 욕설을 섞어 가며 대가리 박으라고 고함칠 때는 당장 감옥에라도 보낼 것 같더니 겨우 이런 곳에 버리고 가 버리다니. 너무 멀지도 너무 가깝지도 않은 곳에 그 많은 학생들을 따로따로 떨구느라 머리들은 얼마나 썼을꼬. 어찌 생각하면 갸륵하기도 했다. 아무도 없는 깊은 산중이나 아무런 표지도 없는 허허벌판, 혹은 버려진 낚시터처럼 을씨년스러운 곳에 떨어뜨려 놓지 않았으니 말이다. 그래도 여학생이라고 봐준 건지 희정이 버려진 곳은 다행히 어떤 동네였다. 어떤 동네인지는 알 수 없었지만 그래도 동네는 동네였다. 길을 잃고 헤매다 죽을 일은 없다는 얘기다.

처음엔 얼이 빠져서 무슨 일이 벌어진 건지, 여기가 어디인지, 이제부터 뭘 어떻게 해야 하는지 아무것도 떠오르지 않았다. 닭장차(전경버스)에서 내동댕이쳐진 후 한동안 그 자리에 멀뚱히 서 있는데 불현듯 깨달아지는 게 있었다. 이게 미희 언니가 말한 그거구나. 미희 언니는 과천에 버려졌었다고 했는데, 그럼 여기도 과천일까? 그 생각이 떠오르자 희정은 도리어 안심이 되었다. 경찰에 연행되어 닭장차에 구겨져 있을 때는 이대로 구속되는 건 아닌지, 혹여라도 취조를 받는 중에 고문을 당하지는 않을지, 모진 고문에 시달려 자신도 모르게 동지들의 이름을 불어 버리게 되는 건 아닌지 걱정이 태산 같았다. 그런데 이렇게 버려지는 걸로 끝났으니 참으로 다행이라 하지 않을 수 없었다. 쓰레기 취급을 당한 것 같아 기분은 거지 같았지만 말이다.

밤일까, 새벽일까? 희정은 불 꺼진 건물들이 어둡게 웅크리고 있는 거리를 걸으며 여기가 어디인지 짐작해 볼 만한 단서를 찾아 두리번거렸다. 간판을 단 건물들이 몇 있었으나 그것으로 지역을 확정하긴 어려웠다. 서울에서 문을 연 식당일지라도 '마산 아구찜', '서산 칼국수', '괴산 올갱이국', '안동국시', '동해 해물탕' 같은 이름이 많으니까. 심지어 '을지로 골뱅이'나 '종로빈대떡' 같이 입소문 난 가게들은 꼭 을지로나 종로가 아니어도 서울 어디에나 있었다.

희정은 고개를 들어 하늘을 보았다. 어두운 하늘에 별 몇 개가 듬성듬성 박혀 있었다. 옛날 사람들은 밤하늘의 별을 보고 길을 찾았다던데, 목이 아프게 별을 올려다봐도 어디로 가야 할지 도무지 알 수가 없었다. 하긴, 별을 보고 방위를 알아 봤자지. 여기가 어디인지도 모르는데. 아무리 밤이라지만 어째서 이 동네엔 사람 하나 없을까. 분명히 사람이 사는 동네일 텐데. 희정은 큰길을 찾아 무작정 걸었다. 큰길이 나오면 더 큰길을 찾았고, 더 큰길이 없으면 그 길을 따라 걸었다. 무섭진 않았지만 서러웠다.

희정은 불교학생회에 들어와서 집회에 몇 번 나갔다. 처음엔 그럴 생각이 없었는데 교리 공부를 하고, '학습'이라는 것을 하고, 선배들의 이야기를 들으면서 그동안 자신이 얼마나 좁은 세상에 갇혀 살았는지를 깨달았다. 일제로부터 해방되었으나 미국과 소련에 의해 곧바로 분단된 조국, 한반도 이남을 장악한 미군정과 친일파의 득세, 드러내지 않고 남한을 영구히 식민 지배하려는 미 제국주의의 야욕, 그로 인해 더욱 고착화되어 가는 조국 분단. 공부를 하면 할수록 자신이 주권을 가진 자주 독립국의 당당한 국민이라는 믿음이 철저히 부서졌고, 그동안 아무것도 모른 채 너무나 안일한 삶을 살아왔다는 생각이 들었다. 그런 와중에 희정은 매우 충격적인 사건을 접하게 되었다. 제주의 4·3과 광주의 5·18이었다. 군인이 자국의 민간인을 학살한 이 사건을 정권은 '폭동'이라 부르고 있었다. 항쟁의 희생자들도 당연한 듯 '폭도'가 되었다. 그러나 무고한 민간인 학살이 거짓이라 하기에는 증거와 증인이 너무 많았다. 증인들은 사건을 숨기려는 정권에 의해 안기부에 끌려가 고문을 당하거나 쥐도 새도 모르게 살해당하는 등 제2, 제3의 희생자가 되기도 했다. 심지어 그들은 이제 막 피어나는 꽃봉오리 같은 학생들도 처참하게 죽였다. 책으로, 비디오로, 사진으로 두 사건을 접한 희정은 한동안 잠을 이룰 수가 없었다. 이루 형언하기 어려운 끔찍한 이미지들 때문이기도 했지만, 가슴 저 밑바닥에서 끓어오르는 분노를 주체할 수가 없어서이기도 했다. 권력을 얻기 위하여 자국의 국민들에게 총부리를 겨눌 수 있는 정권은 그것을 지키기 위해 언제라도 자국의 국민을 살해할 수 있었다. 그렇게 박종철이, 이한열이, 이철규가, 이내창이, 강경대가, 김귀정이 권력의 손아귀에 죽어 갔다. 오늘인지 어제인지 정확하진 않지만 아마도 어제였을 집회는 그렇게 죽어간 열사들을 추모하는 집회였다.

경희대 노천극장에서 열린 민족민주열사추모제는 조국 통일과 민주화를 위해 목숨 바친 열사들의 죽음을 기리고 애도하는 자리였다. 애국 청년 학생들과 노동자들은 이 자리에 함께한 전국민족민주유가족협의회 유가족들과 슬픔을 나누고 의문사 진상 규명과 책임자 처벌을 요구하였다.

"의문사 진상 규명 책임자를 처벌하라!"

"구속 수배 해제하고 양심수를 석방하라!"

"부당 해고 철회하고 생존권을 보장하라!"

희정은 목이 터져라 구호를 따라 외쳤다. 구호를 외칠 때마다 치켜든 팔뚝에 저절로 힘이 들어갔다. 문선대의 노래와 율동, 깃발 선동무를 볼 때는 심장에서 붉은 피가 용솟음치는 것 같았다. 피를 토하듯 발언하는 무대 위의 유가족과 무대 아래에서 가슴을 치며 오열하는 유가협 어머니들을 볼 때는 희정도 고개를 떨구고 남몰래 눈물을 찍어 냈다.

경찰에 붙잡힌 건 추모제를 마치고 거리로 나가려 할 때였다. 선봉대와 경찰 간에 몸싸움이 벌어졌고, 최루탄이 터졌다. 이런 일은 집회를 할 때마다 늘 일어나는 일이어서 희정은 눈물 콧물 흘리면서도 대열에서 이탈하지 않았다. '대열 정비, 대열 정비' 박자에 맞춰 박수를 치면서 같이 온 선배와 동기들을 놓치지 않으려 눈으로 좇았다. 기침이 나서 허파가 뒤집어지는 것 같고, 온몸이 바늘로 찌르는 듯 따가웠다. 눈물 콧물이 줄줄 흘러내렸지만 그대로 두었다. 처음 나간 집회에서 최루탄 때문에 흘러내린 눈물을 닦으려 했을 때 진희 언니가 충고했다. 그냥 놔둬. 닦으면 더 아파. 그 말을 듣지 않고 눈물을 닦았다가 지옥을 경험했다. 무슨 일에든 경험은 중요했다.

경찰들이 대열 속으로 파고들며 대열을 쪼개 놓았다. 희정이 속해 있던 대열은 경찰에 둘러싸여 토끼몰이를 당했고, 곧바로 하나씩 연행되었다. 경찰이 희정의 팔을 붙잡았을 때, 희정은 예상보다 강한 힘에 깜짝 놀랐다. 저항하려 몸부림쳤지만 아무 소용없었다. 온몸이 커다란 바위에 짓눌린 듯 꼼짝할 수 없었다. 곤봉인지 주먹인지가 머리를 내려친 듯도 했지만, 실수인지 의도인지 가늠할 수 없었다. 무섭고 당황해서인지 별로 아프지도 않았다. 어쩌면 경찰이 때린 게 아니라 잡혀가다 옆사람과 부딪친 건지도 몰랐다. 눈물 콧물이 계속 흘러내렸지만 최루탄 때문인지 잡혀가는 게 무서워서 그런 건지 알 수 없었다. 입에서는 기침인지 비명인지 구호인지 모를 소리들이 끊임없이 쏟아져 나왔다.

걷고 또 걷다 보니 저 멀리 지하철역 같은 게 보였다. 가까이 갈수록 그것은 확실히 지하철역이었다. 석수역. 희정의 눈에서 눈물이 흘러나왔다. 옷소매로 문질러 닦으려다 내버려 두었다. 지옥을 경험하는 건 한 번이면 족했다.

*

대통령 선거가 다가오자 대학가에도 긴장감이 감돌았다. 전두환 독재 정권을 몰아내고 직선제 개헌을 이끌어 낸 직후 치러진 87년 대선에서 노태우가 대통령에 당선됨으로써 군사 정권의 명맥이 유지됐다. 김영삼, 김대중 양 김의 분열로 뼈아픈 패배를 맛본 진보 진영은 이러한 과오를 절대 되풀이해서는 안 된다는 기조 속에서 후보 단일화를 놓고 갑론을박을 벌이고 있었다. 이번에야말로 군사 정권을 끝장내야 한다는 국민적 열망이 높아 가고 있던 시기, 비록 김대중과 분열하긴 했지만 끝까지 민주 세력으로 남을 줄 알았던 김영삼이 배신을 하는 충격적인 사건이 발생해 진보 진영의 단일화는 그 어느 때보다도 절실한 과제로 떠올랐다.

1990년 1월, 야권의 양대 산맥이었던 김영삼이 노태우, 김종필과 손을 잡고 3당 합당을 발표함으로써 민주자유당이라는 거대 여당을 형성하였다. 이때 김영삼이 남긴 변명은 '호랑이를 잡으려면 호랑이 굴에 들어가야 한다'는 것이었는데, 호랑이를 잡을지 호랑이에게 잡아먹힐지는 불을 보듯 뻔했다. 보통 사람을 표방하며 사람 좋은 얼굴을 하고 있는 노태우는 '물통령', '물태우'로 불리기는 했지만 독재자 전두환의 최측근이었다. 피로 세운 권력의 일부이자 87년 6월 항쟁으로 꼬리를 내린 전두환이 심어 놓은 심복이기도 한 그는 기본적으로 손에 쥔 무기가 있었다. 그렇기는 김종필도 마찬가지였다. 독재자 박정희의 조카사위인 그는 최고 권력의 비호를 받으며 피로 얼룩진 대한민국의 현대사를 떡 주무르듯 한 인물이었다. 전두환의 쿠데타로 뒤집힌 세상에서도 승승장구한 백전노장으로서 그가 두려워하는 것은 오직 한 가지, 흐르는 시간뿐이었다. 시간이 흐르면 언젠가는 죽어야 하니까. 김영삼이 들어간 호랑이 굴은 그런 곳이었다. 호랑이를 잡겠다는 포부는 가상하나 그 가상한 포부마저 변명으로 들리는 곳. 김영삼이 정말로 호랑이를 잡으려 했다면 노태우, 김종필 두 호랑이가 으르렁거리는 호랑이 우리로 들어갈 것이 아니라 명포수 김대중과 머리를 맞대고 전선을 짜야 옳았다. 하지만 양 김의 분열은 고질이었다. 정치권에서의 양보란 어불성설이고, 라이벌이 잘되는 걸 보느니 차라리 죽 쒀 개 준다지만, 이번에 보여 준 김영삼의 행보는 놀라움을 넘어 경이롭기까지 했다.

승리의 기쁨과 민주화의 열망으로 가득했던 87년에도 이루지 못한 양 김 단일화였다. 92년이라고 해서 달라지리란 보장도 없었지만, 김영삼이 택한 배신의 길로 말미암아 희미하게 남아 있던 희망마저 모두 사라져 버렸다. 진보 진영에서 김영삼은 버린 카드가 되었다. 역시 역사에는 '만일'이라는 가정이 없다.

대선을 앞두고 9월에 연 전대협 대의원 임시 총회에서는 민주자유당 김영삼 후보의 집권을 저지하기 위해 단 한 명의 후보를 세워야 한다는 범민주 단일 후보 지지안을 채택하였다. 그러나 단일 후보를 누구로 할 것인가에 대해서는 학생 운동 진영 간에 견해차가 있었다. NL* 진영은 김대중을, PD 진영은 백기완을 후보로 내세운 것이었다. 비록 진보 정당의 후보도

---

* 1980~90년대 운동권의 주요 정파로 National Liberation(민족 해방)의 약어. 1980년대 중반부터 벌어진 사회 구성체 논쟁에서 한국 사회의 근본 모순을 민족 문제, 즉 남북 분단과 대미 종속으로 보았다. 한국 사회의 근본 모순 해결을 위한 선결 과제로 주한 미군 철수와 조국의 평화 통일을 꼽고 반미 운동과 통일 운동에 주력하였다. 한국 사회의 근본 모순을 계급 문제로 보았던 PD(People's Democracy, 민중 민주파)와 사상적으로 길항하며 1980~90년대 학생 운동사를 뜨겁게 써 내려갔다.

아니고 운동권도 아니지만 당선 가능성을 고려했을 때 김대중을 지지해야 한다는 게 NL 진영의 논리였는데, 희정은 NL 진영에 속해 있었다. 희정은 이번 선거가 대한민국 역사에서 얼마나 중요한 선거인지 너무나 잘 알았기 때문에 대학생 선거 운동인 '민주 정부 수립 선봉대(공정 선거 감시단)' 활동을 앞장서 결의하였지만, 범민주 단일 후보를 놓고 갈등이 심해지자 생각이 많아졌다.

"최선이 아니라 차악을 선택하는 게 과연 맞는 걸까?"

"나는 맞다고 봐. 어떻게든 김영삼 떨어뜨리고 군사 독재를 끝장내야지."

희정은 함께 선봉대 활동을 하는 가영처럼 확신을 갖고 싶었으나 잘 되지 않았다. 그리고 슬펐다. 우리가 꿈꾸는 세상이 '가장 좋은 것'이 아니라 '덜 나쁜 것'으로 이루어져야 한다니! 그러나 결국 인정하지 않을 수 없었다. 백기완은 민중 후보로서 손색이 없었으나 지지 기반이 너무 약했다. 김대중이 백기완에게 힘을 실어 주지 않는 한, 해 보나 마나 한 게임이었다. 그러나 87년 그 중요한 국면에도 독자 노선을 걸었던 김대중이 백기완에게 힘을 실어 줄 리 없었다. 단일화를 한다면 87년에 그랬던 것처럼 백기완이 양보하는 수밖에 없을 것인데, 그렇게 되면 우리의 선택은 여전히 차악인 것이다. 그렇다고 해서 참패를 감수하면서까지 백기완을 지지할 수는 없는 노릇이었다.

"보수는 부패로 망하고 진보는 분열로 망한다더니, 어째서 역사에서 교훈을 얻지 못하는 걸까?"

가영이 한숨을 내쉬는 희정을 다독이며 말했다.

"그냥 단순하게 생각하자. 우린 백기완도 김대중도 아니고, 다만 민주주의를 지지할 뿐이라고."

"빨갱이 찍으라고 선동하는 게 빨갱이지, 뭐가 빨갱이야. 부모가 죽어라 돈 벌어서 대학 보내 놨더니 이런 짓들이나 하고 말이지, 머리에 피도 안 마른 것들이 말이지, 하라는 공부는 안 하고 말이지. 아주 세상에서 지들이 제일로 똑똑한 줄 알아요. 아이고, 나라 꼴이 어떻게 되려고 이러는지 원."

이렇게 말로만 떠드는 건 그래도 참아 줄 만하다. 들리는 소문에 의하면 나눠 준 선전물을 그 자리에서 구겨 패대기치거나 애써 서명받은 용지를 선봉대들 눈앞에서 찢어 버리는 일도 부지기수라 했다. 심지어는 구호를 외치는 선봉대원에게 달려들어 다짜고짜 뺨을 때리는 일도 있다고 했다. 그것에 비하면 뭐. 가영은 화를 억누르려 숨을 크게 들이쉬었다 내뱉기를 반복했다. 아무리 더 안 좋은 상황을 떠올려 봐도 마음을 진정시키기 어려웠다.

"가영아, 나랑 화장실 좀 갔다 오자. 나 오줌 싸겠어."

누군가 뒤에서 옷소매를 끌어당겨 돌아보니 선전물을 든

희정이 발을 동동 구르며 말했다. 언니들이 있는 서명대 쪽을 바라보고 있던 가영이 막 한 발짝 떼려는 순간이었다.

"이것 좀 봐 주세요. 우리의 한 표로 민주 정부를 세울 수 있습니다. 국민의 힘을 보여 주세요."

당장이라도 오줌이 나올 것처럼 굴던 희정은 지하철역으로 가면서 지나가는 사람들에게 선전물을 한 장 한 장 나눠 주었다. 혹여 한 사람이라도 놓칠세라 손길은 다급했지만, 아무리 봐도 화장실이 급한 사람은 아닌 것 같았다. 선전물을 힐끗 보고 버리는 사람이 있으면 쫓아가서 줍기도 하였다. 그러면서 그 사람의 뒤꽁무니에 대고 외쳤다.

"투표 꼭 하세요!"

희정의 목소리에 기대 가영도 지나가는 사람들에게 선전물을 내밀었다. 어떤 사람은 눈길도 주지 않고 그냥 지나쳤고, 어떤 사람은 받긴 받았지만 굉장히 귀찮다는 표정이 역력했고, 어떤 사람은 받자마자 버렸다. 가영은 그 모든 순간이 무안했다. 자신의 절박함을 예의 없음으로 대하는 사람들이 밉고 원망스러웠다. 암흑의 시대를 살면서 그것이 암흑인 줄도 모르는 불쌍한 인간들아, 너희들은 시대의 죄인이다. 죄인의 앞길에 저주 있으라. 선봉대 활동이 아니었다면 그들이 뭘 하든 무관심하게 지나쳤을 익명의 사람들에게 가영은 속으로 저주를 퍼부었다. 누군가에게 버려진 선전물이 팔랑팔랑 바닥으로 떨어졌다. 그 위로 누군가가 지나갔다. 가영이 달려가 휴지 조각처럼 버려진 선전물을 주워 들었을 땐 가운데 선명하고 큼직한 발자국이 찍혀 있었다. 검은 발자국 아래서 민주 정부가 신음하고 있었다. 가영은 아무나 붙잡고 따져 묻고 싶었다. 이런 게 민중인가요? 이런 민중도 사랑해야 하나요?

희정은 잘 모르겠다고 했다. 하지만 믿는다고 했다. 민중의 선한 의지를, 민중이 가진 힘을. 과거에도 그랬고 현재에도 미래에도 민중은 진보하는 방향으로 계속 나아갈 거라고. 그 길에서 잠시 주춤하는 순간이 있다면 그건 모두 자신의 탓이라고 했다. 보다 치열하지 않았기 때문에, 보다 진실하지 않았기 때문에, 보다 굳건하지 않았기 때문에 민중의 힘을 못 믿어서 그런 거라고. 인간으로서 나태하고 나약할 수는 있지만, 그것을 극복하려는 의지가 없다면 회의의 순간이 자꾸만 찾아올 거라고 했다. 그런 순간이 올까 봐 무척 두렵다면서 희정은 덧붙였다.

"가영아, 만일 내게 그런 순간이 온다면 내 뺨을 세게 때려 줘. 정신이 번쩍 들게."

가영은 부끄러웠다. 희정은 8시 아침 조회 때 가장 먼저 나와 있는 애였다. 지하철역으로, 학교 주변 골목으로 뛰어다니며 '민주 정부 쟁취'를 외칠 때에도 가장 성실한 아이였다. 다른 사람들이 눈치껏 요령 있게 농땡이 칠 때도 희정은 한눈 한 번

팔지 않았다. 가영이 시민들의 무지에 분개하며 싸우려 덤벼드는 편이라면 조곤조곤한 말투로 침착하게 설득하는 건 언제나 희정이었다. 그날의 일정을 마치고 가진 평가 자리에서까지도 가영은 선배들과 싸우고 울면서 뛰쳐나가기 일쑤였던 반면 희정은 자신의 마음가짐과 나태를 끊임없이 반성했다. 겉으로는 희정보다 가영이 훨씬 치열해 보였으나, 가영은 알았다. 희정보다 자신이 한 수 아래라는 것을. 밖에 있는 적과 싸우는 것이 자기 자신과 싸우는 것보다 훨씬 쉬운 일이라는 것을. 수면을 헤치고 나아가게 하는 것은 물 위에 뜬 고니의 우아한 깃털이 아니라 끊임없이 물속을 헤젓는 발버둥이라는 것을.

"그나저나 너 화장실 안 가도 돼? 오줌 쌀 것 같다며."

그마저도 가영은 다 알았다. 희정이 오줌 쌀 것 같다고 말한 것은 화장실에 가고 싶어서가 아니라 잔뜩 흥분한 가영의 마음을 가라앉히기 위해서였다는 걸. 그런데도 희정은 배시시, 특유의 웃음을 웃으며 발을 동동 굴렀다.

"맞아, 급해. 빨리 가자."

희정의 손에 이끌려 종종걸음으로 걸어가며 가영은 생각했다. 여자애들은 왜 화장실에 꼭 같이 다니는 거지? 친하니까. 그래 맞다. 친해서 그런 거다. 아주 은밀한 행위까지 다 보여 줄 수 있을 정도로 친하니까. 이 세상에 변하지 않는 것은 아무것도 없다고 믿는 가영의 마음속에서 문장 하나가 반짝였다.

우리 우정 영원히 변치 말자.

한겨울에 입술이 부르트고 발바닥에 땀이 나도록 뛰어다녔지만, 승리의 여신은 김영삼의 손을 들어 주었다. 어느 정도 각오는 하고 있었지만 기운이 쭉 빠졌다. 김영삼 정권은 스스로를 문민정부라 칭하며 군사 정권과 선을 긋는 제스처를 취했지만, 누가 봐도 눈 가리고 아웅이었다. 김영삼을 승리로 이끈 정당은 군사 독재 정권의 명맥을 잇는 자들과 야합하여 탄생한 정당이었다. 군사 정권의 텃밭에서 피어난 꽃은 그것이 아무리 돌연변이라 해도 뿌리 내리고 적응해 사는 한 같은 종으로 묶일 수밖에 없다. 제아무리 입에 침을 튀겨 가며 다른 점을 강조해도 그 나물에 그 밥, 한통속인 것이다. 선봉대원들은 해단식에서 너도나도 목소리를 높여 울분을 토했다.

"이래도 믿어? 이래도 민중이 진보하고 있다고 믿느냐고. 민중은 똥이야. 똥 같은 생각 말고는 아무것도 할 줄 모르는 똥덩어리."

술잔이 돌고, 볼이 발그레해진 가영이 옆에 앉은 희정에게 화난 듯 말했다. 가영은 마치 작정이라도 한 것처럼 희정이 가진 민중에 대한 낙관성을 성토했다. 참담한 결과 앞에서 답답하고 속상하긴 희정도 마찬가지였다. 그러나 민중을 똥으로 매도해선 안 된다고 생각했다. 자신이 가진 낙관성이 아무리 허무맹랑한 것이라 할지라도 이런 식으로 공격당해선 안 될 것 같았다. 사람을 사랑하자는 것이 우리의 기조이지 않은가. 사람 속에는 우리와 뜻을 같이하는 동지들만 있는 것이 아니다. 우리를 빨갱이로 몰아붙이고 구호를 외치는 선봉대원에게 달려들어 뺨을 때리는 사람도 있다. 그들까지도 껴안는 마음, 어머니다운 품성을 계발하는 것이 우리의 역할 아닌가. 희정은 할 말이 많았지만 그저 가영의 등을 가만가만 토닥였다. 가영의 말이 진심이 아니라는 것쯤 희정도 잘 알았다. 속에 불을 품은 가영이 지금 이 상황을 얼마나 힘들게 견디고 있을지 충분히 짐작했다. 가영은 희정처럼 자책하는 스타일이 아니었다. 그럼에도 불구하고 자신의 몫으로 돌려야 할 실책이 있는 것이다. 실패 앞에서는 누구나 공평하게 죄인이 된다. 억울함, 죄책감 같은 감정이 때론 화살이 되어 엉뚱한 과녁을 찾는다는 걸 희정은 누구보다 잘 알고 있었다.

술자리가 점점 무르익어 가고 있었다. 희정은 정희 언니에게 가영을 부탁한다고 말하고 슬쩍 자리에서 일어섰다. 지하철이 끊기기 전에 집에 가야 했다. 희정에게 외박이란 감히 상상조차 할 수 없는 일이었다. 걱정 많은 아버지는 희정이 어디에 있든, 얼마나 늦은 시간이든 개의치 않고 달려왔다. 희정에게 늦은 이유를 묻는다거나 화를 낸다거나 잔소리를 하는 일은 없었다. 그저 당연히 그래야 하는 것처럼 달려와서는 자연스럽게 희정을 데리고 갔다. 하지만 희정은 아버지가 그럴 때마다 왠지 벌을 받는 기분이 들었다. 위암 수술을 받고 완치되었다고는 하나 여전히 아픈 아버지에게 못할 짓을 저지른 것 같아서 죄책감이 들었다. 그리고 함께 있던 사람들에게 부끄러웠다. 다 큰 딸이 못 미더워 밤늦은 시각 허위허위 달려와 데려가는 극성 아버지. 주체성을 침해당하고 있는데도 한마디 못 하고 순종적이기만 한 바보 같은 딸. 남겨진 사람들에게 부녀의 모습은 그렇게 인식될 것 같았다. 조수석에 앉아 어두운 창밖을 바라보며 희정은 아버지가 개인택시를 하지 않았어도 자기를 데리러 밤길을 달려왔을까 생각하곤 했다.

늦은 시간인데도 지하철 안에는 사람이 꽤 있었다. 희정은 빈자리에 앉아 가방에서 책을 꺼내 들었다. 이외수의 『벽오금학도』였다. 거의 다 읽고 스무 장 남짓 남아 있었다. 강은백이란 사람이 속세를 떠나 도가에 귀의한다는 내용으로 현실 도피적인 상상의 세계를 그렸는데, 희정이 읽기에는 조금 실망스러운 책이었다. 역시 현실을 떠나서는 감동받을 수 없다는 생각 때문이었다. 아까 마신 술 때문인지, 실망스럽다는 감상 때문인지 집중이 되지 않았다. 희정은 펼쳐 놓은 책 위에 깍지 낀 손을 올린 채 맞은편 창문을 바라보았다. 검은 창문에 비친 얼굴이 보였다. 분명 자신의 얼굴이었는데도 낯설게 느껴졌다. 나는 내가 맞을까? 내가 나임을 어떻게 알 수 있지? 나는…… 뭐지?

창문에 비친 무기력한 얼굴 위로 조국과 민족을 위해 살겠다고 다짐하던 자신의 모습이 지나갔다. 두 모습이 너무나도 동떨어져 있어서 어느 것이 진짜 자신인지 가늠할 수 없었다. 다만 분명한 건, 지금은 몹시 피곤하다는 것이었다. 희정은 지하철 창에 머리를 기대고 눈을 감았다. 다음 내리실 역은 회현……. 희정은 이대로 잠들고 싶었다. 하지만 가야 했다. 깨어서 기어코 가야 했다. 희정은 책을 접어 가방에 넣고 자리에서 일어섰다. 1호선으로 환승할 서울역이 가까워지고 있었다.

*

선봉대 해단식 후 1, 2학년을 중심으로 몸짓패를 만들었다. 이름하여 〈자주꽃〉. 뭐야, 자주꽃이면 가지 아냐? 정말 가지가 지 한다. 몸짓패 이름을 두고 서로 농담을 던지긴 했지만, 희정은 이 이름이 좋았다. '자주'라는 말만큼 인간의 품격을 잘 설명해 주는 말이 또 있을까? '자주'라는 말에는 스스로 주인이 되기 위해 저 높은 산꼭대기로 끊임없이 바위를 밀어 올리는 시시포스의 숭고함이 있다. 더 이상 신의 뜻에 휘둘리지 않겠다는 강력한 의지. 그것은 반항이 아니라 선언이다. 스스로의 존엄을 자신의 힘으로 지키겠다는 외침이요 실천이다. 게다가 꽃이다. 존재에 깃들어 있는 가장 근원적인 성질이 가장 아름다운 형태로 피어나는 것. 아름답게 피어나서 생의 절정을 향해 진력하는 것. 마침내 도달한 생의 절정에서 장엄하게 절명하는 것. 그리고 끝끝내 생의 정수를 담은 열매를 남기는 것. 불교학생회에서 서로가 서로를 꽃으로 부르는 것도 다 이런 이유에서일 것이다. 단지 예쁘고 아름답기만 해서가 아니라 귀하기 때문에. 서로가 서로를 귀하게 아끼라고 꽃으로 부르는 것일 게다.

그러나 희정은 몸짓패 〈자주꽃〉에서 꽃처럼 화사하게 피어나진 못했다. 결과로만 보자면 매우 성공적이었지만, 과정은 참으로 눈물겨웠다. 희정은 심각한 몸치였다. 공부도 잘하고, 피아노도 잘 치고, 그림도 잘 그리고, 글짓기도 잘했지만 유독 체육만큼은 잘하지 못했다. 운동회 때 달리기를 하면 맡아 놓고 꼴찌를 했다. 작은 주먹을 꼭 쥐고, 이를 악물고, 있는 힘을 다해 팔다리를 놀렸지만 어쩐 일인지 앞으로 쑥쑥 나가지지가 않았다. 마음은 바람보다 빠르게 달려 저 앞 골인 지점에 벌써 도착했는데, 몸은 맨 그 자리였다. 몸과 마음이 따로 놀 수 있다는 것을 희정은 어린 날 달리기를 하면서 깨달았다. 아주 어렴풋이 깨달은 것이긴 하지만.

희정이 달리기만큼 힘들어했던 것은 피구였다. 공에 맞지 않도록 공을 피해 도망가는 것이 규칙인 게임이라니. 공과 친숙하게 어울려 놀라고 부추겨도 모자랄 판에 공을 피해 달아나야 한다면 도대체 언제 공과 친해지겠는가. 더구나 방금 전까지도 도시락을 나눠 먹으며 친하게 지냈던 친구들을 공으로 때리라니, 뭐 이런 잔인한 게임이 있나. 정말이지 피구만큼 이해하기 힘든 게임은 찾아보기 어려울 것 같았다. 공격 팀이 됐을 때 희정은 공을 아무도 없는 땅바닥으로 던졌다. 수비 팀이 됐을 때 희정은 제일 먼저 공에 맞았다. 공에 맞으면 아프기보다 창피했다. 아프긴 아픈데 아프다고 티 내면 안 될 것 같아서 몸이 몹시 부자연스러워지는 게 다 느껴졌다. 삐그덕대며 이상하게 움직이는 자신을 아이들이 보고 비웃을 것 같았다. 희정은 공에 맞은 뒤 어색한 동작으로 걸어 나올 때마다 차라리 피구가 금 밟으면 탈락하는 게임이었으면 좋겠다고 생각했다. 그러면 들어가자마자 금을 밟을 것이고, 그렇게 탈락하면 공에 맞지 않아도 되고 이렇게 우스꽝스럽게 어기적거리며 걷지 않아도 될 텐데.

춤은 달리기나 피구와는 또 달랐다. 달리기나 피구가 마음과 몸의 문제라면 춤은 머리와 몸의 문제였다. 머리로는 자로 잰 듯 정확하게 아는 동작을 몸이 따라가지 못했다. 남들이 하는 걸 볼 때는 금방 따라 할 수 있을 것 같았는데 막상 해 보면 잘 되지 않았다. 머리로 정확하게 잰 각도가 실제로는 다르게 그려졌고, 머리로 유연하게 그려 낸 웨이브가 실제로는 뻣뻣하기 그지없었다. 머리로 빈틈없이 센 박자를 몸은 따라가지 못했고, 머리로 체계적으로 쌓아 놓은 순서를 몸이 엉망으로 흐

트러뜨렸다. 희정은 동작을 할 때마다 절망에 빠졌다. 몸이 조금 둔할 뿐 머리는 좋은 편이라고 속으로 아무리 외쳐도 전혀 위로가 되지 않았다. 그냥 바보 같았다.

그래도 조금 다행인 것은 희정만큼이나 몸치인 친구가 또 있었다. 그것도 아주 가까이.

"로봇도 나보단 나을 거야, 그치?"

가영이 울상을 지으며 털썩 주저앉았다. 벌써 한 시간도 넘게 같은 동작을 연습했다. 그래도 별로 나아진 게 없는 것 같았다.

"그래도 우리가 로봇보단 낫지. 우리는 점점 나아지고 있잖아."

맞은편에 앉아 물을 마시던 희정이 가영에게 물병을 내밀며 말했다.

"나아지긴. 난 맨날 똑같은 것 같은데."

가영이 말하고 물병에 든 물을 벌컥벌컥 들이켰다. 희정이 검지를 세워 흔들며 말했다.

"으음, 아냐. 분명히 좋아지고 있어. 우리는 어제보다 향상됐어."

"괜히 칭찬하지 마. 진짜 줄 알아."

"칭찬 아니야."

"나아지고 있다며. 향상됐다며."

"나아졌다고 했지 잘한다고 하진 않았어."

"나아졌다는 게 칭찬이지 뭐."

"처음보다 아주 조금, 미세하게 나아졌을 뿐. 우리가 해야 할 일은 연습 또 연습, 오직 연습뿐."

희정이 랩을 하듯 가락을 붙여 말하며 가영의 손을 잡아 일으켰다. 다시 연습이 시작됐다. 이 연습은 이를테면 나머지 공부 같은 것인데, 〈자주꽃〉에서 가장 실력이 없는 두 사람이 남들 몰래 숨어서 하는 연습이었다. 희정이 아니었다면 가영은 이런 연습 따위 하지 않았을 것이다. 벌써 포기하고 춤과는 담을 쌓고 살았을 것이다. 아마 영원히 춤 같은 건 추지 않았을지도. 그래도 괜찮을 것 같은데 왜 사서 고생인지. 가영은 알 수 없는 게 인간이라고 생각하며 왼팔을 힘차게 뻗었다. 반대 발이 나가야 하는데 같은 쪽 발이 나갔다. 화가 났고 울고 싶어졌다.

"가영아, 너는 하지 마라. 희정아, 너는 할 수 있지?"

여전히 할 수 없는 것과 하기 싫은 것과 그럼에도 해야 하는 것 사이에서 갈등하며 비지땀을 흘리던 와중에 대장에게 청천벽력 같은 말을 들었다. 그날도 역시 '다리 더 굽혀!', '팔 쭉쭉 뻗어!' 같은 구령 아래 최선을 다해 몸을 움직였다. 음악에 몸을 맡기고…… 싫었지만 음악은 가영의 몸을 좀처럼 받아들이려

하지 않았다. 튕기고 튕기고 튕기고……. 이러다가 지구 밖으로 튕겨 나갈 것 같은 공포에 휩싸이긴 했다. 그래도 이건 아니지. 가영은 슬프고 노여웠다. 노여워서 슬펐다. 대장의 말이 야속했지만 안 되는 건 안 되는 거였다. 그런데 왜 나만? 속상했지만 희정이 자신보다 더 낫다는 건 인정해야 했다. 연습을 하다 하다 꿈에서까지 한다던 희정이 자신과 똑같을 수는 없었다. 가영이 보기에도 희정은 실력이 쑥쑥 늘었다. 이제는 잘한다고까지 할 수 있을 정도였다. 가영은 쓴 침을 삼키며 속으로 부르짖었다. 독한 년! 엉뚱한 곳에 화살을 꽂았다는 걸 잘 알았지만, 그래서 부끄러운 마음이 들었지만 그래 오늘만, 딱 오늘만이라며 스스로를 달랬다.

불행인지 다행인지 가영은 못 추는 춤 대신 팔자에도 없는 노래를 부르게 됐다. 실력이 없기로는 춤이나 노래나 도긴개긴이었지만 그래도 노래는 춤보다는 나았다. 노래는 못 부르면 못 부르는 대로 작은 소리로 부르면 되었다. 높은음을 따라가기 힘들면 반음 정도 내려서 부를 수도 있었다. 춤은 틀리면 대번에 티가 났지만 노래는 잘하려고만 들지 않으면 그런대로 섞여 갈 수 있었다. 역시 노래는 조화지, 생각하면 춤을 출 때 바닥을 쳤던 자존감이 올라가는 것 같았다. 무엇보다 노래를 부를 때는 춤 출 때는 느껴보지 못했던 즐거움이 느껴지기도 했다.

그 와중에 희정의 춤 솜씨는 나날이 나아지고 있었다. 한 번도 틀리지 않고 그 모든 동작을 다 해 내는 희정을 보며 가영은 생각했다. 희정은 몸으로 구호를 외치고 있구나. 희정이야말로 진정한 투사구나.

이즈음 학생 운동은 이전과는 다른 양상을 띠었다. 이전의 학생 운동이 이론과 실천을 내세워 대중을 계몽하는 것이었다면 지금은 춤과 노래, 연극과 영화를 매개로 대중과 함께하는 운동 쪽으로 나아가고 있었다. 일각에서는 이를 두고 수정주의라고 비판을 제기했으나, 시대의 흐름을 받아들인 또 다른 일각에서는 그들을 일러 머리에 똥만 찬 교조주의자들이라며 맞섰다. 가영은 교조주의니 수정주의니 하는 말들이 골치 아팠다. 그런 말들이 당최 이해되지도 않았고, 설사 이해된다 하더라도 같은 편끼리 멱살 잡는 싸움에는 단 한 발짝도 들여놓고 싶지 않았다. 옛날부터 말씨름하다가 나라를 말아먹은 게 어디 한두 번이던가. 가영이 이러한 자신의 견해를 이야기했을 때 희정은 그저 배시시 웃기만 했었다. 그땐 애가 뭘 모르나 보다 했는데 요즘 희정을 보면 아무것도 모르는 사람은 오히려 자신이었다는 생각이 들었다. 진정한 싸움은 입으로 하는 것이 아니었다.

어쨌거나 '신입생 오리엔테이션'을 '새내기 새로 배움터'라고 부르는 것이 대세였다. '새터'라고 줄여서 부르기도 하는 그

곳에서 선배들은 춤을 추고 노래하고 연극도 한다. 찬송가가 좋아서 교회에 왔다가 신앙심이 깊어지는 사람이 있는 것처럼 선배들의 춤과 노래와 연극을 보고 반해서 동아리에 들어왔다가 조국과 민족에 대한 사랑이 깊어지는 새내기가 있을지도 모른다. 아니, 반드시 있을 것이다. 때문에 희정은 관절이 닳도록 춤 연습을 하는 것이고, 그러므로 가영은 목이 터져라 노래를 부르고 또 부르는 것이다. 통일된 조국의 하늘 아래서 진정한 자주 민족으로 당당하게 살아갈 날을 그리며. 그날을 조금이라도 앞당기려면 모두가 함께 가야 한다. 가로질러 들판 산이라도, 사나운 파도 바다라도. 서로를 일으키며 함께 가야 한다, 이 길을. 즐겁게 즐겁게 춤을 추면서. 흥겹게 흥겹게 노래를 부르면서. 이제 고독한 선구자가 거센 비바람을 맞으며 앞장서던 시대는 지나갔다.

"밥 먹으러 가자. 내가 살게. 나 과외비 받았거든."

이런 건 고독하게 앞장서도 되지, 얼마든지. 가영은 한 팔로 희정의 목을 다정하게 끌어안고 외쳤다.

"좋아, 콜!"

수처작주 입처개진(隨處作主 立處皆眞)

머무는 곳마다 주인이 되면 서 있는 곳

모두가 진실하다

수처작주 입처개진(隨處作主 立處皆眞)

*

   시장에서 장을 보아 돌아오던 선순은 길거리에서 저희들끼리 깔깔거리며 지나가는 젊은 여자 둘에게 눈길이 붙들렸다. 무릎 위로 바짝 올라간 치마 아래로 드러난 다리가 늘씬했다. 저런 걸 신고 어떻게 걸어 다닐까 싶을 만큼 굽이 높은 구두를 신고도 그들은 또각또각 잘도 걸었다. 걸으면서 서로의 얼굴을 마주 보고, 웃고, 이야기했다. 등 뒤에 앙증맞게 달라붙어 있는 가방에 달아 놓은 인형들이 그들의 걸음을 따라 콩닥콩닥 흔들렸다. 선순은 멀어져 가는 그들을 바라보며 봄은 아가씨들의 옷차림을 타고 온다고 생각했다. 그들이 몹시 부러웠다. 그들이 젊어서가 아니라 예뻐서. 젊어서 예쁜 게 아니었다. 그들은 예뻐서 예뻤다. 선순은 희정도 저들처럼 예뻤으면 했다. 물론 선순의 눈에는 자신의 딸이 이 세상에서 가장 예뻤다. 하지만 선순이 그들을 본 순간 생각한 예쁨은 그런 의미가 아니었다. 희정은 낭비하고 있었다. 다시는 돌아올 수 없는 눈부신 순간들을.

희정이 처음으로 번 돈이라며 과외비 봉투를 내밀었을 때, 선순은 그 돈을 받지 않았다. 희정이 힘들게 과외를 해서 벌어온 돈이기도 해서였지만, 딸이 그 돈을 자신을 예쁘게 꾸미는 데 썼으면 하는 마음이 더 컸다. 대학 입학식 날 입으라고 선순이 큰맘 먹고 사 준 연분홍색 투피스를 희정은 딱 하루만 입고 더 이상 입지 않았는데, 선순은 그것이 내내 마음에 걸렸다. 아무래도 자신의 취향이 너무 구닥다리라서 희정이 마음에 들어 하지 않는 것 같았다.

— 네가 번 돈이니까 너 쓰고 싶은 데다 써. 예쁜 옷도 사고 화장품도 사고.

선순이 봉투를 희정 쪽으로 밀어내자 희정이 봉투를 다시 선순의 손에 쥐어 주며 말했다.

— 첫 월급 타면 부모님께 빨간 내복 사 드리는 거래요. 내복은 좀 그렇고, 엄마 사고 싶은 거 사세요.

— 그건 옛날얘기지. 자식이 힘들게 번 돈을 써야 할 만큼 우리 형편이 어려운 것도 아니고. 이걸로 예쁜 옷 사 입어.

— 내가 옷이 없나, 뭐? 엄마 쓰세요.

그렇게 손에서 손으로 봉투가 몇 차례 오간 뒤에 희정이 마지못해 받는다는 듯 봉투를 손에 쥐고 말했다.

— 그럼 이 돈으로 태혁이랑 쇼핑이나 해야겠다.

— 기왕이면 비싸고 좋은 걸로 사. 젊고 예쁜 거 한순간이다.

그렇게 신신당부를 했건만 희정은 동생 태혁이와 아웃렛에 가서 신발 한 켤레씩을 사 왔을 뿐이었다. 희정은 검고 투박한 단화였고, 태혁이는 나이키 로고가 새겨진 운동화였다. 그들이 사 온 것을 보고 선순이 한숨 쉬며 말했다.

— 맘에 드는 게 없었니?

— 맘에 드는 게 있었는데 태혁이가 안 산다잖아요. 너무 비싸다고. 괜찮다고, 사라고 그렇게 말했는데도 이걸 고르더라고요. 두 개 사 준다니까 그것도 싫다고 하고.

— 아니, 태혁이 말고 너.

— 저요? 맘에 드는 걸로 산 건데요? 이거 되게 비싼 거예요.

— 기왕 사는 거 예쁘고 좋은 걸로 사지.

— 발도 편하고 이게 좋아요. 그나저나 태혁이 걔는 도대체 왜 그런지 모르겠어요. 아무리 비싸도 이 누나가 그 정도 능력은 되는데 괜히 운동화를 들었다 놨다, 들었다 놨다. 그러다가 결국 제일 싼 걸로 사지 뭐예요.

선순은 잘했다, 한마디를 하고 일어섰다. 주방으로 가 쌀을 씻는데 한숨이 나왔다.

— 고기도 먹어 본 놈이나 먹는 거지. 쌔고 쌘 게 백화점인데 왜 그런 델 못 가고.

스물한 살, 한창 꽃처럼 피어날 나이인 희정은 매일 헐렁한 청바지에 티셔츠만 입었다. 화장 같은 건 생전 하는 법이 없고, 곱슬거리는 머리는 질끈 뒤로 묶고 다녔다. 뭘 그렇게 싸 가지고 다닐 게 많은지 등에는 자루처럼 큰 가방을 짊어졌다. 그 큰 가방을 짊어지고 또각또각이 아니라 쿵쾅쿵쾅 걸어 다녔다. 요즘은 백옥같이 하얀 것보다 까무잡잡한 게 더 매력적이라는데, 태어나기를 까무잡잡하게 태어난 희정은 도통 꾸밀 줄을 몰랐다.

'저렇게 예쁘게 하고 다니면 얼마나 좋아. 우리 희정이는 다리도 참 예쁜데.'

그런 생각을 해서 그런지 거리에는 예쁜 아가씨들이 참 많기도 했다. 노랗게 내려앉는 봄볕 사이로 햇살처럼 화사한 아가씨들이 금붕어같이 살랑살랑 헤엄쳐 다니고 있었다. 아가씨들이 스쳐 지나갈 때마다 꽃향기가 났다. 봄은 아가씨들이 꽃처럼 피어나는 계절인 것 같았다.

또각또각 아가씨들이 지나가고 터벅터벅 선순이 지나간 자리, 보도블록 틈에서 자라난 보라색 제비꽃이 따뜻한 입김 같은 미풍을 따라 살랑살랑 몸을 흔들었다. 여지없이, 봄이었다.

*

“봄이다.”

“봄이네.”

“아, 그런데 왜 이렇게 심심하냐.”

“차암 팔자 좋은 소리 한다. 너는 쟤를 보고도 그런 소리가 나오냐?”

혜영의 손가락 끝에 희정이 있었다. 빨리 걷는 희정, 숨이 찬 희정, 볼이 빨간 희정, 질끈 뒤로 묶은 머리가 시계추처럼 언제나 좌우로 흔들리는 희정이. 희정이가 벤치에 앉아 있는 친구들을 보고 손을 흔들었다. 벤치에 앉아 있던 수명이 꺄악꺅 소리를 지르며 마주 손을 흔들었다. 옆에 앉아 있던 미영이 창피하다며 한 손으론 책으로 얼굴을 가리고 한 손을 머리 위로 높이 들고 크게 흔들었다.

“귀청 떨어져.”

혜영이 수명에게 한 소리 하고는 두 팔을 흔들며 활짝 웃었다.

노란빛의 입자가 파르르 진동하며 희정과 친구들 사이의 간격을 잡아당겼다. 겹겹의 주름을 만들며 공기가 수축했다. 아코디언이 주름들 사이로 소리를 밀어내듯 말간 허공으로 새 한 마리가 날아오르며 삐비비 노래했다. 봄은 봄이었다.

“밥은 먹었어?”

뛰듯이 친구들 곁으로 온 희정이 숨을 몰아쉬며 물었다.

“먹었지. 지금 시간이 몇 신데. 설마 아직 안 먹은 거야?”

“설마 아직도?”

미영이 묻자 수명이 따라 말했다. 혜영이 걱정스러운 표정으로 희정을 바라봤다.

“나? 먹었지.”

“그런데 밥 먹었냐고는 왜 물어봐. 네가 먹었으면 다른 사람들도 당연히 먹었겠지.”

“그래도 혹시나.”

“혹시나가 역시나야. 남 걱정 좀 그만해.”

수명이 투덜대자 희정이 수명의 목에 팔을 휘감으며 장난스레 외쳤다.

“우리가 남이가.”

“차라리 남이었음 좋겠다. 우리 희정이 걱정 좀 줄어들게.”

혜영이 말하며 희정의 어깨에 팔을 둘렀다.

“나 너희들 걱정하는 거 아냐. 인사 몰라? 양키들이 ‘하와유?’하고 인사하는 것처럼 우린 만나면 ‘밥 먹었어?’ 하는 거지.”

“너는 양키라면 치를 떠는 애가 그런 비유를 하니?”

“아무리 못된 양키들이라도 좋은 건 좋다고 해야지.”

“역시, 우리 희정이가 보살은 보살이야.”

"아멘."

희정이 합장하며 아멘을 외치자 친구들이 까르르 웃었다. 삐비비 노래하며 봄빛 속을 날던 새가 그녀들의 웃음을 낚아채 둥지로 돌아갔다. 어미 새가 물어와 둥지의 틈서리마다 채워 넣은 그녀들의 웃음은 천적이 새끼를 넘볼 때마다 든든한 방어막이 되어 줄 터였다. 틈서리에서 새끼들을 지켜 주던 웃음이 날카로운 음표가 되어 호시탐탐 새끼들을 넘보는 천적의 정수리에 가 박히면, 음표로 된 표창에 정수리를 호되게 얻어맞은 천적은 소스라쳐 꽁지가 빠지게 달아날 것이었다. 알고 보면 생명은 그런 것들이 돌보는 것인지도 모른다. 서로가 서로를 걱정하는 마음, 그리고 그것을 알아본 또 하나의 마음이.

"이따 수업 다 끝나고 저녁 먹자. 나 과외비 받았거든. 6시까지 주래등으로 와. 꼭 와야 된다."

"왜, 벌써 가게?"

"응. 세미나가 있어서 동아리방 가야 돼. 그럼 이따 봐."

빠른 걸음으로 희정이 멀어져갔다. 가다가 뒤돌아서 머리 위로 두 손을 엇갈려 흔들었다. 까만 얼굴에 하얀 이. 밤하늘에 뜬 반달처럼 희정의 웃음이 밝았다.

"쟤는 뭐가 저렇게 맨날 바쁜 거냐?"

혜영이 투덜거리자 미영이 한숨 쉬듯 말했다.

"그러게. 아주 나중에 20대의 희정이를 생각하면 아주 바쁜 애였다는 생각밖에 안 날 것 같아."

"왜, 난 희정이 생각 여러 가지로 많이 날 것 같은데. 맨날 웃고, 밥도 잘 사고, 편지도 잘 쓰고, 데모도 잘하고, 그런데도 맨날 보살 같고."

희정의 뒷모습을 좇는 수명의 눈빛이 아련히 젖어 들었다. 생각나지, 생각이 나. 죽을 때까지 생각나지. 아니, 죽어서도 생각나지. 파도 높은 날 배를 탄 듯 하루 종일 속이 울렁거리던 날의 희정을 무슨 수로 잊는단 말인가. 고마움은 그토록 힘이 센 것이어서 부끄러움과 민망함을 언제나 이긴다.

어쩐지 술이 술술 잘 넘어간다 했다. 술 안 받는 날의 술은 쓰기도 써서 목구멍에 턱턱 걸리는데, 그날의 술은 달고도 단 것이 안주 없이도 꿀떡꿀떡 잘만 넘어갔다. 주량 따위 개나 줘 버린 지 오래, 흥에 취한 건지 술에 취한 건지 어깨가 절로 들썩거렸더랬다. 말리는 사람 아무도 없고, 때는 바야흐로 대학교 2학년, 진짜 성인이 되었지만 완전 성인은 아니어서 먹고살 걱정 없이 하고 싶은 건 맘대로 다 할 수 있는 나이였다. 세포들도 제일 건강할 때라 그야말로 에너지 만렙을 찍는 시절……이라고 잘못 생각했다.

다음날 아침, 눈을 뜨자마자 지옥문이 열렸다. 애 가진 여자처럼 음식 냄새만 맡아도 구역질이 올라왔다. 아니, 가만히 누워 있다가 손가락만 까딱해도 구역질이 났다. 아니 아니, 가만히 누워만 있어도 토악질이 났다. 배 바닥에 누운 듯 일렁일렁 파도를 타는 느낌이었다. 안개에 휩싸인 듯 머릿속은 멍하고 퉁퉁 부은 두 눈은 아교로 붙여 놓은 것처럼 잘 떠지지도 않는데, 속에서는 자꾸만 신물이 올라왔다. 연신 침을 삼켜 올라오는 신물을 막아 보려 했지만 참는 데도 한계가 있었다. 결국 덮고 있던 이불을 박차고 일어나 토사물이 흘러나오지 않게 입을 꽉 막은 채 화장실로 달려갔다. 간발의 차이로 아무에게도 더러운 꼴을 보이진 않았지만, 다행이라 하기에는 이후의 시간이 너무나 처참했다. 첫 번째 토는 마치 마중물이기나 한 것처럼 연속적으로 토를 불러들였다. 토하고 돌아서면 다시 토가 나왔다. 하다 하다 나중에는 누렇고 쓴 위액만 나오는데도 계속해서 속이 울렁거렸다.

— 이거라도 좀 먹어. 뭐라도 먹어야 집에 가지. 너 지금 얼굴이 말이 아니야.

희정이 숟가락 꽂힌 대접을 방바닥에 내려놓고 누워 있는 수명의 목 뒤로 손을 넣어 일으키려 했다. 금방이라도 토가 나올 것 같아 이를 꽉 물고 희정을 제지했다.

— 느 으므 긋드 뭇 묵으.

마치 원수에게 이를 갈며 말하는 것 같은 소리가 나왔다. 그래서 조금 미안한 마음이 들었는데, 희정은 전쟁터에서 부상병을 돌보는 나이팅게일 같은 목소리로 수명에게 말했다.

― 일어나기 힘들어? 그럼 누워 있어. 내가 먹여 줄게.

그러면서 다 식어 빠진 누룽지를 후후 불어 가며 입에 떠 넣어 주었다. 그렇게까지 하는데 안 먹을 수도 없고. 그렇게 누워서 몇 숟가락 받아먹던 수명은 다시 한번 '우웩' 소리를 내며 화장실로 달려갔다.

학교 연수원인 난향원에서 집까지 가는 길이 미국에 가는 길보다 더 멀게 느껴졌다. 위액에 똥물까지 다 토해 낸 것 같은데, 그래도 토할 것이 더 남았는지 자꾸만 구역질이 났다. 식은 땀을 흘리며 참을 수 있을 때까지 참다가 도저히 못 참겠으면 버스에서 내렸다. 그리고 길가에 쭈그리고 앉아 웩웩 헛구역질을 했다. 그때마다 희정이 수명의 등을 통통통 두드렸다. 사람들이 그 둘을 힐끔거리며 지나갔다. 간혹 쯧쯧 혀를 차는 소리도 들렸다. 아파서 그럴 수도 있는 건데, 어째 걱정하는 사람은 하나도 없는 것 같았다. 희정이를 빼고는. 내막을 훤히 알고 있는 희정이만 수명을 걱정하고 있었다.

― 내가 다시 또 술을 처먹으면 개딸년이야.

한 정거장 가다 내리고, 한 정거장 가다 내리고, 또 한 정거장 가다 내리고……. 그렇게 반쯤 갔을 때, 너무나 미안하고 무안했던 수명이 쭈그려 앉은 채로 손등으로 입을 쓱 닦으며 자학적으로 말했다. 희정이 등을 통통통 두드리다 말고 수명의 얼굴을 들여다보며 말했다.

― 근데 너, 혼자 집에 가면 안 될 것 같아. 오늘 우리 집에서 자고 갈래?

보살 같은 아이. 어쩌다 너 같은 아이가 이 험한 세상에 와서 그 고운 입술로 '양키 고 홈'을 외치게 되었니. 어쩌자고 너는 일 분을, 일 초를 쪼개 쓰며 뛰듯이 빨리 걷는 아이가 되었니. 왜 하필 너는 지방에서 올라온 가난한 우리들과 친해져서는 과외비를 받자마자 매번 주머니를 털리는 거니. 이런 너를 어떻게 잊을까, 어떻게. 수명은 벌써 모퉁이를 돌아 사라진 희정의 뒷모습을 여전히 눈으로 좇으며 생각했다.

'바쁜 네가 밥이나 먹자고 우리를 보자고 할 리는 없지만, 네가 부르면 갈게. 그게 어디든. 너니까.'

역시, 세상에는 공짜가 없다. 하루가 48시간이어도 모자랄 권희정이 친구들에게 저녁 시간을 온통 쓰겠다는 건 그에 상응하는 의도가 있다는 것이다. 밥이야 평소에도 잘 사기는 샀지만, 희정은 밥을 먹자마자 친구들만 덩그러니 남겨 놓은 채 동아리방이나 집회 현장으로 달려가기 일쑤였다. 예의 그 말총머리를 좌우로 흔들면서. 특히나 올해는 불교학생회에서 총무까지 맡았다 하니 그나마 밥이라도 같이 먹을 수 있으려나 하던 참이었다. 들려오는 풍문에 의하면 회장 언니가 대외 연대인지 뭔지 외부 일로 바빠서 회장이 해야 할 일도 거의 희정이 한다고 했다. 희정은 과외비를 받으면 친구들에게 밥을 사느라 2~3일 내로 거의 다 썼다. 그러고는 종종 차비를 꾸러 다니곤 했다. 이제 더 바빠졌으니 돈 쓸 시간이 없어 차비 안 꾸러 다녀도 되겠다고 안심하던 차였는데, 돈 쓰던 놈은 어떻게 해서라도 쓰게 되어 있는 모양이었다. 의도야 어찌 되었건 그 바쁜 중에도 친구들에게 밥을 사겠다고 하는 걸 보면. 친구들은 희정과 밥도 먹고 술도 먹을 수 있어서 무척 좋았지만 말이다.

"우리, 소모임 만들자."

짜장면에 비싼 탕수육을 시켜 놓고 빼갈도 한 잔씩 걸쳤다. 맛있는 음식은 입에 짝짝 붙고, 배는 부르고, 볼은 발그레 달아오르고, 수다를 아무리 떨어도 할 말은 화수분처럼 계속 샘솟고, 옆에 희정이는 있고, 기분이 날아갈 듯 좋았던 그때, 희정이 뜬금없는 한마디를 던졌다.

"갑자기?"

혜영이 젓가락으로 탕수육을 집어 입에 넣으려다 말고 물었다.

"갑자기가 아냐. 작년부터 계속 생각했어."

"그런데 왜 하필 지금이야?"

"윤금이."

"윤금이? 그게 누군데? 우리 과에 윤금이란 애가 있었나? 근데 걔가 왜?"

수명이 빼갈을 홀짝 들이켜며 묻자 혜영이 수명을 나무랐다.

"이 무식한 가스나야, 맨날 술만 처먹지 말고 공부 좀 해라. '윤금'이가 아니라 '윤금이'다. 요새 신문이고 어디고 난리 난 거 모르나."

혜영은 흥분하면 사투리가 심해졌는데, 수명은 이 정도 핀잔쯤은 아무것도 아니라는 듯 태연하게 굴었다. 주로 수명이 혜영에게 당하는 쪽이긴 했지만, 둘은 늘 티격태격하면서도 쌍쌍바처럼 꼭 붙어 다녔다. 수명이 속이 좋은 건지, 혜영이 너그러운 건지, 아니면 모든 게 그저 다 장난인 건지 아무튼 미스터리한 일이라고 둘을 아는 사람들은 입을 모았다.

"아아, 그 윤금이. 나도 알지. 근데 그게 왜? 그게 소모임이랑 무슨 상관이야?"

모두들 궁금한 듯 희정을 바라보았다. 희정은 할 말을 정리하는 듯 잠시 뜸을 들인 후 친구들과 한 명씩 눈을 맞췄다. 그러고는 숨을 고르듯 들이마셨다 내쉰 후 이야기를 시작했다.

"내가 공부를 해 보니까 그동안 잘못 알고 있었던 게 많더라고. 나는 우리나라가 완전한 독립 국가인 줄 알았거든? 그런데 그게 아니었어. 일제(日帝)가 미제(米帝)로 바뀌었을 뿐, 여전히 식민지였어. 그동안에는 그냥 머리로만 알았는데 이번에 윤금이 씨 사건을 통해 확실히 알았어, 여기로. 여기가 너무 아파."

희정은 격통이 밀려오는 듯 가슴에 손을 얹은 채 미간을 잔뜩 찌푸렸다. 그러더니 잠시 후 말을 이어가기 시작했다.

"내가 왜 이렇게까지 조국의 현실에 무지했나 생각해 봤어. 결론은 하나야. 잘못 배운 거지. 국어, 사회, 역사, 지리, 윤리. 12년 동안 배우고 죽도록 외웠는데 그 어느 과목에서도 우리나라가 아직도 식민지라는 사실을 배운 적이 없어. 남북이 분단된 이유도 북한이 남한을 도발했기 때문이라고만 배웠지 미·소의 패권 다툼 때문이라고 배운 적이 없다고. 한국 전쟁 전부터 미제가 이 땅에 들어와 무수히 많은 죄악을 저질렀어도 아무도 진실을 알려 주지 않았어. 6·25 전쟁에 4·3에 5·18에 수많은 민간인 학살로도 모자라 이제는 꽃다운 이 땅의 처녀를 유린하고도 미군은 아무런 처벌도 받지 않아. 왜? 모든 권리가 미국에 있기 때문에. 그런데도 권력자들은 이렇게 말해. 그깟 양공주 하나 죽은 걸 가지고 왜 이리 난리냐고. 친일파, 미군정의 앞잡이들이 이 땅의 권력자가 됐으니 아무도 진실을 말해 주지 않는게 당연하지. 그래서야. 그 진실, 우리가 직접 알아보자고."

수명은 희정의 말이 무서웠다. 자유 대한민국에서 식민지는 다 뭐고 민간인 학살은 다 뭔가. 6·25 때는 미국이 우방으로서 우리나라를 도왔고, 4·3과 5·18은 우리나라 군인들이 저지른 일인데 미국이 대체 무슨 상관이란 말인가. 전쟁은 끝났지만 미군이 우리나라를 계속 지켜 주고 있어서 북한이 더 이상 남침할 생각을 못 하는 것 아닌가? 물론 윤금이 씨를 죽인 미군을 대한

민국이 대한민국 법으로 처벌할 수 없다는 것 때문에 온 나라가 떠들썩한 건 잘 알고 있었다. 수명도 그 때문에 분노가 일었고 안타까웠다. 하지만 그렇다고 우리나라를, 이토록 엄연한 자유 국가를 미국의 식민지라 하는 건 지나치지 않은가. 갑자기 명치께가 찌르르해져 오는 것 같았다.

"난 그런 거 잘 몰라. 별로 알고 싶지도 않고."

미영이 미안한 듯, 그러나 선을 분명히 긋고 싶다는 듯 말했다. 그러자 희정이 미영을 향해 말했다.

"아니, 알아야 해. 알고 싶지 않아도 알아야 해. 그래야 아이들에게 진실을 말해 줄 수 있어. 교과서에는 절대 나오지 않는 이야기들을 우리가 해 줘야 우리 아이들이 진정한 주체가 될 수 있어."

희정의 말이 끝나자 그때까지 가만히 듣고만 있던 혜영이 말했다.

"희정이 니 말은 솔직히 좀 오바라고 본다. 지금 우리를 종속하는 건 제국주의가 아니라 계급이다. 제국주의가 언제 적 이야기고? 그럼 지금 우리가 봉건 시대에 살고 있다는 말이가?"

"그래, 혜영이 네 말도 맞아. 계급 모순도 우리가 극복해야 할 중요한 과제야. 하지만 민족 모순을 해결하는 게 우선이야. 정치와 경제가 사실상 미국에 종속되어 있는 식민지적 상황에서 계급 모순을 해결하는 건 요원한 일이라고 봐. 미국처럼 자본주의의 최첨단을 달리면서 부자들의 이익만 극대화하는 나라에서 종속 국가의 계급 해방을 가만히 보고만 있을까?”

“계급 해방은 국가를 초월한 거야. 전 세계 프롤레타리아여, 단결하라! 여기에 제국주의가 어떻게 발을 붙여. 계급이 해방되면 민족 모순은 저절로 해결되는 거야.”

“그래서 요는!”

희정과 혜영의 논쟁이 점점 뜨거워지려 하고 있을 때 수명이 찬물을 끼얹듯 외쳤다. 희정이 하려던 말을 멈추고 수명을 바라봤다. 혜영도, 미영도 깜짝 놀란 눈을 하고 수명을 바라봤다. 수명이 자기 앞에 놓인 짜장면 그릇을 젓가락으로 탁탁 두들기고는 요점을 정리했다.

“소모임을 만들 건데 같이할 거냐 말 거냐 정하라는 거잖아.”

수명의 정리는 심플했다. 그러나 결정은 그렇게 심플하게 할 수 있는 것이 아니었다. 무엇인가를 시작한다는 것은 책임이 따르는 일이었다. 그리고 책임을 진다는 것은 결심이 필요한 일이었다. 모임이 깨지지 않도록 부지런할 결심, 믿음이 깨지지 않도록 성실할 결심, 풍파를 일으키지 않도록 너그러울 결심. 그들 사이에 적막이 흘렀다. 고무줄을 최대한 길게 잡아당길 때처럼, 풍선을 최대한 크게 불 때처럼 긴장감이 둥그렇게 부풀어 올랐다.

“난 조금 더 생각해 볼게.”

허공을 날던 비눗방울이 가만히 땅에 내려앉는 것처럼 미영이 소심하게 말했다. 희정의 얼굴에 실망인 것도 같고 안타까움인 것도 같은 표정이 지나갔다. 수명이 얼른 눈치채고 선언했다.

"나는 할래. 다른 건 모르겠고, 그냥 무식한 이 느낌이 싫어서. 너희 둘이 하는 말을 당최 알아들을 수가 없어서 자존심 상해."

수명이 희정과 혜영이 앉아 있는 쪽 허공을 젓가락으로 콕콕 찌르며 샐쭉하게 말했다. 말은 그렇게 했지만 수명은 희정이 실망하지 않기를 바랐다. 그리고 무엇보다 희정이 함께하자니까 하고 싶었다. 다른 누구도 아니고 희정이가 하자고 하는 거니까.

"쉬운 결정 아니라는 거 알아. 그래서 너희가 어떤 결정을 하든 존중해. 하지만 너무 어렵게 생각하진 말았음 좋겠어. 변변한 학회도 없고, 소모임 하나 없는 우리 과에 공부 모임 하나쯤 있는 것도 괜찮겠다 싶어서 한번 생각해 본 거야."

희정이 말하고 배시시 웃었다. 봄밤이어서 그런 건지, 취기가 올라서 그런 건지, 목적을 이룬 것도 아니고 아닌 것도 아닌 채 밥만 사게 된 희정이 실망한 티 하나도 안 내고 웃어서 그런 건지 희정을 바라보는 세 친구의 마음이 싱숭생숭했다. 그런 친구들의 마음을 읽었는지 희정이 갑자기 큰소리로 외쳤다.

"아저씨, 여기 빼갈 한 병 더요!"

아무래도 희정은 오늘 밤 과외비를 전부 탕진하고 또 여기저기 차비를 빌리러 다닐 작정인가 보았다.

인연은 소나기와 같다. 느닷없고, 그래서 피하기가 어렵다. 자주니 통일이니, 노동자니 민중이니 하는 것들에 전혀 관심이 없던 수진에게 누군가 왜 〈물결〉에 들어갔냐고 묻는다면 희정이 불렀기 때문이라고 대답했을 것이다. 희정이 부른다고 갈 만큼 희정과 친하냐고 다시 묻는다면 수진은 조금 생각한 후에 희정을 좋아한다고 대답했을 것이다. 그리고 그 누군가가 어쩌다가 빨갱이 운동권인 권희정을 좋아하게 되었냐고 또다시 묻는다면 대답했을 것이다. 인연은 소나기와 같다고. 도저히 피할 수가 없었다고.

희정이 소모임을 결성할 거라며 함께하자고 했을 때, 수진은 그러자고 했다. '왜 하필 나에게?'라는 물음은 그다음이었다. 마치 무엇에 홀리기라도 한 것처럼 그냥 그러자고 했다. 소모임 이름은 〈물결〉이었다. 그것이 은빛 햇살을 튕기는 호수 위의 잔잔한 물결일지, 폭풍우 몰아치는 거친 바다 위의 파도일지 알 수 없지만 그냥 그러자고 했다. 아주 가끔은 후회할 때도 있었다. 한국 현대사를 다시 쓰려다 머릿속이 뒤죽박죽 엉망이 되었을 때, 한미 관계의 발자취를 뒤쫓다가 넘어졌을 때, 철학 에세이의 방점이 에세이가 아니라 철학에 찍혔다는 것을 알았을 때, 소외된 삶의 뿌리를 찾다가 길을 잃었을 때, 간신히 찾은 길 위에서 우리의 해방구가 녹슬었음을 통감했을 때, 아는 것과 실천하는 것을 항상 일치시킬 수는 없다는 걸 깨달았을 때. 거리에서 학생들이 죽어 가고, 죽은 자의 뒤를 이어 누군가 또 거리로 달려 나갔지만, 그 누군가 속에 자신이 속하고 싶지는 않다는 마음 앞에서 수진은 휘청였다. 그 누군가 속에 희정이 있어서 걱정됐지만, 거리에 서 있는 희정의 손을 잡아 줄 수는 없었다. 미안하지만 미안한 마음과는 조금 다른 어떤 마음이 수진을 괴롭게 했다.

희정은 그런 마음까지 다 알았을까? 무릇, 마땅히, 의당 같은 부사들을 희정은 단 한 번도 입에 올리지 않았다. 자신의 생각을 마침표나 느낌표로 끝내지 않았다. 물음표나 말줄임표가 많은 희정의 말은 부드러웠다. 수진은 그런 희정의 태도에서 부끄러움을 느꼈지만, 한편으론 안도했다. 앞만 보고 똑바로 걷는 것만이 길을 걷는 방법은 아니지. 언젠가 수진은 자신의 변명이 변명이 아니었다는 걸 꼭 보여 주고 싶었다. 지금은 아니지만 가까운 미래에, 거리가 아닌 교단에서 지금 하고 있는 이 모든 말들을 해 줄 것이다. 다행히 세상이 좋아져서 어떤 억압도 없고, 어떤 불평등도 없고, 그래서 더 이상 거리로 나서는 사람이 필요하지 않은 세상이 온다면, 그래도 말해 줄 것이다. 사람들이 있었다고, 우리가 누리고 있는 이 좋은 세상을 만들기 위해 목숨을 걸고 싸운 사람들이 있었다고, 우리는 그들을 기억해야 한다고. 그리고, 희정이 얘기도 해줄 것이다. 빨갱이 운동권 권희정 말고, 착한 친구 권희정에 대해서. 참 이상한 아이가 하나 있었다고 말해 줄 것이다.

옛날 옛날에 권희정이라는 아이가 있었어. 걸음이 무척 빠른 아이였지. 그 아이는 그 빠른 걸음으로 안 가는 곳이 없었어. 당시에는 하루가 모두에게 24시간이었는데, 부처님이 그 아이에게만 특별히 하루를 48시간으로 늘려 주었어. 바빠서가 아니라 착해서. 하루를 48시간으로 늘려 줘도 그 아이는 늘어난 시간을 착한 곳에 쓸 걸 알았기 때문이지. 과연 그 아이는 늘어난 시간을 힘든 사람을 돕는 데 썼어. 배고픈 사람에게 밥을 사 주고, 혼자 있는 사람에게 말 걸어 주고, 울고 있는 사람에게 가만히 다가가 등을 두드려 주고, 화난 사람의 이야기를 다 들어 주었지. 그러고도 시간이 아직 남아 있으면 편지를 썼어. 자, 숨을 크게 들이마셔 봐. 어때, 꽃향기가 나지? 이건 그 아이가 보낸 편지야. 부처님이 너무 착한 그 아이를 대신해서 너희들에게 부쳐 준 편지야. 너희도 그 아이처럼 착하게 살라고. 그 아이가 누구라고? 그래, 권희정. 내 친구야.

생각을 하는 와중에 수진은 자기도 그런 사람이 되었으면 좋겠다고 생각했다. 반짝반짝 눈을 빛내는 아이들에게 '그 애가 누구라고? 그래 여수진. 내 친구야.' 말하고 자랑스러워하는 희정을 상상했다. 지방에서 온 아이들과 가장 먼저 친해진 희정이, 〈물결〉을 홍보하러 간 1학년 교실에서 윤금이 사건을 말하며 울먹이던 희정이, '양키 고 홈'을 무섭지 않게 말할 줄 아는 희정이, 만날 때마다 쪽지 편지를 전해 주는 희정이, 우리처럼 남북의 이산가족들도 자유롭게 편지를 주고받는 날이 빨리 왔으면 좋겠다며 조용히 서명 용지를 내밀던 희정이, 1학년 후배들에게 주머니를 다 털리고 차비를 꾸면서도 즐겁게 웃는 희정이, 그런 희정이가 자랑스러워하는 사람이라면 꽤 괜찮은 사람 아니겠는가. 수진은 생각했다. 그렇게 생각했다.

*

지난 3월 해체된 최대의 학생운동 조직인 「전국대학생대표자협의회」(약칭:全大協)의 後身인 「한국대학총학생회연합」(약칭: 韓總聯. 의장 金在容 한양대 총학생회장)이 27일부터 3일간 고려대에서 제1기 출범식을 갖는다.

문민정부를 맞아 정치, 사회적 환경이 크게 변화한 가운데 발족하는 韓總聯은 전대협의 정치적 투쟁노선을 계승하면서도 투쟁 일변도의 운동방식을 지양, 생활·학문 등의 분야까지 운동을 확대하는 등 전대협의 한계를 극복해 나갈 것이라고 다짐하고 있어 90년대 학생운동의 향방과 관련, 관심을 끌고 있다.

韓總聯은 전국 1백 80여 개 대학 대표자들의 협의체 형식으로 운영됐던 전대협과는 달리 각 대학 총학생회장과 단과대학 학생회장을 포함하는 1천 6백여 명의 대의원으로 운영되는 등 체제에서부터 큰 변화를 보이고 있다.

이 때문에 전대협 체제보다는 의사결정 과정이 좀더 민주화되고 다양한 문제의식을 수렴할 수 있는 기반을 마련함으로써 조직 내부 결속력을 강화할 수 있게 됐다는 게 학생들의 설명이다.

(중략)

이 같은 일련의 '통일사업'은 과거 全大協이 추진해 왔던 '통일투쟁'과 일맥상통하고 있다.

또한 한총련은 현 정부의 개혁 조치를 국민이 광범위하게 지지하고 있다는 점을 인정하면서도 이를 '구세력 제거를 통한 정권 유지 목적'으로 과소평가하고 국가보안법 철폐 요구 등 全大協이 벌여온 정치투쟁의 전통을 계속 이어갈 것으로 보인다.

이와 관련, 경찰 관계자들이 "한총련 역시 지금까

지 학생운동을 주도해 온 '주체사상파'에 의해 좌우될 것"이라면서 "한총련이 기존 운동권이 견지해 온 투쟁 목표나 방법에서 크게 벗어날 것이라고 섣불리 예상하기는 시기상조"라며 우려를 떨치지 못하고 있는 점도 주목할 부분이다.[*]

한국대학총학생회연합(한총련, 의장 김재용 한양대 총학생회장) 소속 전국 1백 87개 대학생 7만여 명은 27일 하오 6시부터 고려대 대운동장에서 한총련 제1기 출범식 전야제를 갖고 29일까지 3일간의 행사에 들어갔다. 전야제 개막에 앞서 한총련 의장 김재용 군은 하오 2시 기자회견을 갖고 『28일 하오에 범민족청년학생연합(범청학련) 공동의장단과 전화 회담을 갖기로 최종결정 했다』며 『그러나 인공기 게양은 당초 계획에 없었다』고 말했다.

경찰은 한총련이 전화 회담을 강행키로 함에 따라 27일부터 29일까지 고려대 전역에 대한 압수수색영장을 발부받은 상태여서 충돌이 예상된다.

한편 출범식 참석을 위해 상경한 남총련(광주·전남지역대학총학생회연합) 소속 학생 2천여 명은 연세대

---

[*] 연합뉴스, 《(焦點) 全大協 後身 韓總聯 정식 출범》, 1993.5.26. 부분

에 집결한 뒤 하오 6시 40분부터 2시간여 동안 연희동 일대에서 전두환·노태우 두 전직 대통령의 구속을 요구하며 최루탄을 쏘는 경찰에 맞서 돌 등을 던지며 시위했다.[*]

한총련이 1백만 청년학생들의 생활·학문·투쟁의 공동체임을 선언하고 구체적인 실천 사업들을 내오고 있는데 가장 대표적인 것이 1기 학원 자주화 추진위원회(이하 학자추, 위원장: 장용준, 건국대 총학생회장)의 결성이다. 87년, 몇몇 학교에서부터 불붙기 시작한 학원 자주화 투쟁(학자투)은 이제 전국 모든 학교로 확산되었다. 등록금 인하 투쟁에서부터 교육재정 확보, 사립학교법 개정 등의 교육 대개혁 투쟁은 학생들에게 가장 밀접한 부분이면서 기본이 되는 투쟁이다. 그러나 각 단위 학교에서는 이러한 양·질적 발전을 해왔지만 각 단위 학교 투쟁으로 그치고 말아 연대투쟁과 학자투쟁의 본질적 성격을 선전하는 데 한계점을 지녀온 것이 사실이다. 그래서 경제투쟁이라는 그릇된 인식을 하기도 했고 해마다 의례적으로 등록금투쟁을 하다 흐지부지해지기도 했던 것이다. 장용준 한총련 학자추위원장

---

[*] 한국일보, 〈한총련 오늘 출범식 / "북측과 전화 회담"… 경찰과 충돌 예상〉, 1993.5.28.

은 "민족과 조국에 대한 사랑의 시작이 바로 학원사랑입니다. 그리고 학자투는 학원을 죄는 사슬, 즉 민족과 조국을 죄는 사슬을 끊어버리는 것입니다. 이제 우리는 학자투를 자주·민주·통일을 향한 투쟁의 하나로 인식하고 반미·조국 통일 투쟁과 마찬가지로 중요시하여 추진해 나가야 합니다."라고 학자투의 의의에 대해 말한다.(관련기사 3면)

광주 진상규명, 책임자 처벌, 반미·조국 통일 투쟁, 학원 자주화 투쟁, 6공 청산과 민주대개혁 등 실로 많은 부분들에 대한 이야기가 나왔고 다시 한번 백만 청년학생들이 해야 할 일이 무엇인지 인식하고 그것을 위해 투쟁해 나가겠다는 결의를 한 3일이었다.[*]

*

난생처음 사랑니를 뽑은 날 희정은 불교학생회 회장이 되었다. 뭔가 일단락되는 기분이었고, 또 뭔가 새로 시작되는 느낌이었다. 그러나 끝났다고 아주 끝나는 것은 아니어서 사랑니 뽑은 자리가 계속 욱신욱신 쑤시고 아팠다. 잇몸은 물론이고 턱뼈까지 아픈 데다 볼이 성난 맹꽁이배처럼 부풀어 올랐다.

---

[*] 외대학보, 〈한총련 / 투쟁의 약화 아닌 생활, 학문의 강화〉, 1993.6.1. 부분

젖니를 뽑을 때와는 확실히 달랐다. 사랑니가 나는 동안 너무 아파서 뽑으면 속이 시원할 줄 알았는데, 시원하면서도 섭섭했다. 젖니는 뽑으면 다시 나지만 사랑니는 그렇지 않기 때문일까? 사랑니 하나 뽑은 것뿐인데 왠지 한 시절을 통째로 잃은 것 같은 기분이 들었다.

그런데 다행히도 사랑니를 뽑고 감상에 젖어 있을 틈도 없이 불교학생회장이 되었다. 무언가를 잃으면 무언가를 얻게 되고, 한 시절이 가면 또 다른 시절이 온다는 부처님의 말씀을 여실히 깨닫게 되는 상황이었다. 모든 인연은 오고 가는 때가 있으니 집착하지 말라는 부처님의 뜻이려니 희정은 생각했다. 불교학생회장이라는 부담스러운 자리를 맡게 된 것, 그것도 사랑니를 뺀 바로 그날 맡게 된 것도 다 시절인연에 따른 것이리라며 희정은 마음을 다독였다.

그로부터 얼마 후 희정은 큰 고민에 빠지고 말았다. 불교학생회장이 된 지 얼마 되지도 않았는데 오랫동안 자리를 비워야 할 일이 생긴 것이다. 물론 방학 중이긴 했지만, 원래 동아리는 방학 때 더 바빴다. 며칠을 혼자 끙끙 앓다가 도저히 안 되겠어서 미희 언니에게 상담을 청했다. 진희 언니가 매일 투닥거리며 싸우지만 제일 친한 둘째 언니 같은 존재라면 미희 언니는 좀 무섭긴 하지만 언제든 기댈 수 있는 큰언니 같은 존재였다. 지적인 데다 실천력도 뛰어나 희정이 언제나 닮고 싶어 하는 사람이었다.

"바쁘신데 보자고 한 거 아니에요?"

희정이 미안한 마음을 담아 이야기하자 미희 언니는 과장되게 손을 저으며 말했다.

"아냐, 하나도 안 바빠."

그럴 리가 없었다. 미희 언니는 학교를 졸업한 후에 이른바 현장이란 데엘 갔다고 했다. 책에서 읽은 대로라면 지금 미희 언니는 희정을 만나기 위해 시간을 쪼개고 쪼개 겨우 짬을 냈을 것이다. 어쩌면 '짭새'가 따라붙을까 봐 긴장하고 또 긴장하고 있을지도 몰랐다. 잘못되면 돌아가는 길에 경찰서에 '달려갈' 수도 있었다. 이렇게 험한 길을 달려와 달라고, 희정이 염치도 없이 조른 것이다. 너무나 괴로운 마음에 무턱대고 언니에게 할 말이 있으니 만나자고 했던 건데, 미희 언니를 만나자마자 후회하는 마음이 밀려들었다. 아, 나는 왜 이렇게 생각이 없을까. 미희 언니는 작년에 봤을 때보다 더 마르고 피곤해 보였다.

"밥은 먹었니?"

"지금 시간이 몇 신데요."

희정은 말해 놓고 아차 싶었다. 어쩌면 미희 언니는 아직 한 끼도 못 먹었을 수도 있다. 희정은 얼른 덧붙였다.

"하지만 또 먹을 수 있어요. 고민을 많이 해서 그런가 배가 금방금방 고파져요."

미희 언니가 하하 웃더니 희정의 볼을 살짝 쥐었다 놓았다.

"여전하구나. 남 걱정 먼저 하는 거. 그럼 커피나 마시지, 뭐."

"언니 배 안 고파요?"

"그럼. 지금 시간이 몇 신데."

희정을 보고 한쪽 눈을 찡긋하더니 언니가 앞장서 걸어갔다. 자판기 커피도 괜찮아요. 말하려다가 희정은 입을 꾹 다물었다. 아무것도 아닌 것 같은 이 말이 어쩌면 언니에게 상처가 될 수도 있었다. 아무리 상처를 받았어도 언니는 또 이렇게 말했겠지만. 공순이도 이 정도는 살 수 있어. 언니는 정말 아무렇지도 않아서 아무렇지 않은 걸 수도 있다. 혼자 북 치고 장구 치며 넘겨짚는 그 모든 행위가 언니에게 더 깊은 상처를 주는 것일지도 모른다. 언제나 언니는 말했었다. 지나친 배려는 배려가 아니라고. 희정이 이런 생각들을 하느라 우물쭈물하는 사이 저만치 앞서가던 미희 언니가 뒤돌아서서 손짓을 했다. 빨리 와.

오래 고민한 것에 비해 미희 언니의 답은 명쾌했다.

"네가 너 좋자고 통선대(통일선봉대) 가겠다는 거 아니잖아."

"그래도 제가 이기적인 것 같다는 생각이 들어서요."

"그럼 너 대신 다른 사람보고 가라고 해. 누가 가겠다는 사람 있어?"

희정이 대답을 못 하고 머뭇거리자 미희 언니가 그것 보라는 듯 말했다.

"안 가든 못 가든 가겠다는 사람이 하나도 없잖아. 그런 데를 네가 가는 거야. 박수를 치고 응원해 줘도 모자라지. 뭐 문제 있어?"

"동아리 일도 많은데……."

"남은 사람이 하면 되지. 못 하면 마는 거고. 다 시절인연 따라가는 거야. 마찬가지로 인연이 아니면 네가 아무리 고민한다 해도 통선대에 못 가겠지. 그런데 네가 통선대에 안 가고 여기 남아서 동아리 일을 하면 잘 될까? 네 머릿속은 온통 통선대 생각으로 가득할 텐데."

미희 언니의 말이 희정에게 큰 도움이 되었다. 희정이 없는 동안 학교에 남아서 고생할 동아리 사람들에 대한 죄책감을 다 내려놓을 수는 없지만, 적어도 자신의 선택에 대해 당당할 수 있을 것 같았다. 희정은 미희 언니에게 고맙다고 말했다. 미희 언니는 아무 말 없이 웃기만 했다.

지하철역에서 헤어지려는데 미희 언니가 희정의 오른손을 양손으로 포개어 쥐며 제발 건강하라고 말했다. 희정은 그건 내가 하고 싶은 말이라고 했다. 미희 언니는 희정의 손등을 두어 번 톡톡 두들기고는 손을 놓고 뒤돌아섰다. 몇 걸음 걸어가다 말고 미희 언니가 돌아서서 희정을 바라보며 말했다.

"너한테 했던 말, 사실은 다 나한테 하는 말이었어. 고마워.
내 얘기 들어 줘서."

희정의 눈에 눈물이 핑 돌았다. 언니는 빚진 마음까지 다 가
져가는구나. 미안해하지 말라고, 그런 마음 때문에 무거워지지
말라고, 가볍게 훨훨 날아가라고, 하고 싶은 대로 다 하라고.
뿌옇게 번진 미희 언니가 희정의 시야에서 점점 멀어져갔다. 미
희 언니가 아주 안 보일 때까지 눈으로 뒷모습을 좇던 희정은
돌아서며 다시 한번 다짐했다. 나도 미희 언니 같은 사람이 되
어야지.

*

아침부터 푹푹 쪘다. 아무리 8월이라지만 더워도 너무 더웠
다. 학생들이 모여 있는 강의실은 악취로 가득 찼다. 찜통에 들
어앉은 듯 습하고 뜨거운 날씨 때문에 가만히 있어도 땀이 줄
줄 났는데, 제대로 씻을 수도 옷을 갈아입을 수도 없었다. 발
치에 벗어 둔 신발에서는 고린내가 진동했다. 낮 동안 내내 돌
아다니다가 밤이 늦어서야 신발을 벗으면 양말이 푹 젖어 있
었다. 발가락 사이사이에 붉은 반점들이 생겼고, 가렵고 쓰렸
다. 생리를 하는 여학생들의 사정은 더욱 좋지 않았다. 하루 종
일 찝찝한 기분을 견뎌야 했다. 역 앞에서 집회를 할 때는 그래

도 사정이 나았지만, 무작정 거리로 나설 때는 화장실에 갈 수가 없었다. 아침에 출발하기 전에 생리대를 두 겹 세 겹으로 대었어도 혹여라도 새지 않을까 불안했다. 다행히 화장실을 발견해 생리대를 갈려고 바지를 내리면 푹 젖은 생리대에서 썩은 냄새가 풀풀 올라왔다. 생리혈이 샐까 봐 잠도 제대로 잘 수 없었다. 너무 피곤해서 실신하듯 잠든 날에는 여지없이 엉덩이가 붉게 물들었다. 생리도 전염되는 것인지, 옆에 생리하는 사람이 있으면 주기가 아닌데도 생리가 터졌다.

"그러니까 약을 먹었어야지."

관록이 있는 선배들이 귀띔해 주면 후배들은 입을 비쭉이며 중얼거렸다.

"진작 좀 알려 주지."

그래도 더러운 건 참을 만했다. 마음을 놓아 버리면 되니까. 너도나도 똑같이 다 더러웠으므로 남을 탓할 것도 창피할 것도 없었다. 어느 정도 시간이 흐르면 후각이 마비되어 냄새도 안 났다. 아무리 깔끔을 떨어 봤자 오후가 되면 또 다시 더러워질 걸 알았기 때문에 마음을 놓아 버리기도 쉬웠다. 굳이 마음먹지 않아도 어느 순간 마음이 저절로 놓였다.

그러나 배고픔은 달랐다. 너도나도 다 똑같이 배가 고파도 먹고 싶은 마음은 놓아지지가 않았다. 하루 종일 초코파이 하나만 먹을 때도 있었고, 컵라면 하나로 하루를 버틸 때도 있었다. 운이 좋으면 도시락을 먹을 때도 있었지만 그건 어디까지나 운이 좋을 때였다. 이 한 끼를 먹고 조금만 있으면 또 다시 배가 고파질 걸 알았기 때문에 배고픔은 차라리 공포였다. 배고픔은 후각처럼 마비되지도 않았다.

“시원하고 달콤한 팥빙수.”

“정신이 혼미해질 정도로 아주아주 매운 떡볶이.”

“짜짜라짜짜 짜짜짜 짜파게티. 지금 같아선 20봉도 먹을 수 있을 것 같아.”

“짜글짜글 졸아붙은 된장을 넣고 싸 먹는 호박잎쌈.”

“두툼한 비계가 붙은 돼지고기를 넣고 끓인 김치찌개.”

“간장에 참기름 넣고 비벼 먹는 밥. 그 위에 반숙 달걀을 올려놓고 숟가락으로 노른자를 톡 터뜨릴 때의 그 감촉.”

“고추장 넣고 비벼 먹는 갓 지은 하얀 쌀밥. 죽과 밥의 중간 정도의 점도면 금상첨화.”

“하얀 쌀밥 위에 김치 하나 올려놓고 김으로 싸서 먹고 싶어.”

하루 일과를 마치고 자리에 누워 각자 먹고 싶은 것들을 말하다 보면 뱃속이 더욱 요동쳤다. 꾸루룩 꾸루룩. 그런 소리를 들으면 어쩐지 슬퍼졌다. 누군가의 배에서 꾸루룩 소리가 나면 학생들은 딱딱한 바닥에 이부자리 대용으로 깔아놓은 골판지 위에 모로 누운 채 자신의 배를 두 팔로 감싸 안았다. 그래도 소리가 났다. 돌림노래처럼, 여기서 꾸루룩 하면 곧이어 저기서 꾸루룩 했다. 생이 하수구로 빨려 들어가며 내는 소리 같았다. 그런 밤이 지나고 아침이 오면 학생들의 눈가에 소금꽃이 피어 있곤 했다.

실은 이런 것들이 괴로운 것이었다. 백골단에게 얻어맞고, 최루탄 매운 내에 눈물 콧물이 줄줄 흘러내리고, 시민들에게 욕을 먹고 따귀를 맞고, 무자비한 경찰의 진압에 피가 터지고, 피 터진 채 잡혀가는 것은 차라리 아무것도 아니었다. 탄압이 심해지면 배고픔도 잊었다. 더러움도 잊었다. 비참함도 잊었다. 분노만이, 오직 분노만이, 타는 듯한 분노만이 남았다. 그때는 살고 싶은 생각도 죽고 싶은 생각도 다 잊었지만, 모든 것이 잦아든 고요한 밤이 오면 이러다 죽을 것 같은 공포가 밀려왔다. 살고 싶어서, 너무나 살고 싶어서 죽는 게 두려웠다. 이토록 눈부시게 젊은 날이 꾸루룩 꾸루룩 하수도로 흘러가 버리는 것 같아서 뼛속이 시렸다.

실은 이런 것들이 힘든 것이었다. 투지로 불타올라야 하는 마음이 꾸루룩 소리에 약해지는 것. 구호와 선언과 민중가요보다 먹고 싶은 것의 목록이 더 생생히 떠오르는 것. 화강암처럼 단단하다고 믿었던 조국과 민족에 대한 마음이 실은 밀가루 반죽처럼 무르기 그지없는 것이었다는 것. 아침의 마음과 밤의 마음이 이렇게나 다르다는 것. 어쩌면 밤의 마음이 진심일지도 모른다는 것.

대권은 희정을 지켜보는 시간이 많아졌다. 통일선봉대 5일 차 때 광주 미문화원에 항의 방문을 하러 갔다가 경찰들에게 맞아 안경이 깨졌다. 그 바람에 시야가 온통 뿌옇게 흐렸지만, 희정이 어디서 무엇을 하는지 다 보였다. 희정은 참 이상한 애였다. 덥고, 졸리고, 배고프고, 모두가 예민해질 대로 예민해져서 새끼 밴 짐승처럼 날카로워져 있을 때도 희정은 웃었다. 늘상 말도 없이 조용했는데, 자기가 하고 싶은 말을 웃음으로 대신하듯 날마다 잘도 웃었다. 광주 미문화원에서도 그랬다. 최루탄이 터지고, 최루액에 맞아 피부가 벌겋게 부풀어 오르고, 곤봉이 날아와 머리며 어깨며 등을 가격하고, 누군가는 싸우고 누군가는 도망가고 누군가는 잡혀가는 아수라장 속에서도 희정은 웃었다. 눈에는 공포와 슬픔과 절망과 분노와 걱정이 가득 담겼는데, 입은 웃고 있었다. 금방이라도 굴러떨어질 것 같은 눈물방울을 억지 미소로 밀어 올리려는 듯 그 애는 대권을 보고 자꾸만 웃었다. 벌겋게 부풀어 오른 피부를 물에 적신 수건으로 닦아주며 자꾸만 미소 지었다. 저도 최루액에 맞아 얼굴이며 팔이며 온통 부풀어 오른 주제에 대권의 얼굴과 팔을 닦아 주며 이제 막 전 주인과 헤어지고 새 주인을 만난 강아지처럼 웃었다. 대권의 귀에는 그 미소가 어떡해, 어떡해 하며 우는 울음으로 들렸다. 아마 그때부터였을 것이다. 대권이 희정을 눈에 담기 시작한 것이.

그때는 그래도 통일선봉대 시작한 지 얼마 되지 않았고, 굶주리지는 않을 만큼 먹을 게 있을 때라 힘이 뻗쳤다. '양키 고홈!' 외치는 소리에 힘이 있었고, 대치하는 전경과의 몸싸움에서도 밀리지 않을 자신이 있었다. 시민을 향해 또박또박 논리적으로 발언하는 간부 선배들을 보면서 나도 언젠가는 저 자리에 설 거야, 같은 생각도 했더랬다. 신문지에 싼 쇠 파이프가 하나도 무겁지 않았고, '사수대'라는 이름이 하나도 무섭지 않았다. 하지만 잠시뿐이었다.

사람을 향해 앙앙대며 대드는 새끼 발바리를 지켜보았던 듯, 계속 까부는 꼴을 더는 보아줄 수 없다는 듯, 그래서 냅다 발길질을 해 버리듯 전경들이 행동을 개시하자 대열은 순식간에 아비규환이 되었다. 최루탄이 터지자 숨을 쉴 수가 없었다. 폐가 타 버리는 듯했다. 기침과 동시에 눈물 콧물이 터져 나왔다. 눈이 너무 따가워서 눈 뜨기가 힘들었다. 눈을 감고 아무 데나 쇠 파이프를 휘둘렀다. 전경들이 구호를 외치며 한 발짝씩 전진했다. 전경과 가까이 붙자 쇠 파이프는 무용지물이 됐다. 어깨로 전경의 방패를 밀었다. 스크럼을 짠 전경들은 꿈쩍도 안 했다. 으쌰 으쌰, 구호를 외치며 힘차게 밀어 봤지만 오히려 전경들에게 조금씩 밀리고 있었다.

— 쟤 뒤로 빼!

외침과 함께 여러 개의 손이 대권의 팔을 붙잡아 대열의 뒤편으로 보냈다. 흥분한 대권은 사람들에게 붙들린 채 펄펄 뛰며 전경들을 향해 계속 발길질을 했다.

— 그만해 새끼야, 너 이마에서 피나잖아!

어떻게 싸웠는지 생각도 안 났다. 어디를 맞았는지 아프지도 않았다. 눈에 뵈는 게 없었다. 피가 난다는 말을 듣고 이마를 훔쳤다. 손가락에 피가 묻어났다. 그제야 아픔이 몰려왔다. 안경은 어디로 갔는지 콧잔등이 휑했다. 눈에 뵈는 게 없었던 이유가 싸우느라 흥분해서 그런 게 아니라 진짜로 안경이 없어졌기 때문이었던가 보았다. 대권의 팔을 붙든 손들이 대권을 뒤편으로 보낸 후 사라졌다. 대권은 이제 뭘 어째야 좋을지 알 수 없어 멍하니 앉아 있었다. 그때였다. 꽃무늬 손수건이 눈앞으로 다가들었다.

— 피가 많이 나요. 아, 잠깐만요.

손수건을 쥔 손이 그것을 펴서 삼각형으로 접고 또 접어 띠처럼 만들더니 피가 흐르는 대권의 이마를 동여맸다.

— 진짜 투사 같아요.

새카만 얼굴에서 하얀 이가 빛났다. 쭈뼛쭈뼛 고맙다는 말을 건네려는데 다시 최루탄이 터졌다. 앞쪽의 사수대가 무너졌다. 전경들이 빠르게 진격했다. 사람들이 흩어져 도망가기 시작했다. 어디선가 선득선득 물방울이 떨어졌다. 곧이어 피부가 화끈거리며 벌겋게 부풀어 올랐다. 손 하나가 대권의 왼손을 억세

게 붙잡고 달리기 시작했다. 폐가 타들어 가는 것 같고 심장이
멈출 것 같았다. 기침과 눈물과 콧물이 동시에 터졌다. 여전히
눈앞은 뿌연데 앞선 여자의 등 뒤에서 까만 머리카락이 말꼬리
처럼 좌우로 흔들리는 게 선명하게 보였다. 참 신기했다.

그 후로 그 여학생이 자꾸만 눈에 띄었다. 이름도 알아냈다.
권희정. 성신여대 2학년 권희정. 아직 고맙다는 말을 못 했는
데, 이제 선봉대 일정이 3일밖에 안 남았다. 그 전엔 할 수 있겠
지. 그러나 대권은 끝내 그 말을 하지 못했다. 그런 말을 건네기
엔 돌아가는 상황이 그렇게 낭만적이지 못했다. 매일 싸우고,
매일 맞고, 매일 도망치고, 매일 끌려가고, 매일매일 내일을 준
비해야 했다. 내일은 또 누가 끌려갈지 알 수 없었다. 그게 대권
자신이 될 수도 있었다.

그때는 고맙다는 말, 그 말 한마디 건네는 게 그렇게 어려운
일이었다. 그리고 더 많은 시간이 흘렀을 때는 그 말이 우스운
말이 되어 버렸다. 제때 전하지 못한 말은 그렇게 우스워질 수
도 있었다.

조별 평가를 마치고, 후배들을 살피고, 오늘의 상황을 학교
에 전달한 뒤 희정에게 비로소 여유가 생겼다. 새벽 2시가 조금
지나 있었다. 너무 피곤해서 바닥에 머리가 닿자마자 잠이 들
것 같았다. 하지만 희정은 하루 일과가 끝나고 고요히 가라앉

는 이 시간이 좋았다. 옆에서 잠든 사람들의 숨소리를 가만히 듣고 있는 이 시간이 너무나 귀했다. 희정은 잠든 사람들의 얼굴을 하나하나 들여다보다가 살며시 밖으로 나갔다.

지금 이 시간을 밤이라고 해야 하나, 새벽이라고 해야 하나. 인디언들은 저녁이 오는 시간을 개와 늑대의 시간이라 부른다던데, 그럼 새벽이 오는 시간은 뭐라고 할까? 우리에게 내일은 어떤 하루가 될까? 어쩌면 사람들이 맞는 새벽은 모두가 제각각이어서 저녁이 오는 시간처럼 특별한 이름을 붙여 줄 수 없는 건지도 모른다. 다시 열릴 하루를 기대하고 기다리는 사람 옆에는 너무나 길어서 끝나지 않을 것만 같은 하루를 두려워하는 사람이 있다. 온종일 즐거워서 빨리 지는 해가 아쉽기만 한 사람이 있는가 하면 칼날 같은 긴장감과 책임감 때문에 지는 해가 무엇보다 반가운 사람도 있다. 희정은 어둠이 장악한 교정 벤치에 앉아 자신은 어느 쪽일까 생각해 보았다. 아무리 생각해도 후자였다. 희정은 다가올 내일이 아무리 해도 기대되지 않았다. 두렵고 또 두려웠다. 내일은 누가 잡혀갈까, 혹시 크게 다치지는 않을까, 만에 하나 누구 하나가……. 거기까지 생각이 이어지자 희정은 절레절레 고개를 저었다. 그리고 어둠 저 너머에 도사리고 있을 어떤 기운에게 퉤·퉤·퉤 침을 세 번 뱉었다. 그러고 나서 나직나직 노래를 불렀다. *동지여 그대가 보낸 오늘 하루가 어제 내가 그토록 살고 싶었던 내일 동지여 그대가 보낸*

오늘 하루가 내가 그토록 투쟁하고 싶었던 내일…….[*]

희정은 마음이 약해지려 할 때마다 일기를 썼다. 그런데 여기 와서는 일기를 한 번도 쓰지 않았다. 마음 약해지고 힘들 때가 훨씬 더 많은 이곳에서 희정은 무엇인가를 끄적인 적조차 없다. 어쩌면 약해진 마음을 다잡는 것도 힘이 있어야 하는 건지 몰랐다. 약해지면 안 돼, 약해지면 안 돼, 빈 종이에 끄적끄적 써 내려 가는 것도 아주 약해지지는 않았을 때 할 수 있는 일인지도. 그렇다면 나는 지금 아주 약해졌나? 그런 것도, 아닌 것도 같았다. 꼬르륵. 그래, 다만 배가 고플 뿐이야. 다만 배가 고플 뿐이지.

희정은 살금살금 강의실로 돌아가 자리에 누웠다. 21세기를 목전에 두고 배 꺼지는 게 무서워 잠자리에 들려 하고 있었다. 오늘 하루는 열사가 그토록 살고 싶었던 내일. 나는 그들에게 빚이 있어. 그 빚을 갚으려면 열심히 살아야지. 자리에 누워 희정은 허공에 대고 일기를 썼다. 아직은, 그렇게까지 약해지진 않은 모양이었다.

"아이고야, 그 동네 농사는 네가 다 짓고 왔냐?"

선순은 집으로 들어오는 희정을 보고 깜짝 놀랐다. 한여름

---

[*] 1992년 꽃다지의 비합법 음반 1집을 통해 처음 발표된 「열사가 전사에게」 중에서(최준 글/김성민 가락).

땡볕에 농활을 하고 왔으니 까맣게 탄 거야 그렇다 쳐도 전쟁
통에 피죽 한 그릇 못 얻어먹은 아이마냥 삐쩍 마른 꼴은 차마
눈 뜨고 못 볼 지경이었다.

"도대체 농사를 어떻게 지으면 이렇게 돼."

"엄마, 배고파요."

"배고파? 그럼 밥 먹어야지. 기다려 봐. 얼른 차려 줄게."

"먼저 씻고요."

희정이 지나가는데 땀 냄새와 함께 꾸릿한 냄새가 났다.

"거기는 씻을 데도 없든? 아무리 시골이라도 그렇지 목욕할
데도 없어?"

"알잖아요, 나 예민한 거."

"그래서 거지꼴로 왔어? 오매, 창피한 거."

"엄마, 나 된장찌개."

희정이 씻는 동안 선순은 된장찌개를 끓였다. 된장 푼 물에
감자와 호박을 숭덩숭덩 썰어 넣고 매콤한 고추도 어슷어슷
썰어 넣었다. 된장찌개가 보글보글 끓어오를 때쯤 두부를 넣으
려고 보니 두부가 없었다.

"희정아, 엄마 두부 좀 사 올게."

욕실을 향해 큰 소리로 말하고 집을 나섰다. 몇 발짝 걸었
을 뿐인데 땀이 줄줄 흘러내렸다.

"날씨도 원. 이런 날씨에 농사를 지었으니."

선순은 두부를 사러 가는 김에 닭이라도 한 마리 사다가 고 아야겠다고 생각했다.

선순은 딸이 고생하는 게 싫었다. 꽃처럼 예쁘고 귀한 딸이 고생을 사서 한다는 게 영 탐탁지 않았다. 학생이 공부를 해야 지, 말렸지만 희정은 농활도 공부라며 가겠다고 우겼다. 불면 날아갈세라 딸내미를 애지중지 끼고 돌던 남편은 어쩐 일인지 그런 희정을 말리지 않았다. 오히려 부추기는 것 같았다. 대학 생이 그런 경험도 해 봐야지. 아버지의 허락이 떨어지자 희정은 걸핏하면 농활을 갔다. 봄 여름 가을 겨울 시도 때도 없이 갔 다. 옛날 선순이 어렸을 때는 농한기라는 것이 있어서 겨울에는 농사를 짓지 않았는데, 요즘은 비닐하우스니 뭐니 해서 겨울에 도 농사를 짓는 모양이었다. 농촌에 젊은 사람들이 없어서 농 사짓기 힘든데도 일거리를 더 늘려야 하는 게 지금 농촌의 현 실이라고 했다. 아무리 힘들게 농사를 지어도 수지타산이 맞지 않으니 겨울이라고 해서 마냥 놀고 있을 수는 없다고 희정이 말했다. 도시가 젊은 사람들을 몽땅 데려다 써서 농촌에는 노 인들만 남았으니 대학생들이라도 틈틈이 가서 손을 보태야 하 는 거라고. 사람 농사 지으라고 사범대학 보내 놨더니 사람 농 사는 뒷전이고 흙 농사만 짓는 딸이 야속했지만, 희정의 말이 다 맞으니까 더 이상 말릴 수가 없었다. 게다가 남편까지 나서 는 데야, 뭐.

두부와 닭을 사 가지고 돌아오자 희정이 식탁에 앉아 벌써 밥을 먹고 있었다.

"된장에 두부 넣어야 되는데."

"안 넣어도 맛있는데요, 뭐."

"많이 먹지 마. 이따 백숙해 먹게."

"더운데 백숙은 뭘요. 된장찌개도 엄청 맛있구만."

"힘들게 농사짓고 왔는데 몸보신해야지."

"힘들게 살 뺐는데 금방 또 다시 찌겠네."

"네가 뺄 살이 어디 있다고."

"엄마 눈엔 내가 제일 예쁘죠?"

"그럼, 누구 딸인데."

희정이 배시시 웃었다. 네가 웃으면 얼굴에서 광채가 나. 너는 그거 모르지? 선순은 딸의 얼굴을 보는 게 좋았다. 그냥 있을 때도 좋았지만 저렇게 웃을 때는 너무 좋아서 어째야 좋을지 몰랐다. 귀하고 귀한 내 딸. 이제 농활 가서 고생하는 건 그만하지 그래? 선순은 목구멍까지 올라온 말을 꿀꺽 삼키고 냉장고로 가서 물병을 꺼내왔다. 컵에 물을 따라 희정이 앞에 내려놓는데 세탁기에서 삑삑 소리가 났다.

"그새 빨래도 했어? 그냥 두면 엄마가 할 텐데."

"빨래는 세탁기가 했고요."

희정이 말하고 또 배시시 웃었다. 눈부시게 웃는 딸을 이윽히 바라보며 선순은 속으로만 생각했다. 말라도 너무 말랐네.
이제 농활 같은 덴 그만 가지.

*

명희는 희정이 보낸 편지를 받고 마음이 복잡해졌다. 티 내
지 않으려 안간힘을 썼는데, 그 마음까지 다 들킨 것 같아 창피
하고 자존심 상했다.

요즘 명희의 상태가 그랬다. 싱그럽고 밝은 기운으로 운동
판에 활력을 주던 박명희는 어디로 가고, 바람 빠진 풍선처럼
기운 없는 박명희만 남아서 이리저리 흔들리고 있었다. 나도 나
를 모르겠어. 그동안 한 번도 이런 적이 없었는데……. 명희는
혼란스러웠다. 이런 감정은 아무래도 낯설었다. 그동안 얼마나
신바람 나게 살아왔나. 얼마나 즐겁게 이 길을 걸어왔나. 그런
데 조국 통일을 위해 이 한 몸 바치고자 했던 뜨거운 열정이 식
었다. 아니다. 식은 건 아닌데, 변했다. 변한 것 같다. 뭐가 어떻
게 변했는지 잘 모르겠는데 변한 것 같고, 그래서 괴로웠다. 괴
로워서 미칠 지경이었다. 모든 게 다 싫고 짜증 나고 아무것도
하기 싫었다. 그럴 때마다 죄책감이 커다란 바윗덩이처럼 가슴
을 짓눌렀다. 이러면 안 되지, 이러면 안 돼. 스스로를 채찍질해
봐도 잠시뿐이었다. 물 위에 채찍을 갈긴 것처럼 불순하고 연

약한 마음들은 갈라졌다 금방 다시 모여들었다.

그러던 중 희정에게 싫은 소리를 들었다. 나태하고 이기적이라고……. 사람 좋고 남에게 상처 주는 말 같은 건 할 줄 모르는 아이가 그런 말을 해서 명희는 충격을 받았다. 더구나 희정은 명희를 사랑한다고 말했었다. 불교학생회에 단 한 명뿐인 동기라며 그동안 살뜰히도 챙겼다. 그런데 어떻게 그런 말을 할 수 있지? 상처가 너무 커서 희정이 처음으로 미웠다.

사실 희정을 이해하려고 들면 못 할 것도 없었다. 희정이 불교학생회 회장이 된 후로 얼마나 많은 일들이 일어났고, 그것들을 해결하느라 얼마나 고군분투했는지 명희도 잘 알았다. 동아리 연합회에서 동아리 방을 바꾸라고 일방적으로 통보했을 때, 희정은 홀로 싸웠다. 이게 개인적인 일이라면 백 번 천 번 아니라 백만 번이라도 양보하겠지만 동아리의 일이니 싸우지 않을 수 없다고 희정이 괴로워할 때 명희는 가까이에서 힘이 되어 주지 못했다. 그 일로 가깝게 지내던 가톨릭학생회 회장과 관계가 서먹해졌다고, 혼자 짐 나를 때 소매 걷고 웃으며 도와줬던 가톨릭학생회 친구들을 잃고 싶지 않다고, 사람을 잃는 건 너무 슬픈 일이라고 울적해했을 때도 명희는 희정에게 변변한 위로의 말조차 건네지 못했다. 동아리에서 가장 큰 행사인 창립제를 앞두고 할 일이 얼마나 많은지 잘 알면서도 명희는 거의 손을 놓고 있었다. 이리 뛰고 저리 뛰는 희정을 보면서 내내 미안했지만, 선뜻 나서지지가 않았다. 그냥 다, 싫었다…….

　한편으로는 희정을 믿는 마음도 있었다. 희정은 저력이 있는 아이였다. 지독한 몸치가 피나는 연습을 통해 훌륭한 몸짓패로 거듭났다는 〈자주꽃〉 일화는 유명했다. 새내기 새로 배움터에서 한 번도 안 틀리고 그 많은 동작들을 다 해 내더니, 아직까지 〈자주꽃〉 활동을 무리 없이 이어가고 있다고 했다. 명희가 직접 겪고 혀를 내두른 일도 있다. 작년 창립제 때 연극을 하게 되었는데, 희정이 주인공 역을 하기로 했다. 연출을 맡은 선배는 희정이 연극을 해 본 적도 없고, 수줍어하는 성격에 목소리도 너무 작다며 계속 툴툴거렸다. 못 해 낼 거라고, 주인공을 맡기에는 무리라고, 지금이라도 바꾸라고 짜증 섞인 목소리로 언성을 높였다. 명희는 사람을 앞에 두고 험한 말을 내뱉는 연출이 아니꼬웠다. 제가 연출이면 연출이지, 사람 무안하게 꼴값을 떨고 있네. 위로랍시고 명희가 뒷담화를 하자 희정이 웃으며 말했다. 사실인데 뭘. 그래도 네가 내 편 들어 주니까 기분 좋다. 결과를 놓고 보면 그날의 희정은 확실히 기분이 나빴다. 나빠도 보통 나쁜 게 아니었다. 얼마나 이를 악물고 연습했으면……. 희정은 기립박수를 받았다. 연극을 본 사람들이 희정을 둘러싸고 축하 인사를 건네며 이제야 숨어 있던 재능을 찾은 거냐고, 불교학생회 때려치우고 대학로로 간다고 하는 거 아니냐고 농담을 할 정도였다. 하지만 명희는 알았다. 희정이 얼마나 맹렬히 연습했는지를. 모두가 돌아간 빈 동아리 방에서 혼자 악을 쓰며 대사를 외던 희정의 모습을 목격하지 못했다면 명희도 희정이 숨은 재능을 찾았다고 생각했을 거였다. 넌덜머리가 날 정도로 반복 또 반복됐던 그날의 연습. 성실함을 넘어 미련해 보이기까지 하던 그 모습을 숨죽이고 오래오래 지켜보지 않았다면 명희는 학교에 떠도는 〈자주꽃〉의 전설을 과장된 이야기라며 그저 흘려 버렸을 것이다.

그런 아이가 조금 힘들다고 창립제를 못 해낼 리가 없다. 비록 동기는 명희뿐이었지만, 희정의 주위에는 희정이 전적으로 믿고 따르는 진희 언니를 비롯한 선배들도 있었고, 희정이라면 껌뻑 죽는 권복이 같은 후배들도 있었다. 그들과 힘을 모으면 자기 하나쯤 빠져도 괜찮을 거라고 생각했다. 그런데 그 조용한 권희정이, 사람 좋은 권희정이, 마음 약한 권희정이 명희에게 모진 소리를 했다. 넌 너무 나태하고 이기적이야. 명희는 울고 싶었지만, 또 한편으로는 속상해 우는 것조차 지겹고 귀찮았다. 희정이 던진 말에 깊숙이 베였고, 상처가 크게 벌어져 마음 저 깊은 곳에서 쿨럭쿨럭 피가 솟구쳤지만 그 상처에 손을 올려놓는 것조차 힘에 부쳤다. 그런 와중에도 미운 마음은 들어서 서러웠다. 희정이 미운데, 정작 미워해야 할 사람은 자신이라는 것을 너무나 잘 알겠어서 화가 나려 했다. 그러나 그것도 잠시, 생각 하나가 곧 뒤따라와 명희의 머릿속을 가득 채웠다.

화는 내서 뭐 하나…….

그 뒤로 희정을 똑바로 볼 수 없었는데, 이렇게 희정에게 편지를 받고 보니 심사가 더욱 복잡해졌다. 명희는 희정이 준 편지를 처음부터 다시 읽어 보았다. 희정은 미안해하고 있었다. 너무 심한 말을 한 것에 대해, 매도한 것에 대해, 오해한 것에 대해 명희에게 사과했다. 하지만 명희는 용서하고 싶지 않았다. 편지에 적힌 이 말 때문에. *넌 나의 다른 부분이다. 항상 드러나는 성격은 다르지만 너무나 많은 것이 우린 비슷했잖아. 널 잃는 것은 날 잃는 것일 뿐만 아니라 너에게 실망하는 것은 곧 나에게 실망하는 것.*[*]

명희는 착잡한 심정으로 편지를 접어 가방에 넣었다. 희정아, 난 지금 좀 아픈 것 같아. 그래서 내가 너의 부분인 게 싫어. 네가 나에게 실망하는 것도 싫고, 나에게 실망해서 너 자신에게 실망하는 건 더 싫어. 희정아, 너는 아프지 마. 명희가 끝내 부치지 못할 편지를 마음속으로 썼다 지우는 동안 어둠이 슬금슬금 다가오고 있었다. 개와 늑대의 시간. 어떤 것이 개이고 어떤 것이 늑대인지 구분하기 힘든 시간. 자신이 개인지 늑대인지 헷갈리는 시간.

창립제도 끝났고 일일 호프도 잘 마쳤다. 큰일을 잘 치러내서 후련하고 뿌듯할 줄 알았는데, 희정은 어쩐지 허무한 마음

---

[*] 희정이 불교학생회 동기인 명희에게 쓴 편지 중에서.

이 들었다. 왠지 일 잘했다는 말만 남고 사람을 다 잃은 것 같은 느낌이었다. 일을 잘했다는 소리를 들으면 기분이야 좋지만 그건 그냥 지나가는 거였다. 일은 항상 흘러간다. 아무리 잘해도, 아무리 못해도 반드시 끝나게 되어 있다. 또 시간이 지나면 다 잊힌다. 그때 했던 고생, 그때 했던 걱정, 그때 흘렸던 땀, 나도 모르게 튀어나왔던 불평과 욕설, 남몰래 내쉬던 한숨, 그런 것들은 그저 인상만 남고 다 흩어진다. 일이 끝나면 그 모든 것들이 한 데 뭉뚱그려져 좋았거나 싫었던 장면으로 남는다. 인생에서 두 번은 마주하기 싫을 정도로 힘들고 어려웠던 일들도 결국은 좋았던 기억으로 남는다. 그땐 우리가 그렇게 고생을 했다. 그래도 그때가 좋았지, 하는 식이다. 하지만 사람은 다르다. 사람은 남는 거다. 무심히 지나가던 사람도 어떤 연유로 가슴에 와서 콕 박혀 버리면 아무리 해도 지울 수가 없게 된다. 오히려 지우려 하면 할수록 더 선명하게 떠오른다. 그 사람의 얼굴, 그 사람의 냄새, 그 사람의 목소리, 그 사람의 체온 같은 것들이 각자의 지분을 주장하며 마음에서 소란을 일으킨다. 때문에 절교를 함부로 해서는 안 된다. 안 좋게 헤어지거나 억지로 끊어내면 자꾸만 생각나니까.

명희에게서는 답장이 없었다. 답장은 고사하고 편지를 읽지도 않았으면 어쩌나 싶어 희정은 조바심이 났다. 편지를 받자마자 박박 찢어 쓰레기통에 처박아 버린 건 아닌지 걱정하다가 명희가 그렇게까지 모진 애는 아니지, 생각하며 마음을 달랬다. 희정은 정말이지 자신의 발등을 찍고 싶었다. 입을 아주 박음질로 꽁꽁꽁 꿰매 버리고 싶었다. 명희가 아무리 잘못했어도 그런 말을 해서는 안 되는 거였는데. 더구나 명희는 잘못한 게 하나도 없었다. 결과가 기대치에 못 미쳤을 뿐, 열심히 하지 않은 건 아니었다. 어쩌면 기대치가 너무 높았는지도 몰랐다. 희정은 명희가 얼마나 애쓰고 있는지 다 보였다.

그렇다고 명희에게 서운한 마음을 품지 않기란 어려운 일이었다. 엄밀히 말해 서운함이라기 보다는 일종의 투정에 더 가까웠다. 없는 예산으로 행사를 치르려면 부족한 것들을 몸으로 다 때워야 했다. 발바닥에 땀이 나고 입술이 부르트도록 뛰어다니며 설득했지만 스폰을 받기로 한 목록에는 동그라미보다 가위표가 더 많았다. 그런 마당에 돈 들어갈 데는 왜 그렇게 많은 건지. 돈 걱정만으로도 머리가 쪼개질 것 같은데, 후배들은 또 왜 그렇게 사소한 것들까지 죄다 물어 대는지. 창립제 날 빨간 빤스를 입을까요, 파란 빤스를 입을까요, 하얀 빤스를 입을까요 물어보지 왜, 쏘아붙이고 싶은 걸 꾹꾹 눌러 참느라 몸에 사리가 한 말은 쌓일 지경이었다. 희정은 천수관음처럼 손이 천 개는 못 돼도 열 개쯤은 있었으면 좋겠다고 하루에도 수백 번씩 생각했다. 그래서였는지도 모른다. 못난 마음에 생색이란 걸 한번 내 보고 싶었는지도. 명희는 희정이 가장 사랑하는 유일한 동기였으므로 희정이 투정을 부리면 다 받아 주리라 믿었다. 남들 뒷담화는 희정의 취향이 아니고, 그래서 명희에게 서운한 소리를 했는데, 서운한 말들을 하다 보니 저도 모르게 감정이 격해졌고, 억울하고 화나고 외로운 감정들을 들춰내다 보니 감정이 저 스스로 몸집을 키워 갔고, 그런 부정적인 감정에 휩싸이다 보니 어쩌다 흠잡는 말이 튀어나왔고, 또 말이란 정말 이상한 것이어서 한번 내뱉고 나자 진심과는 정반대의 말들이 천연덕스럽게 꼬리에 꼬리를 물고 흘러나오게 되었다. 그러다 결국 절대 해서는 안 되는 말까지 하고 말았다. 아무리 진심이 아니었다고 해도, 맹세컨대 그 말속엔 진실이라곤 단 0.0000000001%도 없었다고 해도, 이미 뱉은 말이었다. 그 말이 진실이냐 거짓이냐는 하나도 중요하지 않았다. 다만 중요한 건 그 말이 희정의 입을 출발해 명희의 귀에 도달했다는 거였다. 더 정확하게는 희정의 마음을 떠난 일말의 기대가 시절인연의 장난으로 명희의 마음에 노여움의 화살로 꽂혔다는 거였다. 후회하고 자책해 봐야 이미 늦었다는 걸 굳이 깨닫지 않아도 느낄 수 있었다.

오래 고민하고 반성한 뒤 편지를 썼다. 그런데 답이 없다. 명희를 잃을지도 모른다는 생각에 희정은 밥맛이 다 없었다. 명희가 곁에 없으니 사람들이 다 떠나고 혼자 남은 것처럼 외롭고 서글펐다. 그런데도 희정이 할 수 있는 게 없었다. 명희에게 진심을 전하려면 어떻게 해야 하는 건지 도무지 알 수가 없었다.

책을 펼쳐 둔 채 턱을 괴고 한참 생각에 잠겨 있던 희정은 무엇이 반짝 떠오르기라도 한 듯 책을 덮어 옆으로 밀어내고 공책을 끌어당겼다. 그리고 서둘러 무엇인가를 써 내려가기 시작했다. 그러나 처음의 기세와는 달리 볼펜은 더 이상 앞으로 나아가지 않았다. 희정은 자신이 공책에 써 놓은 글씨가 무슨 암호라도 되는 것처럼 한참을 들여다보았다. 그렇게 한참을 바라보더니 볼펜을 내려놓고 그 위에 엎드렸다.

희정의 공책에 쓰인 글자가 머뭇대다가 조금씩 꿈틀거리기 시작했다. 어서 말을 해, 네 마음을. 더 늦기 전에. 안타깝게 꿈틀거리며 희정의 팔을 간지럽히는 글자는 문장 부호 포함 단 네 자뿐이었다. *명희야,*

비 온 뒤에 땅이 굳고, 새살 돋은 자리가 더 여물다. 그러나 땅은 차갑게 젖었던 기억을 품게 됐고, 상처 난 자리에 새로 돋은 살은 아무리 여물어도 흉터다. 그러니까 더 조심하고 더 예의를 차려야 한다. 친할수록, 아낄수록 마음이 마냥 편하기만 해서는 안 된다. 희정은 귀한 것일수록 조심히 다루라는 엄마의 말을 완벽히 이해할 수 있을 것 같았다. 가끔씩 희정은 궁금했다. 어른이 되면 연륜이 쌓여 다 그렇게 되는 것인지, 아니면 엄마가 특별한 사람인 건지. 엄마가 무심하게 툭툭 던지는 말

중에는 나중에 떠올리고 크게 깨닫게 되는 것들이 많았다. 너무나 평범해서 그 자리에서는 한 귀로 듣고 한 귀로 흘렸는데, 어느 순간 떠오르면 뒤통수를 꽝 때렸다. 보통인데 보통은 아닌 것 같은 엄마, 희정은 그런 엄마를 늘 존경했다. 아주 가끔, 너무나 뻔한 말을 하고 또 할 때를 빼면.

*

"벌써?"

봉금은 약속이 있다며 주섬주섬 가방을 챙기는 희정이 못내 섭섭했다. 이제 보면 또 언제나 보게 될지 알 수가 없는데, 희정은 만날 때마다 약속이 있다며 먼저 자리를 떴다.

"미안해. 다음에는 꼭 하루 종일 같이 있을게. 한 번만 봐주라."

"다음이 어딨어. 세상일이 어디로 흘러갈지 어떻게 알고."

검지를 세운 오른손을 왼손으로 받쳐 가슴 앞에 모으고 빌듯이 말하는 희정에게 손을 흔들며 봉금은 톡 쏘아붙였다. 말은 그렇게 했지만 봉금은 희정이 지금 자리를 뜰 수밖에 없는 사정을 이해했다. 어렵게 시간을 내기는 봉금도 마찬가지여서, 내일이면 학교로 돌아가야 했다. 그래도 섭섭한 건 섭섭한 거여서 말이 곱게 나가지 않았다.

고등학교 때는 함께 있는 시간이 아주 많이 남아 있을 줄 알았다. 학교가 달라진다 한들 서로 마음만 식지 않으면 매일 만날 수 있을 거라 생각했다. 그리고 자신이 있었다. 절대 식지 않을 자신. 그런데 봉금은 지방에 있는 대학에, 희정은 서울에 있는 대학엘 가면서 만나는 횟수가 점점 뜸해졌다. 마음은 여전히 뜨겁고, 만나면 즐겁고 행복하고 좋은데 함께 있을 수 있는 시간이 너무 적어서 언제나 아쉬웠다. 더욱이 학교에서 둘 다 비슷한 역할을 하고 있어서 할 말은 해도 해도 끝이 없을 것 같았다. 하지만 둘이 만날 수 있는 시간은 정해져 있고, 그 시간은 놀란 뱀이 돌 틈으로 숨어들듯 너무 빨리 지나갔다. 만나서 이제 막 인사를 나눈 것 같은데, 어느새 네다섯 시간이 훌쩍 흘러가 있곤 했다.

"배곯지 말고 다녀. 다 잘 먹고 잘 살자고 하는 일인데."

희정이 출입문을 열고 봉금을 향해 손을 흔들었다. 희정이 가고 났는데도 출입문이 여전히 흔들렸다. 출입문에 붙은 롯데리아 마크가 보이자 봉금은 슬쩍 시선을 딴 데로 돌렸다. 청춘이어서 그런지 별 게 다 죄스럽고 심각했던 그때가 떠올라서였다.

그날도 오래 고민한 끝에 간신히 정한 음식들을 앞에 놓고 수다를 떨고 있었다. 수다를 떠느라 햄버거와 콜라 그리고 오렌지주스와 감자튀김이 아주 천천히 줄어들었다.

"콜라는 미제의 썩은 물이라 안 먹는다 쳐도 햄버거는 왜 안 먹는 건데?"

햄버거를 한입 베어 먹으며 우희가 우물우물 물었다. 봉금은 케첩에 감자튀김을 찍어 먹으며 당연하다는 듯 대답했다.

"양키의 음식이잖아."

그러자 역시 햄버거를 베어 먹던 혜연이 기가 찬다는 듯이 투덜거렸다.

"그렇게 따지면 감자튀김은 양키 음식 아닌가? 오렌지주스는?"

말문이 막힌 봉금은 희정을 쳐다보았다. 대신 대답하라는 의미였다. 희정도 역시 그것까지는 생각해 보지 못한 듯 아무 말도 하지 않았다. 그러자 우희가 입속에 든 햄버거를 꿀꺽 삼키며 말했다.

"뭘 따져."

그러자 혜연이 발끈했다.

"네가 먼저 물어봤잖아."

"난 우리만 햄버거 먹는 게 미안해서 물어본 거지. 따지려고 한 게 아니라. 이렇게나 맛있는 걸 너랑 나만 먹으니까."

"난 유난이라고 본다."

혜연이 봉금과 희정과 우희를 하나씩 돌아보며 시니컬하게 말했다.

"나? 나는 왜?"

"넌 얘들 약 올리는 것 같아. 말과는 다르게."

그 말에 우희가 무척 억울해하며 펄펄 뛰었다.

"혜연이 네 말대로 유난스러워 보일 수도 있지."

그때까지 아무 말 않고 가만히 듣고만 있던 희정이 억양 없이 말했다.

"하지만 내가 실천하려는 건 의도가 아니라 의지야. 조국의 현실을 잊지 않고자 하는 의지."

"난 좀 웃겨. 맥도날드는 안 되고 롯데리아는 되는 게. 콜라는 안 되고 커피나 오렌지주스는 되는 건 더 웃기고."

"원칙적으로 보자면 그렇지. 하지만 그런 걸 다 안 먹을 수는 없으니까. 사람이 살면서 밥만 먹고 살 수는 없는 거잖아. 여기만 해도 그래. 원칙을 지키려면 여기 오면 안 되는 거지. 그런데 우리 여기 아니면 마땅히 갈 데도 없잖아. 길거리에 앉아서 대화할 수도 없는 거고. 지금처럼 우리에게 선택의 여지가 없는 상황이라면, 난 의식적으로 노력이라도 하고 싶어. 그래서 가장 상징적인 것부터 지워 나가는 거지."

"너희를 비난하거나 따지려는 건 아냐. 그런데 난 운동권 애들이 미제의 썩은 물 어쩌고 하면서 콜라 안 먹는 게 좀 못마땅하더라고. 허위의식에 찌든 것처럼 보인다고나 할까? 내가 듣기엔 그런 말들이 왠지 다 차별처럼 느껴졌어.”

“나도 아까 미제의 썩은 물이라고 말했는데?”

우희가 끼어들며 말하자 혜연이 가볍게 나무랐다.

“넌 운동권 아니잖아.”

그러자 우희가 뒤늦게 깨달은 듯 아, 그렇지 하며 고개를 끄덕였다.

“혜연이가 말한 거 어떤 느낌인지 알 것 같아. 내가 좀 그렇거든. 학교에서는 미 제국주의를 증오한다면서 일부러 콜라 안 먹고 그러는데, 집에 가면 또 먹거든. 치킨엔 콜라지 하면서. 사실 나 피자 되게 좋아한다. 피자엔 또 당연히 콜라지. 그런데 다행인지 불행인지 치킨도 피자도 비싸서 자주 먹을 수 없으니까 죄책감도 별로 못 느껴. 그런데 학교에 가잖아? 그럼 또 콜라를 안 마셔. 이런 내가 가증스러운데 뭐 어떡해, 이게 나인데.”

봉금이 털어놓자 뒤를 이어 희정이 말했다.

“실은 나도 그래. 내가 하는 사고와 행동이 굉장히 모순적이라고 느껴질 때가 있어. 사실 나쁜 걸로 치자면 콜라보다 커피나 오렌지주스가 더 심각할지 몰라. 커피나 오렌지를 돈 많은 백인이 직접 재배하지는 않을 테니까. 콜라나 커피, 오렌지주스 같은 것들이 어떻게 만들어지는지도 모르면서 콜라는 미국의 상징이기 때문에 먹으면 안 되고, 제국주의적 노동 착취가 광범위하게 일어나도 커피나 오렌지주스는 미국을 상징하는 건 아니니까 먹어도 괜찮고, 이런 것들이 내내 마음에 걸렸어. 솔직히 나는 콜라가 어쩌다 미국의 상징이 됐는지도 잘 몰라. 그냥 그렇다니까 그런가 보다 하는 거지. 그런데 아까도 말했듯이 나는 뭐 대단한 의식이 있어서가 아니라 그냥 노력해 보는 거야. 제국주의를 반대하고 더 나아가 이 세상의 모든 억압과 착취에 저항하기 위해서, 적어도 그런 정신을 잃지 않기 위해서 콜라를 안 먹으려고 하는 거지. 먹고 싶은데 못 먹는 것만큼 사무치고 원한이 쌓이는 일이 어디 있겠어. 아마 죽을 때까지 안 잊히겠지.”

“맞아. 우리 엄마는 나 가졌을 때 복숭아가 그렇게 먹고 싶었는데, 우리 아빠가 그거 하나를 안 사 주더래. 20년이나 지났는데 아직까지 원망해.”

우희가 말하고는 콜라를 쪽 빨았다. 봉금은 케첩에 찍은 감자튀김을 입에 넣었고, 혜연은 햄버거를 한입 베어 물고는 냅킨으로 입을 닦았다.

“처음에 나는 커피를 마실 때마다 이걸 마셔도 되는 건지 한참을 고민했어. 커피도 미제의 썩은 물이라고 생각했거든. 콜라나 커피나 둘 다 검어서 그랬나? 암튼. 그랬는데, 다른 사람들은 아무렇지도 않게 먹는 거야. 그래서 물었지. 커피는 마셔도 되냐고. 그랬더니 마셔도 된대. 커피는 미제의 썩은 물이 아니라고. 왜 아니냐고 했더니 커피는 미국이 아니라 아프리카에서 나는 거라서 그렇대. 그럼 커피 공장이 미국에 있거나, 커피 농장의 주인이 미국인이면 어떻게 되는 거냐고 했더니 뭘 그렇게 꼬치꼬치 따지냐고 화를 내더라."

봉금이 말하고 쓴웃음을 지었다.

"그래서 운동권이 욕먹는 거야. 뭣도 모르면서 아는 척을 하니까. 아는 척을 하다가 막히면 오히려 화를 내고. 지들도 모르는 주제에 사람을 계몽이나 하려 들고. 계몽할 땐 우매한 민중이라면서 선동할 땐 또 위대한 민중이래요. 편의주의를 융통성이라는 가면 아래 숨겨 놓은 것뿐이면서 대단히 합리적인 것처럼 구니까 사람들이 싫어하는 거라고."

혜연이 신랄하게 말하자 우희가 미간을 찌푸리며 혜연을 향해 눈을 깜빡였다. 그만하라는 뜻이었다. 그 자리에는 운동권이 둘, 비운동권이 둘이었다. 운동권을 욕하는 건 친구를 욕하는 것이나 다름없었다. 아무리 친한 사이고, 친구들을 직접적으로 저격한 것은 아니더라도 그런 말을 들으면 분명 기분이 상할 것이었다.

"찔려서 아프긴 한데, 네 말 명심할게."

희정이 심장을 움켜쥐는 듯한 동작을 취하며 말하고는 활짝 웃었다.

"잘 몰라서 용감한 걸 수도 있어. 우리 고등학교 때처럼."

"맞아. 우리 그때 정말 용감했는데. 정말 신났었고."

봉금의 말에 우희가 반색했다.

"넌 신났었니? 난 엄청 괴롭고 무서웠는데."

"말이 그렇다는 거지, 말이. 그래도 그때는 우리가 대단한 일을 하고 있는 것 같았어."

"대단한 일을 하긴 했지."

조금 전까지 운동권을 신랄하게 비판했던 혜연의 눈이 촉촉해졌다.

"다시 돌아가서 또 하라고 하면 할 수 있을까? 난 못 할 것 같아."

혼잣말인 듯 던진 혜연의 질문에 아무도 대답하지 못했다.

희정이 가고 난 후 봉금은 롯데리아의 불편한 의자에 한참을 앉아 있었다. 앉아서 생각했다. 그때로 돌아가면 또 똑같이 할 수 있을까? 교문 앞에서 항의하다 학생들이 보는 앞에서 경찰에 끌려가던 전교조 선생님들, 불온서적을 소지했다는 이유로 학교에서 쫓겨나 인생이 바뀔 위기에 처한 동기들, 태도가 불량하기 때문이라고 했지만 사실은 시위에 참여했기 때문에 선생님께 얻어맞고 목숨을 놓아 버린 그 애. 그들을 외롭게 둘 수는 없었다. 무엇이 옳고 무엇이 그른지는 그다음 문제였다. 교사가 노동조합을 만드는 건 불법이어서 불법을 저지른 교사들을 학교에서 자르는 게 옳았다거나, 빨갱이들의 선전 선동에 속아 넘어간 일부 학생들에게 대한민국의 미래를 이끌어 갈 인재 자격을 박탈하는 것은 대한민국의 교육을 책임지는 학교로서 당연한 일이었다거나, 교사를 대하는 태도가 매우 불량한 학생의 태도 개선을 위하여 약간의 자극을 주었을 뿐인데 치명적으로 반응하여 극단적 결과에 이른 것은 학생의 성향 때문이지 교사의 책임은 아니라거나 하는 주장들은 하나도 중요하지 않았다. 설사 그것이 사실이라고 해도 누구 하나라도 외로워서는 안 될 것 같았다. 납득할 수 없는 상황 때문에 고통스러워서는 안 될 것 같았다. 그때의 봉금은 그랬다. 한 가지만 생각했고, 한 가지만 생각했으므로 아무것도 몰랐다. 아무것도 몰라서 용감할 수 있었고, 용감했으므로 옆 사람의 손을 잡고 운동장으로 나갈 수 있었다.

'다시 돌아가서 또 하라고 하면 할 수 있을까?'라는 혜연의 질문에 아무도 선뜻 대답하지 못한 건 지금의 그들은 그때처럼 순수하게 한 가지만 생각할 수 없다는 걸 잘 알고 있기 때문일 것이다. 그때 당시를 지나 미래의 어느 날을 살아 본 사람으로서 다시 그때로 돌아간다면 여러 생각이 들지 않겠는가. 그 시간에 조금 더 공부하면 좋은 대학에 갈 수 있을 것 같고, 어떤 일에 개입하기 위해서는 전후 사정을 다 알아야 할 것 같고, 전후 사정을 다 알 수도 없거니와 설령 알았다 쳐도 보는 관점에 따라 상황은 달라지기 마련이고, 사건을 좀 더 객관적으로 바라보고 정확하게 판단할 수 있는 사람이 되기 위해서는 좋은 대학에 가야 할 것 같고, 좋은 대학에 가려면 그 시간에 공부를 좀 더 해야 할 것 같고……. 이런 생각들이 발목을 잡지 않겠는가.

바깥이 어두워졌다. 봉금은 자리를 정리하고 밖으로 나가려다 출입문에 붙은 롯데리아 마크를 바라보았다. 청춘이어서 그럴 게다. 별게 다 죄스럽고 심각한 것은. 이토록 아무것도 모르면서 용감한 것은. 그러니까 그때 혜연이 한 말은 반은 맞고 반은 틀리다. 아무것도 모르면서 아는 척하기 때문에 대중이 운동권을 욕하는 건지는 몰라도 아무것도 모르면서 다 아는 척하는 게 운동권은 아니다. 어떤 운동권은 모르는 것을 아는 척할지도 모르지만, 대부분의 운동권은 모르는 게 많아서 시시각각 흔들린다. 이리저리 흔들리고 부딪치는데도 그들이 뭔가 아는 척하고 있는 것 같아 보인다면, 그건 그들이 한 가지 생각만 하고 있어서 그런 것이다. 조국 통일, 노동 해방, 미군 철수, 양심수 석방, 의문사 진상 규명, 학원 자주화 같은 것들. 그 외의 것들은 아무것도 몰라서 그렇게도 용감할 수 있는 것이다.

봉금은 출입문을 밀고 밖으로 나왔다. 일단 지금은 학교로 돌아가기로 결심했지만, 어쩌면 내일 학교로 돌아가자마자 후회할지도 모른다. 갈팡질팡 흔들리는 마음을 희정에게 털어놓고 어떤 식으로든 결정을 내리려고 왔는데, 정작 희정에게는 아무 말도 못했다. 그럼에도 불구하고 일단 돌아가기로 결정을 내렸다. 봉금은 오늘의 이 결정이 용감한 것이기를 바랄 뿐이었다. 그리하여 더 이상 흔들리지 않기를, 두려워하지 않기를, 의심하지 않기를, 배신하지 않기를 가만히 빌고 빌었다.

*

태혁은 누나가 농활 간 게 아니라는 걸 알고 있었다. 요즘은 특수 작물이다 뭐다 비닐하우스에 농사짓는 농가가 많아져서 농사철이 따로 없다지만, 겨울철엔 대학생들이 농활을 가지 않는다는 것쯤 태혁도 눈치채고 있었다. 이 시기에는 '새내기'라고 부르는 신입생들을 맞이하느라 대학들이 저마다 분주할 터였다. 특히 누나처럼 운동권인 사람들에게는 이때가 이른바 대목일 것이다. 언젠가 누나는 이렇게 말했었다.

"남들이 이때다 할 때 시작하면 너무 늦어. 미리미리 준비해야지. 시절인연이라는 것은 그냥 앉아서 때가 오기를 기다리라는 말이 아니야. 원하는 때를 만날 수 있도록 부단히 준비하고 노력하라는 의미지. 사람들은 시절인연이라는 말을 떠나간 것에 대해 미련을 버려야 할 때 많이 쓰지만, 사실 그 말은 먼저 나서서 때를 맞으라는 뜻이야. 불교가 겉으로는 속세를 초월한 것 같고, 그래서 때로는 허무하게 느껴지기도 하지만, 부처님의 큰 뜻을 깨닫고 나면 불교가 얼마나 진취적인 종교인지 알게 돼."

누나는 자기가 운동권이라는 것을 가족 중 그 누구도 눈치 채지 못했을 것이라고 생각하는 것 같다. 그러니까 대담하게도 한겨울에 농활 간다고 뻥을 쳤겠지. 모르긴 몰라도 누나는 지 금쯤 신입생 오리엔테이션에서 온몸을 삐그덕거리며 춤을 추 고 있거나 사회 지도층 인사같이 유식한 말들을 쏟아 내고 있 을 것이다. 태혁은 누나 같은 운동권 대학생들이 신입생 오리 엔테이션을 '새내기 새로 배움터', 줄여서 '새터'라고 한다는 것 까지 다 알았다. 이 모든 것들은 누나의 입에서 나왔다. 누나는 운동권 대학생들의 투쟁하는 삶에 대해 태혁에게 말해 줘도 아 직 고등학생인 동생이 잘 이해하지 못할 거라 생각했는지, 태혁 이 앞에서 자신의 생각을 이야기할 때가 종종 있었다. 물론 자 신이 운동권이라는 사실을 감추려고 최대한 신중히 말했겠지 만, 누나의 말에서는 묘하게 운동권 냄새가 났다. 누군가를 가 르치고 계몽하려는 것 같은 느낌. 처음에 태혁은 누나가 사범 대에다 무려 국민윤리교육과에 다니기 때문이라고 생각했다. 틀린 말은 하나 없지만 귀담아들을 것도 별로 없는 말을 하는 걸 보니 벌써부터 꼰대가 다 됐군. 그런데 날이 갈수록 누나의 말에서는 꼰대들이 하는 말과는 또 다른 분위기가 느껴졌다. 간절함? 애절함? 그것은 마치 눈물인 양 촛농을 흘리며 타들어

가는 촛불에서 맡아지던 냄새와도 같았다.

태혁이 고3이 되자 다정했던 누나는 태혁과 멀어졌다. 전에는 태혁이 알아듣든 말든, 태혁이 수긍을 하건 아니건 세상 돌아가는 이야기이니 너도 알아야 한다며 태혁을 붙잡고 자주 이야기했는데, 어느 순간부터 태혁을 마주쳐도 별말 하지 않았다. 공부 잘되냐? 이 한마디뿐. 물론 태혁이 고3이라서 배려한 것도 있겠지만, 태혁이 볼 때는 아무래도 누나 코가 석 자인 것 같았다. 뭐가 그리도 바쁜 것인지 누나는 새벽같이 나가서 밤늦게 들어왔다. 부모님은 그런 누나를 보고 대학생이 되어서도 공부를 저렇게나 열심히 한다고 안쓰러워하셨다. 때문에 태혁은 고3인 자신이 너무 태만한 것은 아닌지 반성할 지경이 되었다. 부모님의 저런 맹목적인 믿음은 도대체 어디서 나오는 것인지 참 신기했다.

누나가 전처럼 다정하게 마주 앉아 이야기해 주진 않았지만, 태혁은 대충 눈치챘다. 누나는 운동권 내에서 높은 사람이 되었고, 그래서 눈코 뜰 새 없이 바쁜 것일 터였다. 누나가 불교학생회 회장이었을 때부터 다 눈치챘다. 엄마는 불교학생회가 무슨 데모를 하겠냐며 마음을 놓으셨지만, 태혁은 다 알았다. 불교학생회는 데모를 한다. 이 또한 누나의 입에서 나왔다. 아주 간접적으로 얘기했지만, 그 정도 눈치도 없는 태혁이 아니었다. 누나만큼은 아니었지만, 태혁도 제법 똑똑하다는 소리를 듣는 아이였다.

누나가 운동권이라는 사실을 눈치챘지만, 태혁은 누나가 뭘 하든 상관없다고 생각했다. 누나는 절대 허튼짓할 사람이 아니니까. 그래서 눈감아 주기로 했다. 누나가 운동권이라는 것, 대담하게 농활 간다고 뻥을 치고 '새터'에 갔을 거라는 것, 처음 본 신입생들 앞에서 노래하고 춤추고 그간 우리에게는 한 번도 보여 준 적 없는 재롱을 한껏 부리고 있을 거라는 것, 밤이 되면 감히 입에 올리기에도 무서운 불온한 언어들을 눈 하나 깜짝 않고 쏟아 내리라는 것, 신입생 중 누군가는 반드시 누나의 뒤를 잇게 되리라는 것, 누나의 입에서 나온 말들을 유추해 태혁이 이해하고 알게 된 모든 것들을 다 눈감아 줄 것이다.

태혁은 누나에 관한 모든 것을 수용하기로 했지만 그래도 한 가지 걱정되는 것이 있었다. 운동을 하다가 감옥에 가거나 혹시라도……. 그렇게 되면, 태혁은 누나를 절대 용서할 수 없을 것 같았다.

"우리 아버지는 날 너무 사랑하시는 것 같아."
희정이 한숨을 폭 내쉬며 말했다.
"그게 뭐가 문젠데?"
수명이 묻자 옆에서 수진이 고개를 끄덕이며 동의를 표했다.
"자꾸 거짓말을 하게 되니까."

“그건 또 뭔 소리?”

“이번에도 농활 간다고 하고 왔어. 농활 빼고는 아무 데도 못 가. 밖에서 자고 오는 것 절대 금지거든.”

“그래, 그건 내가 잘 알지. 밤이고 새벽이고 아무리 늦어도 너희 아버지가 오셔서 데려갔잖아.”

수명이 말하자 수진이 수명의 무릎에 가만히 손을 올렸다. 맞장구치지 말라는 뜻이었다. 아버지 때문에 희정의 고민이 얼마나 깊은지 알 만한 사람은 다 알았다. 아무리 고민이 깊어도 그 대상이 가족일 때는 함부로 말을 해서는 안 된다. 도움은커녕 되려 상처를 주게 되는 경우가 많기 때문이다. 누군가 가족의 문제로 고민을 털어놓을 때는 그저 가만히 고개를 끄덕이며 들어 주기만 하면 된다. 너를 이해해.

“나는 그게 부끄러운데 아버지한테 오시지 말라는 말을 못 하겠더라. 아버지 마음을 너무 잘 알겠어서. 가뜩이나 편찮으신데 또 잘못되면 어쩌나 걱정도 되고. 그런데 아버지가 데리러 오시면 그 상황이 너무 싫은 거야. 뭔가 구속받는 느낌? 도대체 언제까지 아버지에게 쥐여살아야 하나 생각하면 가슴이 꽉 막히는 것 같아. 그렇게 생각하고 나면 또 죄책감이 들면서 아버지가 안쓰럽고 걱정되고. 완전 악순환이야.”

“오죽하면 애증이란 말이 생겼을까. 사랑하면서 미워하고 미워하다가 다시 사랑하고 다 그렇게 사는 거지 뭐. 가까울수록 더 그렇고.”

수명이 말하자 수진이 가만히 고개를 끄덕였다.

“우리도 그렇게 될까?”

“어쩌면. 그래도 우리는 가족만큼 가깝지는 않으니까.”

희정의 물음에 수명이 대답했다. 수진은 수명의 말이 조금은 야박하게 들렸다. 그렇지만 우리가 가족만큼 가깝지 않은 건 사실이지 않은가. 어쩌면 그래서 서로를 미워하는 일 따위는 영영 일어나지 않을 수도 있겠지. 그런 일이 일어난다면 가족만큼은 아니지만 우리가 가깝기 때문이라고 스스로 위로할 수도 있을 것이다.

“가족이 딱 우리 사이 정도면 얼마나 좋을까? 너무 가깝지도 멀지도 않게. 너무 큰 사랑은 정말이지 부담이야.”

“사랑이야 크면 좋지. 사랑 아닌 것을 사랑으로 포장하는 게 문제지.”

수진이 수명의 무릎을 꽉 쥐었다 놓았다. 이런 눈치 없는 기집애 같으니라고. 그러거나 말거나 수명은 하고 싶은 말은 다 해야겠다는 듯이 계속 말을 이어 갔다.

“과유불급. 듣기 좋은 꽃노래도 한두 번이라고 뭐든 지나치면 탈이 나는 거야. 어? 이제 신입생들 오기 시작한다.”

수명이 창 쪽을 바라보며 말하자 희정과 수진이 동시에 돌아봤다. 누가 봐도 대학 신입생 티가 나는, 잔뜩 멋을 부려 오히려 어색하거나 멋과는 담을 쌓은 듯 자연 상태 그대로여서 고등학생처럼 보이는 아이들이 하나둘 연수원을 향해 오고 있었다. 수진과 희정은 긴장했고, 수명은 흥분했다. 올해는 어떤 후배가 들어왔을까? 똑같은 질문을 품었지만 수진과 희정과 수명의 기대는 조금씩 달랐다. 이른바 '쓸 만한 애들'은 입학식 전에 판가름 났다. 새터 또는 MT에 온 아이들 중 두각을 나타내는 아이가 있다면 바로 그 아이가 '쓸 만한 애'인 것이다. 너무 나대는 아이는 이 범주에 포함되지 않는데, 어떤 아이가 쓸 만한지 아닌지는 딱 보면 감으로 알았다. 그런데 이 '쓸 만한 애'도 선배의 욕망에 따라 조금씩 다른 양상을 띠었다. 수진은 학과 일을 열심히 할 것 같은 후배를, 수명은 재미있고 끼 있고 잘 놀고 무엇에든 열정적일 것 같은 후배를, 희정은 조국과 민족의 해방을 향한 한길을 함께 갈 수 있을 것 같은 후배를 '쓸 만한 애'로 꼽았다. 단순히 외향형이냐 내향형이냐로 이런 아이들을 판별할 수 있는 것은 아니어서 MT 내내 오감을 동원해 이런 아이들을 찾아내야 했는데, 때문에 신입생이 보이기 시작하자 수진과 희정은 긴장했고, 수명은 신이 났다.

"와, X세대라 그런지 뽀대 나는 것 좀 봐."

수명이 창밖을 가리키며 신이 나서 말하자 희정이 어두운 얼굴로 혼잣말하듯 중얼거렸다.

"이 땅의 아버지들이 이제 그만 딸들을 독립시켜 주면 좋을 텐데…….”

　수명이 들었다면 또 한 소리 했을 테지만 수명은 지금 창밖을 향해 손을 흔들어 대느라 희정이 하는 말을 못 들은 것 같았다. 수진은 수명이 딴 데 정신이 팔려 있어 다행이라 생각하면서도 잔뜩 풀 죽어 있는 희정이 걱정됐다. 지금껏 희정이 이렇게 의기소침했던 적이 없어서 더 그랬다. 수진에게 희정은 언제나 ‘바쁜 애’였다. 저러다 쓰러지면 어쩌나를 걱정했지, 풀 죽은 채 혼잣말이나 하고 있으면 어쩌나를 걱정했던 적은 단 한 번도 없었다. 그렇게 되리라고는 꿈에서도 생각해 보지 못했다. 그래도 희정이 여기까지 왔을 때는 그냥 오지는 않았을 터였다. 의리든, 의무든, 목적의식이든, 희정을 여기까지 오게 한 이유가 희정을 움직이게 할 것이다. 일단 움직이기만 하면 희정은 뭐가 됐든 해 내는 애였다. 칼을 뽑아 든 중원의 무사처럼 썩은 무라도 자를 거였다. 수진은 희정에 대해 그런 믿음이 있었다. 수명이 희정을 위로하지 않는 것도 그런 믿음이 있기 때문일 것이었다. 수진은 괜한 걱정은 접어 두자고 생각하며 안내 데스크로 갔다. 희정이 재빠르게 93학번 후배들 옆으로 가더니 손을 흔들며 인사했다. 그러고는 자리에 앉아 어색하게 서 있는 신입생들에게 명찰을 나눠 주며 말을 걸었다. 수진은 그런 희정을 보며 안도했다. 그럼 그렇지, 권희정인데.

*

토요일 집회 갔던 것 어머니가 아셔 버렸습니다.[*] 미정은 이렇게 써 놓고 한참을 들여다봤다. 그러고는 볼펜으로 글자 위에 줄을 죽죽 그었다. 이런 말을 하면 그러잖아도 걱정 많은 희정에게 걱정을 더 얹어 주게 될 것 같아서였다. 게다가 희정은 이 모든 게 자기 탓이라고 자책할 게 뻔했다. 미정은 마루에 엎드려 볼펜 끝을 잘근잘근 깨물며 어떤 말로 서두를 떼면 좋을지 한참을 생각하다가 이렇게 썼다. *오래간만에 갖는 여유입니다. 평일 오전 이렇게 마루에 배를 깔고 편지를 쓸 수도 있으니 말입니다.* 그리고 며칠 있으면 돌아올 희정의 생일에 대해 언급했다. 마음 같아서는 아주 비싸고 근사한 선물을 하고 싶었지만, 토요일 집회에서 렌즈를 찢어 먹어서 부모님께 말도 못 하고 절박한 민생고에 시달리는 중이었다. 하지만 늦더라도 선물을 꼭 하겠다고 썼다. 그러니 조금만 기다려 달라고. 보나 마나 희정은 벌써 받은 것이나 진배없다며 배시시 웃겠지만 말이다.

여기까지 써 놓고 미정은 또 한참을 생각했다. 무슨 말을 쓸까? 정작 하고 싶은 이야기를 숨겨 놓으려니 잘 써지지가 않았다. 누워서 천장을 보다가 다시 엎드려 노트를 보다가 또 다시 누워서 천장을 보다가……, 결국은 쓰고야 말았다. *토요일 집*

---

[*] 1994년 5월 후배 미정이 희정에게 쓴 편지 중에서.

회 갔던 것 어머니가 아셔 버렸습니다.

다행히 혼나지는 않았다. 엄마는 워낙 딸을 믿는 마음이 특별해서 미정이 무엇을 하든 지지해 주는 편이었다. 그러나 아버지가 문제였다. 엄마가 미정을 두둔하며 설명하고 또 설명했음에도 아버지는 끝까지 고집을 꺾지 않았다. 한총련인지 뭔지 빨갱이들 노는 물에 절대 섞이지 말라며 노발대발했다. 여차하면 등록금 끊고 머리까지 박박 밀어 버릴 기세였다. 미정은 이것 때문에 몹시도 괴로웠다.

같은 것을 다르게 볼 수 있다는 사실을 미정도 잘 알았다. 대학에 들어와서 지금까지 그 사실을 철저히 깨닫는 중이었으니까. 같은 역사적 사실을 놓고도 보는 각도에 따라 폭동이 되기도 하고 항쟁이 되기도 했다. 또한 같은 나라를 두고도 은혜의 나라가 되기도 하고 원수의 나라가 되기도 했다. 같은 대통령인데 누구는 영웅이라 하고 어떤 사람은 독재자라 했다. 그동안 알아 왔던 대한민국이라는 나라가 얼마나 더 낯설어질 수 있는지 가늠조차 하기 힘들 정도였다. 아무리 그래도 그렇지. 지난 토요일 뉴스에 나온 장면은 정말이지 해도 해도 너무했다. 조국과 민족의 자주적 번영을 위한 학생들의 열망을 폭동으로 매도하다니. 만약 미정이 그 자리에 없었다면 TV에 나오는 화면만을 보고 한총련을 과격한 빨갱이 집단이라고 생각했을 것이다. 뉴스는 매운 최루 연기에 무방비로 노출된 학생들을 보여 주지 않았다. 전경이 휘두른 곤봉에 맞아 피 흘리는 남총련 학우의 이마도 보여 주지 않았고, 무기라고는 고작 쇠 파이프와 마스크뿐인 사수대의 눈에 담긴 공포와 두려움도 보여 주지 않았다. 대신 창문이 부서진 닭장차와 방패와 곤봉을 빼앗긴 채 학생들에게 붙잡힌 전경, 가만히 서 있는 전경들을 향해 무지막지하게 쇠 파이프를 휘둘러 대는 학생들을 보여 줬다. 쇠 파이프를 휘두른 학생들은 사수대라 불리는 학생들 몇이 전부였는데, 그나마도 폭력 투쟁은 안 된다는 방침에 따라 사람은 때리지 않았는데, 화면에 보이는 것은 피에 굶주린 듯 무자비하게 날뛰는 빨갱이 폭도들 뿐이었다.

미정은 분하고 억울했다. 집회의 풍경이라든가 언론이 집회를 다루는 방식 같은 것에 대해 선배들에게 이미 들어서 아는 터였지만, 직접 당하고 보니 정말 미치고 팔딱 뛸 노릇이었다. 사수대가 독한 최루탄을 온몸으로 맞으며 대열의 맨 앞에서 싸울 동안 대열의 후미에서 고작 바람에 실려 날아오는 최루 연기를 맡았을 뿐인데도 기침에 눈물 콧물을 쏟아 내느라 정신 못 차렸던 자신의 나약함 때문에 죄책감을 느끼고 있던 터라 더욱더 그랬다.

미정은 또 썼다. 김영삼 정권의 무능함과 가식, 불통에 대해. 김영삼 정권은 우루과이 라운드에서 미국의 요구를 들어 주느라 우리 농민들을 죽음의 길로 몰아넣었고, 장기수인 이인모

노인을 북으로 송환함으로써 남북 화해 분위기를 조성하는가 싶더니 얼마 되지도 않아 NPT(핵확산금지조약) 탈퇴를 선언한 북에 대한 제재와 압박에 열을 올려 남북 관계에 긴장감을 불러일으켰다. 또한 국사 교과서 개편을 둘러싸고 논쟁이 일자 국사 교과서 개편이 역사를 왜곡하는 방향으로 가서는 안 된다고 꼬리를 내림으로써 정권이 주장한 '역사 바로 세우기'의 허구성이 여실히 드러났다. 이뿐만이 아니었다. '문민정부'를 표방한 김영삼 정권은 핵 확산을 막는다는 명분을 내세워 한반도 주변에 군사력을 증강하려는 미국의 야욕에 적극적으로 협조하고 있었다. 한마디로 이 정권은 해방 이후부터 지금까지 지속돼 온 미국에 대한 굴종에서 한 발짝도 벗어나지 못한 것이다. 한총련은 이러한 문제점들을 함께 풀어 가자고 이야기했을 뿐이었다. 우리나라와 민족이 어떠한 위험에도 노출되지 않고 평화롭게 어울렁더울렁 어울려 살아갈 수 있는 방법을 찾아야 한다고 말했을 뿐이었다. 쌓이고 쌓인 문제점들을 풀어 나가기 위해서는 자주적이어야 한다고, 갓난아기도 알아들을 수 있을 만큼 아주 상식적이고 기본적인 해법을 제시했을 뿐이었다. 그런 한총련을 이토록 탄압한다는 것은 이 정권이 애초에 국민과 소통할 의지가 없었다는 것을 여실히 보여 주는 것이라고 미정은 썼다.

미정도 잘 알았다. 자신이 번데기 앞에서 주름잡고 있다는 걸. 아무렴, 이 정권의 민낯은 희정 언니가 나보다 훨씬 더 잘 알겠지. 그럼에도 미정이 이 정권의 기만에 대해 장황하게 써 내려간 이유는 불안해서였다. 한 점 불꽃이 되거나 철저한 배신자가 될까 두려워서. 극과 극은 통한다지. 미정은 자신의 정념이 활활 타오르다 꺼진 자리에 차가운 얼음덩이만 나뒹굴게 될까 봐 무서웠다. 그 얼음덩이들이 희정과 같이 선한 동지들을 해치게 될까 봐. 그래 놓고 아버지 뒤로 숨을 것 같아서. 한없이 비겁하고도 아무렇지 않은 날이 오게 될까 봐 무섭고 두렵고 불안했다.

희정이라고 해서 뾰족한 수가 있는 게 아니라는 것도 알았지만, 미정은 답답하고 무섭고 화가 나는 마음에 희정에게 편지를 쓸 수밖에 없었다. 희정에게 대답을 바라는 것도 아니어서 진짜 속마음은 다 숨겨 놓은 채, 현명한 희정 언니라면 대답을 원하는 게 아니라는 것까지 다 알아볼 것이라 여기면서, 훗날 보게 된다면 얼굴이 홧홧 달아오를 것 같은 말들을 미정은 쓰고 또 썼다.

*

내가 그대를 처음 만난 날 자욱한 최루 연기 넘쳐나던 날 그

대는 빨간 머리띠 묶고 투쟁의 불꽃을 높이 올렸네[*] 희정은 흥얼 흥얼 노래했다. 아침부터 느닷없이 떠오른 이 노래가 하루 종일 머릿속을 맴돌았다. 옆에 아무도 없을 때는 노래에 맞춰 팔다리도 휘둘렀다. 새터를 준비하느라 〈자주꽃〉에서 눈물 콧물에 피땀까지 흘리며 연습했던 터라 자동 반사적으로 동작이 나왔다. 신나는 노래여서 그런지, 가사가 몽글몽글해서 그런지 하루 종일 기분 좋고 싱숭생숭했다. 그리고, 사랑이, 하고 싶었다.

집회에 나가기 시작하면서 이른바 '운동권'이 되었을 때, 희정이 듣고 가장 충격을 받은 말은 '연애하지 말라'였다. 사내 연애를 금지하는 것처럼 내부 연애를 금지하는 것인지, 아니면 연애 그 자체를 하지 말라는 것인지 정확하지 않았지만, 희정은 큰 충격에 빠졌다. 연애를 하지 말라니! 그것도 가장 꽃다운 나이인 스무 살에. 인정하기 싫었지만 받아들이려고 애썼다. 연애를 금지하는 데는 다 그만한 이유가 있으려니 했다. 그 이유가 짐작 가지 않는 바도 아니었다. 무엇보다 연애를 시도하기에 희정은 너무 바빴다. 학생 수첩에 빼곡히 적힌 일정을 소화하다 보면 어느새 하루가 다 지나가 있곤 하였다. 불교학생회, 물결, 집회, 수업, 회의……. 다른 데 신경 쓸 겨를이 없었다.

그랬는데, 오늘은 왠지 사랑이, 사랑 같은 게, 사랑 따위가

---

[*] 1992년 조국과 청춘 1집에 수록된 「내가 그대를 처음 만난 날」 중에서(김정환 글/이지상 가락)

하고 싶어졌다.

　사실 주위에 연애하는 사람이 적잖이 있었다. 몰래 해도 다 티가 났다. 처음에는 모른 척 눈감아 주다가 나중에는 공공연하게 인정하고 응원하기도 했다. 연애하면 안 되는 건 미성숙한 1, 2학년들일 뿐, 운동 판에서 관록이 붙을 대로 붙은 3, 4학년들은 매우 성숙해서 어떠한 유혹에도 흔들리지 않을 것이므로 연애를 해도 된다는 것인지, 나중엔 들켜도 별말 하지 않았다. 아니면 연애하지 말라고 으르대던 기세와는 다르게 정작은 처음부터 연애를 하든 말든 상관없었던 것인지도 몰랐다. 그런 것을 괜히 희정처럼 순진한 애들만 그 말을 철석같이 믿고 벌벌 떨며 두려워했는지도.

　그렇다고 희정의 마음이 돌부처처럼 굳은 것은 아니었다. 희정은 누군가를 한 번 좋아하면 오래가는 편이었지만 금사빠(금방 사랑에 빠짐) 기질이 있었다. 상대방을 마주친 순간 어떤 느낌에 사로잡히면 그 순간 바로 사랑에 빠졌고, 시간을 오래 들여 그 사람의 다른 장점들로 좋아하는 이유들을 채워갔다. 희정이 고등학교 때부터 그토록 좋아했던 농구선수 유재학은 코트 위를 달리는 모습을 보고 한순간에 반해 버렸다. 농구 선수들이야 코트 위에서 뛰는 게 당연하고 5대 5 도합 10명의 선수가 뛰는데 왜 유독 유재학이냐고 한다면 유재학은 다른 사람들과 달랐다고밖에 할 수 없고, 뭐가 그렇게 달랐냐고 한다면 뭐라 말로 콕 집어 설명할 수는 없지만 아무튼 달랐다고 할수밖에 없을 정도로 사랑에 빠지게 되는 그 순간은 희정에게도 요령부득이었다. 하지만 사랑에 빠지게 될 때면 어떤 기운이 뒷덜미를 강렬하게 휘감아서 마치 전기에 감전된 것처럼 찌릿찌릿한 느낌이 듦과 동시에 구름 위에서 방방이(트램펄린)를 타는 듯 심장이 얄롱얄롱 뛰었다. 유재학이 코트 위를 달릴 때 카메라가 그의 동선을 잡아챘고, 희정은 카메라가 잡아 낸 그의 모습을 본 것뿐이었지만, 유재학이 코트를 달리는 모습을 본 순간 희정의 마음에 그러한 작용이 일어났다. 그렇게 정확한 이유도 모르고 좋아하게 된 유재학은 알고 보니 농구 천재였고, 컴퓨터 가드였고, 어시스트의 왕이었으며, 매너 만점인 미남 스포츠맨이었다. 그야말로 코트의 황태자였다. 희정이 좋아할 수밖에 없는 사람이었던 것이다.

돌이켜 보면 유재학 선수 전에 좋아했던 사람들도 다 그랬다. 알 수 없는 어떤 힘에 이끌려 눈길이 갔고, 심장이 뛰었고, 무턱대고 빠져들었는데 알고 보니 사랑하지 않을 수 없을 만큼 좋은 사람들이었다. 그래서 희정은 믿었다, 자신의 감정을. 언제고 눈길을 사로잡는 사람이 나타나기만 하면 그 사람은 분명 좋은 사람일 터였다.

하지만 희정에게는 연애를 할 수 없는 결정적 이유가 있었다. 조국과 민족에 이 한 몸 바쳤기 때문은 물론 아니고, 눈을 씻고 찾아봐도 희정의 감정을 요동치게 할 만한 사람이 없어서도 아니었다. 연애하지 말라던 언니들이 무서웠냐 하면 그것도 아니었다. 언니들은 말만 그렇게 했지, 사랑에 빠지고 싶은 마음을 때때로 공공연히 내비쳤다. 더구나 희정도 이제 3학년이었다. 연애를 한들 누가 뭐라 할 사람도 없다. 처음에만 조금 놀리다 말겠지. 그렇다면 이유가 뭐냐? 누가 뭐라 하지도 않는데 희정이 연애를 할 수 없는 그 이유.

수줍기 때문이었다. 말수는 적지만 할 말은 다 해서 별명이 변호사였고, 목표한 일은 어떻게든 해 내고야 마는 편이라 독한 년 소리도 듣는 희정이었지만 연애만큼은 마음먹은 대로 되지 않았다. 아니, 마음을 먹는 것조차 힘들었다. 어쩐 일인지 희정은 좋아하는 사람 근처에만 가도 말문이 막히고 식은땀이 났다. 얼굴이 빨개졌을까 봐 눈도 못 마주쳤고, 쿵쿵 심장 뛰는 소리가 들릴까 봐 가까이 가지도 못했다. 어쩌다 그 사람이 말을 걸어 오면 그저 고개를 끄덕이거나 가로젓기만 할 뿐 한마디도 못 해 놓고는 뒤돌아서서 후회했다.

그리하여 희정이 했던 사랑은 모두가 짝사랑이었다. 티도 안 내고 혼자만 좋아했다. 어찌나 티를 안 냈는지 친한 친구 중에도 희정이 누구를 좋아하는지 아는 사람이 없었다. 심지어 좋아하는 사람이 겹쳐도 희정은 입을 꾹 다물었다. 대신 시커멓게 그을린 마음을 일기장에 적었다. 그러고는 스스로를 위로 했다. 얼마나 좋은 사람이면 그를 좋아하는 사람이 그렇게나 많을까. 역시 내가 눈은 높아.

사실을 말하자면, 지금도 희정은 짝사랑 중이었다. 〈내가 그대를 처음 만난 날〉이 하루 종일 머릿속을 떠나지 않는 이유, 새터 때 사지가 뒤틀리도록 연습을 해서 징글징글할 만도 한데 이제 와 가사가 새록새록 가슴에 와 닿는 이유, 게다가 가사 때문에 마음이 순두부처럼 몽글몽글 피어나는 이유, 천수보살로 환생을 해도 모자랄 만큼 바쁘다면서도 사랑이, 사랑 같은 게, 사랑 따위가 뜬금없이 하고 싶어진 이유가 없는 게 아니었다. 그냥 그런 게 아니었다. 사람이 살다 보면 그냥 그럴 때가 있어서 그런 게 아니었다.

도대체 사람들은 어떻게 연인이 되는 걸까? 희정은 그것이 궁금했다. 그 많은 연인들이 다 어디서 어떻게 만나 서로 사랑을 느끼고 마음을 확인하고 특별한 사이가 된 건지 그 방법을 알 수만 있다면 정말 좋을 것 같았다. 그런 생각을 하다가 희정은 이내 고개를 저었다. 그 방법을 안다고 해도 자신이 그대로 할 수 있을 것 같지 않아서였다. 이 세상에는 몰라서 못 하는 것보다 알아도 못 하는 게 더 많지 않은가. 사람이 사람을 때리지 않는 것, 한 나라가 다른 나라를 침략하거나 지배하지 않는 것, 서로를 증오할 정도로 다투지 않는 것, 가난한 이웃과 나누는 것, 다친 사람을 부축해 주는 것, 우는 사람에게 손수건을 건

네는 것, 모두가 소중한 존재임을 아는 것, 소중한 존재 하나
하나가 우주의 커다란 그물로 연결되었음을 깨닫는 것, 그래
서 한쪽이 흔들리면 다른 쪽도 흔들릴 수밖에 없음을 느끼는
것……. 가장 쉬운 것이 가장 어려운 법이지. 저절로 한숨이 나
왔다. 노래에서처럼 희정은 자욱한 최루 연기 넘쳐나던 날 투쟁
의 불꽃을 높이 올린 그를 보고 반했지만, 거기까지. 아무리 노
래를 불러도 노래 속에는 답이 없다. 동지의 사랑이 연인 간 사
랑이 되고, 연인 간 사랑이 동지의 사랑이 되는 법을 노래는 알
려 주지 않았다. 그가 희정을 보고 미소 짓고, 안녕? 인사하고,
가투(길거리 투쟁) 때 달리기 못하는 희정의 손을 잡고 뛰었어
도 거기까지. 노래는 그가 희정을 어떻게 생각하는지 알려 주지
않는다. 웃고, 인사하고, 손을 잡는다고 다 연인이 되는 것은
아니지 않은가.

　이렇게 두근두근 가슴이 뛰지만, 그를 떠올리는 입가에 저
절로 미소가 떠오르지만, 그를 생각할 때마다 조금 더 애국 청
년이 되는 것 같지만, 그를 위해서라면 최루탄 지랄탄 연기쯤
다 마셔 버릴 수 있을 것 같지만, 그의 동지이자 연인이 되어 해
방 조국을 함께 맞이하고 싶지만, 이런 마음 끝내 전하지 못할
거라는 걸 희정은 너무나 잘 알았다. 결국 또 짝사랑으로 끝나
리란 것을.

　인생 참 달고 쓰다. 통일 조국 해방 조국은 아직 멀고, 할 일

은 해도 해도 끝이 없는데 사랑이라니. *강대국은 약소국을 억압하며 짓누르고, 가진 자는 가지지 못한 자를 착취하고 억압하다 결국 언젠가는 이 지구가 멸망*할지도 모르는데 고작 사랑이라니!* 에라, 잠이나 자자. 희정은 이불을 머리끝까지 뒤집어썼다. 감은 눈 위로 미소 짓는 그의 얼굴이 떠올랐다. 달처럼 환하게. *내가 그대를 처음 만난 날 자욱한 최루 연기 넘쳐나던 날…….* 노랫소리가 계속 귓가를 어슬렁거렸다. 내일도 이러면 어쩌지? 내일은 지선 스님과 교리 공부하는 날인데. 희정은 걱정스러웠다. 뒤척뒤척 시간은 흐르고, 피곤은 불면을 끝내 잠재우지 못했다.

*

　　농활이 뭐 별건가 생각했다가 큰코다쳤다. 한창 젊은데 농사가 힘들면 얼마나 힘들겠냐고 큰소리친 걸 후회하고 또 후회했다. 오늘은 근로 주체가 무슨 일거리를 가져오려나 한걱정이었다. 온몸의 근육이 당기고 아파서 한 발짝도 움직일 수 없을 것 같은데 힘든 일거리를 가져오면 어쩌나 겁이 더럭 났다. 어제 한 담뱃순 따는 일은 농사일 중에서도 가장 수월한 거라

---

* 희정의 1994년 2월 3일 일기 중에서. 권희정 열사의 평소 생각을 나타내기 위해 인용한 이 구절은 일기의 맥락과는 차이가 있습니다.

고 했는데도 은진은 그 일을 하다가 거짓말 조금 보태서 죽을 뻔했다.

담뱃순 따는 일은 담배의 주된 줄기와 담뱃잎 사이에 난 곁순을 따는 것이었다. 은진이 일복으로 가져온 반팔 옷을 입고 나가려는데 먼저 해 본 적 있는 선배들이 담배에서 진이 나와서 몸에 끈적끈적하게 달라붙으면 잘 지워지지 않으니 긴 옷을 입으라고 했다. 은진은 긴 옷이 없었다. 초여름이지만 어쨌든 여름이었고, 농사를 짓다 보면 땀이 줄줄 흐를 것이 뻔했기 때문에 긴 옷이 필요하지 않을 거라 생각했다.

— 긴 옷 없는데요.

은진이 난처한 표정을 짓자 선배들이 혀를 끌끌 차며 겁을 줬다.

— 너 담뱃진이 얼마나 독한 줄 알아? 한번 묻으면 지워지지도 않고 잘못하면 온몸이 두드러기 난 것처럼 부어오를 수도 있어. 내가 아는 어떤 사람은 호흡 곤란으로 응급실에 실려 갔다니까.

— 정말이에요?

농활을 하다가 응급실에 실려 간 선배가 있다는 말은 들어 본 적 없었다. 은진은 선배들의 말이 의심스러웠지만 한편으론 조금 겁이 났다.

— 그럼, 정말이지. 한번 생각을 해 봐. 가공해서 피우는 담

배도 암을 일으킬 정도로 독한데, 이건 생담배야. 독성이 얼마나 강하겠니?

— 동네 어르신들도 담뱃순 딸 때는 전부 다 긴 옷 입으셔. 농사 전문가가 더워 죽겠는데도 긴 옷을 입을 때는 다 이유가 있는 거야.

— 애 좀 그만 놀려. 그러잖아도 우루과이 라운드다 뭐다 해서 농사짓겠다는 사람이 없어지는 마당에 그런 유언비어까지 퍼뜨리면 되겠어?

긴 옷에 모자까지 쓰고서 은진을 놀려 대는 선배들을 농활 대장 희정이 나무라자 선배들은 간신히 참고 있었다는 듯 일제히 까르르 웃음을 터뜨렸다. 은진은 부아가 났다. 농활 장소가 바뀐 것도 아니고 담뱃순은 작년에도 따고 재작년에도 땄을 텐데, 이 동네에서 짓는 농사의 주 작물이 담배에서 다른 것으로 갑자기 바뀐 것도 아닐 텐데, 담뱃순 딸 거 뻔히 알고도 긴 옷 챙겨 가라고 일러 준 사람 하나 없었으면서. 성신여대가 대불련 정진지구* 농활 주체가 되었다며 싫다는 사람을 온갖 감언이설로 꼬드겨 굳이 생활 주체로 만들어 놓을 때는 언제고 사람을 이렇게 바보로 만드는가 싶었다.

— 이거라도 해. 긴 옷 챙기라고 미리 말해 줬어야 했는데,

---

* 한국대학생불교연합(대불련)은 학교 간 교류 증진을 위해 가까이 모여 있는 학교들끼리 연합해 '지구' 단위로 활동한다. 성신여대는 성균관대, 한성대, 고려보건전문대, 상명대, 국민대, 서경대, 서울간호전문대와 같이 '정진지구'에 속해 있다.

나의 불찰이야.

희정이 비닐 우비에서 뜯어낸 소매 두 개를 내밀며 말했다.

— 비 오면 어쩌려고요.

은진이 미안한 듯 말하자 희정이 웃으며 장담했다.

— 비 안 와. 걱정하지 마.

사람이 배은망덕하면 안 된다는 게 은진의 신조였지만 희정이 준 우비 소매는 최악이었다. 아침부터 푹푹 찌던 날씨가 오후로 갈수록 더 더워졌다. 똑똑 담뱃순 따는 게 처음에는 신기하고 재미있었는데, 한 고랑 두 고랑 작업량이 늘어갈수록 지겹기 그지없었다. 똑같은 일을 반복적으로 하는 것도 지겨웠지만, 이 끝에 서면 저 끝이 안 보일 정도로 담배밭이 넓어도 너무 넓었다. 게다가 덥기는 왜 이리 더운지. 땀은 줄줄 흘러내리고, 흐르는 땀을 닦으려고 이마에 손을 갖다 대면 끈적한 것이 쩍쩍 달라붙는 느낌이 났다. 그렇다고 땀을 안 닦으면 땀이 눈 속으로 자꾸만 흘러 들어갔다. 맨 아래에서 맨 위까지 담뱃순을 따려면 수도 없이 앉았다 일어섰다 해야 했는데, 그 옛날 극기 훈련에서 경험한 PT 체조에 버금갔다. 허벅지도 아프고 허리도 아프고 기분도 나빴다.

일은 해도 해도 끝날 기미가 안 보이고, 해는 더디 움직였다. 농활은 단순히 농사일을 거들기 위한 것이 아니라 농촌의 현실을 파악하고 농민들과 소통하여 농촌이 안고 있는 문제들을 해결해 나가고자 하는 것이기 때문에 동네 어르신들과 이야기를 많이 나누어야 한다고 했는데, 이야기는커녕 몸뚱이 움직이는 것조차 힘들었다. 나중에는 숨 쉬는 것도 귀찮고, 정신까지 혼미해지는 것 같았다. 이러다 정말 응급실에 실려 가게 될 것만 같았다. 일하는 시간보다 밭고랑에 주저앉아 쉬는 시간이 점점 더 많아졌다. 그러던 중 반갑기 한량없는 소리가 들려왔다.

— 참 먹어유.

밭 가장자리로 나가자 보기에도 먹음직스러운 냉국수가 차려져 있었다. 분명 밭 주인아주머니와 함께 일을 했는데 어느새 이런 걸 다 해 오신 걸까, 은진은 신기했다.

— 아이고, 그러고 한 겨? 그러다 쪄 죽어.

아주머니가 자리에 앉으려는 은진을 보며 호들갑스럽게 말했다.

— 네?

은진이 되묻자 아주머니는 눈살을 찌푸리며 은진의 팔을 가리켰다.

— 그러고 있으믄 비닐하우스에 들어간 거나 똑같을 거 아녀.

국수는 꿀맛이었다. 감사 인사 대신 은진이 방금 전까지 일하시는 거 봤는데 언제 이런 걸 다 해 오신 거냐고 묻자 아주머니는 이렇게 말했다.

― 그러니께 여자로 태어난 게 죄지.

그 말을 듣고 은진은 농촌의 현실은 열악하지만, 농촌 여성의 현실은 그보다 더 비참한 것 같다는 생각이 들었다. 이래서 농사일만 하지 말고 동네 어르신들과 적극적으로 이야기하라고 했나 보았다. 백문이 불여일견이라, 백 번 머리로 생각하는 것보다 한 번 직접 경험하는 것이 훨씬 낫다.

참으로 국수를 먹은 다음 은진은 비닐 소매를 벗어던지고 담뱃순을 땄다. 팔뚝에 끈적한 담뱃진이 달라붙었지만 쪄 죽는 것보단 나을 것 같았다. 참을 먹기 전에는 느끼지 못했는데 가끔 바람이 불어오는 것도 같았다. 물론 시원하진 않았다. 그래도 바람은 바람이니까.

오늘도 역시 담뱃순 따는 일이었다. 이 집도 저 집도 다 담배 농사를 지으니 어쩔 수 없었다. 그래도 오늘은 긴 옷을 입었다. 어제 점심을 먹으러 갔을 때 아주머니가 툭 던져 준 옷이었다. 알록달록 원색의 기하학적 무늬가 화려했다. 괜찮다고 사양하자 아주머니가 쯧쯧 혀를 찼다.

― 괜히 체면 차리다 곪어 죽는 겨. 이 집 저 집이 다 담배 농산디.

죽어 가는 농촌에 정은 살아서 은진의 눈시울을 뜨겁게 했다.

솔직히 말해서 동희는 마을에 대학생들이 오는 게 좋지만

은 않았다. 워낙에 들고 나는 사람이 없는 마을이라 대학생들이 오면 잠깐은 반가웠지만, 반가움은 아주 잠깐이고 이것저것 마음 쓸 게 많아 귀찮고 번거로운 일투성이였다. 대학생들이 오면 마을에 민원이 부쩍 많아졌는데, 주민들의 불편한 심기를 풀어 주려고 종일 이리 뛰고 저리 뛰다 보면 해가 어디서 떠서 어디로 지는지도 모를 지경이었다. 주민들의 심기를 불편하게 만드는 것은 크게 네 가지였다. 첫째는 농사라고는 지어 본 적 없는 애들이 봉사한답시고 며칠 와서는 농사를 다 망쳐 놓고 간다는 것. 둘째는 매일 밤늦게까지 잠도 안 자고 술판을 벌이며 시끄럽게 군다는 것, 셋째는 농촌 봉사를 왔으면 얌전히 봉사나 하다 갈 일이지 자꾸 어른들을 가르치려 한다는 것. 넷째는 국으로 농사 잘 짓고 있던 마을 청년들 가슴을 쑤석거려 놓아 잔뜩 바람이 들게 한다는 것. 어떤 면은 수긍이 갔지만, 어떤 면은 동희가 생각하기에도 괜한 억지 같았다.

서울에서 온 대학생들이 농사를 지어 봤을 리가 없다는 걸 뻔히 알았으면서, 농사 경험이 있는 시골 출신들이라 하더라도 개천에서 난 용이 어쩌다 한 번 어린애 장난하듯 해 봤을 것이리라 짐작했으면서, 그나마 농사 경험이 있는 시골 출신들이라야 봤자 쓿은쌀 속 뉘처럼 아주 드물게 섞여 있을 뿐이라는 걸 다 눈치챘으면서, 그런 애들한테 평생을 농사꾼으로 살아온 자기들만큼 농사일을 잘하기를 바라는 것은 무리이지 않은가.

더구나 대학생들이 며칠 동안 해 놓은 시답잖은 결과물들 때문에 농사를 다 망쳤다고 주장하는 건 지나친 과장이었다. 물론 대학생들이 어설픈 조막손으로 해 놓은 것들에 죄 다시 손을 대야 했고, 그로 인해 예정보다 일이 조금 지체되긴 했을 것이었다. 그렇다 하더라도 농사일이란 것이 공장이나 회사 일처럼 언제까지라고 기한이 딱딱 정해져 있는 것도 아니고, 조금만 더 부지런해지거나 마음을 느긋하게 먹으면 그만일 일이었다.

매일 밤늦게 술판을 벌이며 시끄럽게 군다는 것도 몹시 과장된 표현이었다. 대학생들이 밤늦도록 술판을 벌이며 시끄럽게 굴 때가 아주 없는 것은 아니었지만, 매일 밤은 아니었다. 마을 청년들과 어울릴 때라든가 농활 마지막 날 마을 잔치를 할 때, 저희들끼리 평가인가 뭔가를 하다가 서로 감정이 상했을 때 정도였다. 아, 그러고 보니 거의 매일인 것 같기는 하다. 하지만 그래 봤자 4박 5일이다. 4번 눈감았다 뜨면 그만인 찰나일 뿐이다. 그 정도는 어른의 너그러운 마음으로 충분히 봐줄 수 있지 않은가 말이다. 젊은것들이 제 속에 들끓고 있는 열정에 겨워 용틀임을 하는 것이라고, 나도 한때 저런 때가 있었노라고 생각하면 저들의 하는 양을 이해 못할 것도 없지 않은가. 더구나 드는 사람도 나는 사람도 없는 이 궁벽한 시골에 공부하고 놀기에도 바쁜 대학생들이 제 발로 찾아와서 젊은 사람 구경을 시켜 주니 얼마나 기특한가 여기면 짐짓 이쁘게도 볼 수 있을 터였다.

　문제는 세 번째와 네 번째인데, 이것은 이장인 동희로서도 내내 껄끄럽고 여간 신경 쓰이는 일이 아닐 수 없었다. 낮 동안 힘들게 일하고 온 마을 사람들이 저녁상을 물리고 방바닥에 모로 누운 채 TV를 보며 이제 좀 쉬어 볼까 하고 있으면 몇몇 대학생이 가가호호 찾아다니며 우루과이 라운드가 어쩌니 농촌의 현실이 저쩌니 하면서 일장 연설을 늘어놓았다. 서울서 공부 많이 한 학생들이 틀린 말을 하는 것은 아닐 테지만, 그들이 하는 말을 듣다 보면 그러잖아도 부아로 들끓는 마음이 엇나가기 일쑤여서 검은 눈을 하얗게 뜨고 대거리를 하게 되었다. 대학생들은 어른의 말이라고 고분고분 듣는 법이 없어서 제 할 말은 기어코 다 쏟아 놓고야 말았는데, 세상일이 그렇게 생각대로만 굴러가는 게 아니라고 아무리 알아듣게 일러 줘도 듣는 시늉조차 하지 않았다. 그것뿐이면 그래도 귀엽다고 넘어갈 수도 있었다. 진짜 문제는 대학생들이 무슨 말로 쑤석거리는지는 몰라도 마을 젊은이들이 마음이 붕 떠서는 자꾸 대학생들 흉내를 내려 든다는 거였다. 성실하게 농사지으며 잘 살던 사람들이 자주적 삶이 이러쿵 조직적 힘이 저러쿵 하면서 당장이라도 뭔 일을 낼 것처럼 설쳐 대는 말을 했다. 대학생들이야 마을 젊은이들 마음을 뒤흔들어 놓고 가 버리면 그만이었지만, 마을에 남아서 농사를 지어야 할 젊은이들은 대학생들이 가고 난 뒤에도 한동안 마음을 잡지 못하고 흰소리들을 해 댔다. 노인들은 젊을 때 그런 객기 한 번 안 부려 본 사람 있나, 이해하면서도 한편으로는 속에 바람이 잔뜩 든 젊은이들이 이제 농사는 그만 짓겠다며 떠나 버릴까 봐 전전긍긍했다.

하나하나 따지고 들자면 못마땅한 것투성이였지만, 그래도 대학생들이 오면 마을에 활기가 돌았다. 모처럼 사람 사는 것 같고, 마음이 즐거워졌다. 대학생들 중에는 마을 사람들을 유독 잘 따르는 학생들이 있었는데, 그 애들이 삼촌, 삼촌 부르며 살갑게 굴 때는 닭털로 문지르는 것처럼 마음이 간질간질해진 다고 막걸리에 불콰해진 얼굴로 고백하는 사람도 있었다. 그런 아이들이 하는 부탁이라면 어떠한 것이라도 다 들어 주고 싶다 고. 그럴 때면 마을 아낙네들이 늙어 주책맞은 소리한다고 타 박하였는데, 그네들도 말은 그렇게 하였지만 이모, 이모 부르 며 친근하게 구는 그 아이들을 좋아했다. 자식들은 대처로 나 간 지 오래고 남편이라는 작자는 찰떡같이 말해도 개떡같이 알 아듣고 소리만 냅다 질러 대기 일쑤여서 성난 마음이 서러워지 곤 했는데, 이 아이들은 어떻게 된 게 개떡같이 말해도 찰떡같 이 알아듣고 가려운 마음을 시원하게 긁어 준다고 했다. 뿐만 아니라 밭고랑을 타 넘으며 일하는 틈틈이 이 아이들에게 속닥 속닥 비밀을 털어놓고 하늘이 두 쪽 나도 너만 알고 있어야 한 다이, 다짐을 두면 이 아이들은 입도 천근만근 무거워서 소문이 새어 나갈 염려가 없더라고 했다. 덕분에 마음속에 몇십 년은 묵혀 두어 폭폭 썩어 가던 말들을 시원하게 털어 버린 마을 아낙네들은 당장에 모가지를 뚝 분질러도 모자랄 철천지원수라 할지라도 조금은 용서할 수 있을 것 같은 마음이 든다는 것이었다.

그 아이들이 보이는 사람마다 삼촌 또는 이모라고 부르는 통에 마을의 족보가 심하게 꼬이고, 너 나 할 것 없이 죄다 친인척으로 묶이게 되었지만 그런 것쯤 아무래도 좋았다. 자식이라는 것들은 가물에 콩 나듯 한 번씩 찾아오면 데면데면 굴거나 내처 잠만 퍼질러 잤다. 그러다가 갈 때가 되어서야 뭐 하나라도 더 가져갈 것 없나 눈을 벌겋게 뜨고서는 배고픈 강아지처럼 엄마, 엄마 불러 댔다. 그게 아니면 뭐에 심통이 났는지 입이 잔뜩 부어서는 이것저것 챙겨 정성껏 싸 놓은 보따리에 대고 이런 건 사 먹으면 되는데 뭣하러 싸 주느냐고 툴툴거렸다. 그나마도 가져가면 좋은 거고, 돈이 썩어나는지 안 가져가면 속이 상했다. 간혹 돈 봉투를 찔러 주며 철든 소리를 하기도 했지만, 자식은 이러거나 저러거나 눈치가 보였다. 그런데 대학생들은 달랐다. 가끔은 싸가지없이 어른을 이겨 먹으려 했지만, 그들은 대체로 예의 바르고 친절했다. 서툴지만 뭐라도 열심히 하려 했고, 어디서나 잘 웃었다. 일을 잘 못한다거나 농땡이를 부리다가 퉁바리를 맞아도 그때만 잠깐 서운해할 뿐, 또 언제 그랬냐는 듯이 삼촌, 이모 하며 금방 깔깔 댔다. 그것이 이유였다. 매번 불평을 하면서도 농활대를 거절하지 않는 것은. 한마디로 대학생들을 보면 기분이 좋아졌기 때문에.

올해도 어김없이 농활대가 찾아왔고, 이제 이틀밖에 안 지났는데 벌써부터 민원이 넘쳐났다. 대부분 비슷비슷한 내용이었다. 따라는 담뱃순은 안 따고 담배 이파리만 죄다 못 쓰게 망쳐놨다고, 일하는 거 보면 답답해서 허파가 뒤집어질 지경이라고, 심심해서 노래 하나 불러 보랬더니 삼천만 잠들었을 때 깃발이 어쩌고 하는 살벌한 노래를 불렀다고, 어젯밤 마을 청년들과 어울려 술판을 벌였을 때도 똑같은 노래를 불렀다고, 아무래도 대학생들이 한총련인지 뭔지 그런 것 같다고, 어쩐지 입만 살아서 따박따박 말은 잘하더라고, 대학생들이 빨갱이인 줄도 모르고 여지껏 어울렸으니 큰일 나게 생긴 거 아니냐고. 그러면서도 이 집 저 집에서 찾아와 내일 자기 밭에 할 일이 많으니 대학생들을 불러 달라고 했다. 동희는 빨간 지붕, 개 있는 집, 녹색 대문, 무궁화 핀 집, 은행나무 집이라고 쓴 공책을 북 찢었다. 조금 있으면 농활 대장 권희정이 어리바리한 후배들을 데리고 '삼촌'하고 부르며 들어올 것이다. 어쩌면 한총련 빨갱이인 걸 여태 속였을지도 모르지만 뭐 어떤가. 저렇게도 순하고 예쁜데. 저마다 개를 키우고 있어도 '개 있는 집'이라고 하면 어느 집인지 단박에 알아맞힐 정도로 똑똑한 애들인데. 그저 보고만 있어도 보름달이 뜬 것처럼 마음이 저절로 환해지게 하는데. 사람살이란 것이 실은 알고도 속고 모르고도 속는 것 아니겠는가.

　아침 7시부터 저녁 5시까지 일하고, 숙소로 돌아와서 저녁을 해 먹은 후 집집마다 돌아다니면서 마을 주민들과 이야기를 나누거나 마을 청년들과 모임을 하고, 밤 10시쯤 돌아와 그날에 대해 평가한다. 아무리 한창때라지만 피곤하고 힘든 거 잘 안다. 그래도 그렇지, 이렇게 중요한 말이 오가는 때에……. 권복은 꾸벅꾸벅 졸고 있는 선배들을 쏘아보았다.
　"술은 적당히 마셨으면 좋겠습니다. 아무리 마을 청년들이 권한다 해도 절제의 미덕을 살려 주셨으면 합니다. 다음날 해야 할 일도 있는데, 술이 떡이 되어서 자기 몸도 못 가누면 무척 곤란합니다. 다음 날 숙취 때문에 늦게 일어나고, 일을 하러 가서도 하루 종일 빌빌거리느라 일을 못하는 경우가 있는데 그런 태도 한 번으로 인해 그간 우리가 힘들게 쌓은 공든 탑이 다 무너집니다. 특히, 마을 청년들과의 모임에서 마을 청년들과 싸우거나 술 마시고 절대 고성방가하지 마십시오. 우리의 적은 김영삼 정권과 미 제국주의자들이지 마을 청년들이 아닙니다. 이장님께서 여러 번 주의를 주셔서 그런 것만은 아닙니다. 지성인으로서 그 정도는 스스로 깨닫고 실천하는 자주적 삶을 살길 바랍니다."

생활 주체인 은진의 말이 누구를 향하고 있는지 모두가 아는데도 당사자들은 염치없게도 고개까지 끄덕이며 계속 졸고 있었다. 이래서야 백날 평가해 봤자 무슨 소용이야. 권복은 속이 부글부글 끓었다. 당장이라도 머리끄덩이를 확 잡아채 정신이 번쩍 들게 해 주고 싶었다.

"그리고 마을에서는 담배를 피우지 말았으면 좋겠습니다. 피우더라도 어르신이 안 보시는 데서 몰래 피우기 바랍니다. 담배꽁초는 아무 데나 버리지 말고 주머니에 넣어 두었다가 여기 와서 쓰레기통에 버려 주세요. 마을 어르신들이 버린 것까지 우리가 버렸다고 오해를 받습니다."

은진의 뒤를 이어 선전 주체인 명희가 발언을 시작했다.

"농활은 단순히 농촌의 일손을 거들기 위한 봉사 활동이 아닙니다. 농촌의 현실을 타개하고 농민의 삶을 주체적인 삶으로 만들기 위해 정치적 각성을 이끌어 내고자 하는 활동입니다. 이때의 정치적 각성은 농민과 농활대 간에 상호적인 것입니다. 단순히 농민을 학습시키고 계몽해야 할 객체로 보는 것이 아니라, 그들을 주체로 존중하여 그들로부터 현실을 배우고 함께 실천해야 할 정치적 지향점을 찾아 나가야 합니다. 그래서 '농촌 봉사'를 '농활', 즉 '농촌 활동'으로 바꿔 부르게 된 것입니다. 그렇다면 우리가 어떻게 해야 농활을 제대로 할 수 있을까요?”

명희가 말을 끊고 좌중을 한 번 둘러보고는 말을 이어갔다.

“우선 마을 주민들에게 신뢰를 얻어야 합니다. 그러기 위해서는 인사 잘하고, 약속 잘 지키고, 부지런하고 성실한 태도를 보여야 합니다. 그렇게 해도 마을 주민들의 마음이 단번에 활짝 열리는 것은 아닙니다. 신뢰는 아주 조금씩 천천히 쌓여 가는 것이기 때문에 오랜 시간 꾸준히 좋은 행동을 보여야 합니다. 그런데, 여기서 딱 집어 누구라고 말하진 않겠습니다만, 마을 청년들과 술 먹고 새벽까지 소란을 피우다가 늦게 일어나서 일하기로 한 약속을 지키지 못하거나 건방지게 어르신들 앞에서 맞담배질을 하고 그것도 모자라 담배꽁초를 아무 데나 버리는 행동을 하면 쌓였던 신뢰도 다 무너지겠죠. 우리에게 호감을 갖고 있는 마을 분도 있지만, 아직까지 우리에게 마음을 열지 않은 마을 분도 있다는 걸 항상 명심하시기 바랍니다.”

권복은 성질이 났다. 하루 종일 일하고 와서 피곤해 죽겠는데, 이놈의 평가는 하루도 안 빠지고 매일 한다. 그것도 밤늦은 시간에. 돌아가며 한마디씩만 해도 시간이 한참 걸리는데, 오늘같이 주체들이 작심하고 발언하면 취침 시간이 한참 늦어질 수밖에 없다. 그런데 그 발언이라는 것이 농활 오기 전부터 했던 말의 변주인 데다 도덕 교과서 같은 뻔한 이야기여서 연신 하품이 났다. 제발 1분이라도 빨리 잠들고 싶다는 생각밖에 안

드는데, 한 번 꺼낸 말은 비슷비슷한 패턴으로 계속 이어졌다. 게다가 잘못한 사람은 따로 있는데, 그 뻔한 이야기를 모두가 함께 듣고 있어야 한다. 이건 평가가 아니라 단체 기합이다.

그렇게 권복의 마음이 부글부글 끓고 있을 때였다. 농활 대장 희정이 벌떡 일어나더니 반성 없이 꾸벅꾸벅 졸고 있는 두 장본인들을 마주 보았다. 그러더니 갑자기 절을 했다. 모두가 어리둥절해진 가운데 느닷없이 절을 받게 된 두 사람은 깜짝 놀란 듯 잽싸게 엎드려 맞절 자세를 취했다. 아닌 밤중에 홍두깨라더니 이 무슨 황당한 일이란 말인가. 갑작스레 일어난 일에 모두가 어쩔 줄 몰라했다. 그러나 당사자인 희정은 아무 일도 없었다는 듯이 태연한 표정으로 일어나 술렁이는 좌중을 향해 선언했다.

"이제 자자."

다음날 밭으로 가면서 권복은 명희에게 물었다.

"희정 언니가 어제 왜 그랬을까요?"

"말로 해서 안 되니까 그랬겠지."

"그렇다고 절을 해요? 우는 애 떡 하나 더 준다는 건가?"

"용서하고 한 번 더 믿어 보는 마음 아닐까? 네 멋대로 해라, 체념하는 게 아니라."

명희의 말도 희정의 마음도 알 듯 말 듯 했으나 권복은 고개를 끄덕였다. 잘못한 사람을 책망하는 대신 절을 한 희정의 행동도, 그런 행동을 한 친구의 마음을 속속들이 이해한 명희의 통찰도 매우 멋지다고 생각했다. 그나저나 절 받은 선배들이 희정 언니가 왜 그랬는지 잘 알아차려야 할 텐데. 순간 권복의 머릿속으로 '염화미소'란 단어가 지나갔다.

이른 아침부터 푹푹 쪘다. 초여름부터 이렇게 더우니 한여름엔 얼마나 더울까. 뜨거움을 뜨거움으로 녹이는 것이 청춘이고 그래서 청춘이 아름다운 것이지만, 다가올 여름은 만만치 않겠구나, 하는 생각이 들었다. 권복은 이마에 맺힌 땀을 닦고 밀짚모자를 고쳐 썼다. 어느새 눈앞으로 바짝 다가선 밭고랑에서 푸른 잎들이 환영의 인사를 하듯 넓적한 손바닥을 내밀었다.

"기암2리 이장이유."

낯선 목소리에 긴장했던 선순의 심장이 덜컥 내려앉았다. 기암2리라면 희정이 농활을 간 곳인데 거기 이장님이 왜 전화를 했을까. 혹시 사고라도 난 게 아닐까. 잔뜩 긴장한 선순의 목소리가 가늘게 떨려 나왔다.

"네, 안녕하세요? 그런데 어쩐 일로……."

"이, 별건 아니구유, 애덜 농활 끝나고 버스 태워 보냈슈. 곧 있으믄 도착할 규."

이장의 말에 선순의 어깨가 아래로 푹 내려앉았다. 저절로 안도의 한숨이 나왔다.

"걱정할깨비 전화한 건디 워째 더 놀래켰나 뷰."

미안해서 한 말일 텐데 충청도 사투리의 어조 때문인지 이장의 말은 선순을 놀리는 것처럼 들렸다. 선순의 고향이 충남 공주라 그쪽 사투리가 익숙한데도 그랬다. 처음 서울에 왔을 때는 서울말이 매정하게 들렸는데, 이제는 그 반대였다. 충청도 사람들의 말이 의뭉스럽게 들렸다.

"아, 전 또 무슨 일이 생긴 줄 알고……."

"여기서 뭔 일 생길 게 뭐 있슈. 뱀에 물리던지 땡끼(땅벌)에 쏘이던지 그런 거 아니믄 걱정할 게 하나 읎슈."

안심이 되어서 그런지 이장의 말이 재미있게 들렸다. 선순은 까르르 웃으며 말했다.

"우리 애가 나이만 먹었지 아직 철부지예요. 괜히 봉사한다고 가서 폐나 끼친 건 아닌지 모르겠어요."

"아유, 폐라뉴. 아주 잘하고 갔슈."

"예쁘게 봐 주셔서 그렇죠. 뭐 제대로 할 줄 아는 거나 있었겠어요?"

"희정이는 그래두 여기 몇 번 와 봤다고 못하는 거 읎이 아주 잘했슈. 얼굴 붉힐 일 읎게 사람들두 잘 챙기구, 말두 똑소리 나게 잘허구, 얼굴두 부잣집 맏며느리같이 예쁘구, 내가 아들이 하나 더 있으믄 며느리 삼겄슈."

선순은 아까운 내 딸을 그리 쉽게 내어 줄쏘냐 싶었지만 희정을 칭찬하는 말에 기분이 좋았다. 그래서 그랬는지 수화기를 붙잡고 얼굴도 모르는 이장에게 딸 자랑을 한참 늘어놓았다. 전화를 끊고 나서야 이장이 자신을 참으로 주책스러운 여편네라고 생각할 것 같아 부끄러운 마음이 들었다. 선순은 대체로 자기 생각이나 감정을 겉으로 드러내지 않는 편이었다. 감사한다는 말은 자주 했지만, 자랑은 웬만해선 하지 않았다. 돈 자랑, 남편 자랑, 자식 자랑, 그중에 특히 자식 자랑은 하지 않으려 했다. 희정 위로 세 아이를 잃었기 때문에 자식에 대한 것이라면 언제나, 무엇이든 조심하고 또 조심하려 했다. 다른 건 몰라도 말로 짓는 업은 스스로 노력하면 얼마든지 짓지 않을 수 있으니 더욱 조심하고 경계했다. 그래서 공부 잘하는 희정을 두고 사람들이 부러워할 때도 우쭐하지 않으려 무진장 노력했다. 자식 예쁘지 않은 부모가 어디 있겠냐마는, 희정은 워낙 어렸을 때부터 야무지고 똑똑해서 자랑하려 들면 자랑할 게 천지였다. 말을 어찌나 잘했는지, 나중에 자라서 변호사가 되려나 보다 은근히 기대하기도 했다. 피아노는 또 어떤가. 친구들한테 기죽지 말라고 남들 다 하는 거 한번 시켜나 보자고 했던 건데, 재능이 있으니 훌륭한 피아니스트로 키워 보겠다며 학원 선생님이 몇 달을 쫓아다니는 바람에 곤란해서 아주 혼났다. 선순은 희정이 공부로 성공하길 바랐기 때문에 학원 선생님의 제안이 전혀 달갑지 않았었다. 글짓기, 그림, 웅변도 잘해서 대회에 나갔다 하면 상을 줄줄이 타 왔다. 상을 어찌나 많이 타 왔는지 나중에는 벽이 모자라서 선순이 앨범을 사다가 상장만 따로 정리했을 정도였다. 그런 희정이 딱 한 가지 못하는 게 있었는데, 그것은 바로 체육이었다. 달리기를 하면 맡아 놓고 꼴찌를 했고, 줄넘기도 이중 뛰기는 엄두도 못 냈다. 못하니까 자연히 싫어하게 돼서 중학교 때는 생리를 한다며 체육 시간에 자꾸 빠졌는데, 보다 못한 체육 선생님이 '너는 생리를 일주일에 한 번씩 하냐'고 혼을 냈단다. 고3이 되어서 제일 좋은 건 체육 시간이 없어서라고 했을 정도로 희정은 몸 쓰는 일엔 아주 젬병이었다. 그런 희정이 농활을 가서는 일을 제법 잘했다고 하니 선순은 신기할 따름이었다. 얼마나 잘했으면 농활 끝나고 돌아갔다고 부모에게 따로 전화까지 해 주나, 생각하면 마음이 뿌듯해졌다. 희정이 어디 가서 흠 잡힐 애는 아니지만, 솔직히 이 정도로 칭찬받으며 잘 살고 있을 거란 생각은 하지 못했다. 선순은 언제나 희정을 믿었지만, 또 한편으로는 물가에 내놓은 아이 같아서 안쓰러운 마음에 전전긍긍하기도 했다. 그래서 희정을 볼 때면 잘하는 것보다 서툴고 부족한 게 먼저 보였다. 마냥 어린애 같았는데 어느새 이렇게 커 버린 걸까, 생각하니 조금 섭섭한 것도 같았다.

'툭하면 며칠씩 농활 간다고 그러더니 자주 간 보람이 있구만.'

선순은 섭섭한 마음을 눙치려 혼잣말로 중얼거리고는 냉장고를 열어 안에 뭐가 있나 살펴보았다. 며칠 힘들게 농사를 짓고 왔으니 보양식을 해 주고 싶었다. 그러나 냉장고에는 마음에 드는 식재료가 없었다. 선순은 지갑을 챙겨 현관을 나섰다. 곧 도착한다고 했으니 서둘러야 했다. 선순의 발걸음이 날아갈 듯 가벼웠다.

*

1994년 7월 9일, 북한의 김일성 주석이 사망했다. 남한에서는 가장 먼저 김일성 주석의 호칭을 둘러싸고 논란이 일었다. '김일성'으로 부를 것이냐 '김일성 주석'으로 부를 것이냐에 대한 것이었다. 생각하기에 따라 아무것도 아닌 일일 수도, 큰일일 수도 있었다.

때는 남북 정상 회담을 바로 코앞에 두고 있는 상황이었다. 1993년에 북한이 NPT 탈퇴를 선언하면서 북핵 위기가 발생하였고, 남북 관계는 경색 국면에 접어들었다. 그러던 중 김영삼 대통령은 취임 1주년 기자회견에서 남북 정상 회담을 제안하였다. 그러나 이는 받아들여지지 않았고, 남북 관계는 악화 일로로 치달았다. 이 와중에 북한이 서울을 불바다로 만들겠다고 하여 한반도에 전쟁 위기가 고조되었다. 북핵 위기를 돌파하기 위해 고심하던 미국은 한반도의 긴장 완화를 위해 1994년 6월에 지미 카터를 북한에 보냈다. 김일성 주석과의 회담에서 카터는 남북 정상 회담을 공식적으로 제안하여 긍정적인 반응을 이끌어 냈다. 이에 남북한은 6월 28일 부총리급 예비 접촉을 개최하여 7월 25일부터 27일까지 평양에서 남북 정상 회담을 개최하기로 합의했다. 그런데 남북 정상 회담을 불과 보름여 앞두고 김일성 주석이 사망한 것이었다.

남한에서 김일성 주석은 계속해서 '김일성'으로 불리다가 남북 정상 회담을 앞두고 화해 분위기가 조성되자 '김일성 주석'으로 불렸다. 그리고 김일성 주석이 사망하자 다시 호칭 논란이 불거졌다. 이는 북한을 국가로 인정하고 김일성을 한 나라의 수장으로 대우할 것이냐의 문제와 깊은 관련이 있었다. 북한을 괴뢰 집단으로 본다면 김일성은 그냥 '김일성'이었다. 그러나 북한을 국가로 인정하고 김일성 주석을 회담의 동등한 파트너로 본다면 김일성은 당연히 '김일성 주석'이었다.

이러한 혼란 속에서 이부영 의원 등 몇몇 민주당 의원들은 국회 외무 통일 위원회에서 김일성 주석의 장례식에 조문 사절단을 파견하는 문제를 거론하였다. 《조선일보》를 비롯한 보수 언론들은 사설 등을 통해 이를 강력히 비난하였고, 남한에서는 김일성 주석의 조문 여부를 둘러싸고 격렬한 논쟁이 벌어졌다. 김영삼 대통령이 '어떤 형식의 조의 표현도 국가보안법 위반으로 간주해 처벌하겠다'는 입장을 밝힌 가운데 보수 언론들은 서울 지역 대학들에서 김일성 주석을 추모하는 대자보와 유인물이 발견됐다고 대서특필했다. 7월 15일 새벽에는 전남대에 경찰 병력이 진입하여 1학생회관을 압수 수색하고 김일성 주석 분향소를 발견했다고 발표했다. 이에 남총련은 전남대로 모여 집회를 열고 '분향소는 존재하지 않았고, 공안 탄압을 위한 조작극이다'라는 공식 입장을 발표했다. 한편 범민련 강희남 의장은 '북에 조문 간다. 길 비켜라'라고 당당히 밝히며 판문점으로 향하다가 구속되었다.[*]

조문 파동으로 남한 사회가 한창 들썩이고 있던 7월 18일, 서강대학교 박홍 총장이 '주사파의 배후에는 김정일이 있다'고 주장하여 남한 사회가 발칵 뒤집어졌다. 그는 '주사파 뒤에는 사노맹이 있고 사노맹 뒤에는 사로청이 있으며 그 뒤에는 김정일이 있다. 북한은 해외 6개 지역의 범민련 본부에서 팩시밀리를 통해 남한의 주사파에게 지령을 보낸다. 이미 북한은 학생들에게 우루과이 라운드 반대, 미군 기지 반납 운동 등을 벌이라는 지시를 내렸다'고 했는데, 이를 두고 진보 진영에서는 '사노맹은 PD 계열인데 주사파와 어떤 연관성이 있느냐'며 강하게 반박했다. 김영삼 대통령은 '문민정부가 그동안 학생들에게 관용을 베풀어 왔지만, 국가 수호를 위해 무차별 폭력과 낡아

---

[*] 현장언론 민플러스, 〈[연재] 응답하라 한총련 1991~1997, '94년 조문 파동과 공안정국, 전남대 분향소, 제네바 합의〉 참고
(http://www.minplusnews.com/news/articleView.html?idxno=11644)

빠진 공산주의를 맹종하는 학생들을 절대 용납하지 않을 것'
이라며 주사파 학생들을 강력히 척결하겠다는 의지를 표명했
다. 보수 언론들은 때를 기다렸다는 듯이 박홍 총장을 추켜세
우며 학생들뿐 아니라 우리 사회 곳곳에 파고든 주사파를 뿌
리 뽑아야 한다며 연일 목소리를 높였다. 이 시기에 정부는 언
론을 등에 업고 주사파를 색출한다는 명목으로 한총련을 비롯
하여 재야 단체, 문화 예술계, 노동계, 학계 등 전방위적으로 진
보 인사들을 탄압하기 시작했다. 이로써 조문 파동은 주사파
파동으로 이어졌고, 이로 인해 매카시즘 광풍이 대한민국을 휩
쓸었다.

　그리고 1994년 10월 21일, 성수대교가 무너졌다. 삽시간에
대한민국은 큰 충격과 슬픔에 휩싸였다.

*

출사표

　　성신의 학생회 역사 11년.
　　어떻게 살 것인가를 고민하며
　　남이 강요하기보다 나의 삶에서 나온
　　애국의 역사를 만들어 왔던 성신인.

소외되는 학생회가 아니라

진정 학우들이 주인 되는 자주적 학생회를 만들고자

줄기찬 혁신을 다짐했던 성신의 학생회 간부들.

학생회가 학우들 속에 튼튼히 서지 못하고 학우들은
변화와 발전의 공간으로

학생회에 뿌리를 내리지 못하는 모습은

이런 역사적 전통과 혁신의 다짐이

새로운 실천으로 거듭나지 못함일 것입니다.

이제 성신인의 정신적 기풍을 찾고

성신인에 맞는 실천을 해야 할 때입니다.

애국의 역사는 과거형이 아닙니다.

애국의 역사는 소수의 역사도 아닙니다.

진솔하게 우리의 모습을 인정하고 당당하게 실천하
는 성신인은

성신의 미래, 통일시대 조국의 힘입니다.

성신의 긍지!

애국의 역사를 잇는 변화된 실천으로 뿌리를 내리고
자 합니다.

95년을 넘어

내 사랑하는 성신과 조국의 100년을 생각하며

안나와 희정이가 6천 성신에게 드립니다.[*]

　한총련이 주사파로 낙인찍혀 탄압의 표적이 된 1994년 11월에 희정은 총학생회장 후보 지안나와 함께 부총학생회장으로 입후보했다. 6천 성신인이 힘을 합하여 자주적 학생회를 건설할 것을 호소하였고, 370표 차이로 선거에서 졌다. '주사파'란 '주체사상파'를 뜻하는 것이었지만, 실제와는 다르게 '주석사랑파'로 읽혔다. 대한민국은 실로 트라우마와 공감의 국가여서 전쟁을 직접 겪어 보지 않은 사람들조차 자기가 직접 겪은 양 집단적인 불안과 스트레스에 시달렸다. 빨갱이라면 삼척동자도 치를 떨며 미워했다. '주사파=빨갱이=한총련'이란 등식이 점점 견고해져 가던 때였다.

　선거에서 진 희정은 무력감에 빠졌다. 기말고사 시험 공부를 하려고 몇 시간씩 앉아서 책을 들여다봐도 도통 집중이 되지 않았다. 그렇다고 딴생각이 나는 것도 아니었다. 그냥 멍했다. 온몸에서 기운이 싹 빠져나간 것처럼 맥이 없고 아무것도 하기 싫었다. 아직 몇 과목이 더 남아 있긴 하지만 이번 기말고사는 완전히 망했다. 그러나 그것조차도 생각하기 싫었다.
　선거 기간에는 정말이지 눈코 뜰 새 없이 바빴다. 합동 유

세, 개인 유세 같이 정해져 있는 선거 유세뿐만 아니라 틈날 때마다 학우들을 만나 정책과 공약을 설명했다. 학우들과 이야기하면서 새로 알게 된 요구들을 반영하기 위해 정책과 공약을 보완하고 연설문을 수정했다. 자기 관리를 잘하는 모습을 보여야 했기 때문에 생전 안 하던 화장도 하고 옷도 잘 차려입고 악성 곱슬인 머리카락도 반듯하게 펴는 등 외모도 잘 가꿔야 했다. 그 와중에 수업에도 들어가야 했고, 저녁이면 선거 운동원들도 격려해야 했다.

그날 하루의 공식적인 선거 운동이 끝나면 저녁을 먹고 노래패들은 노래 연습을, 몸짓패들은 동작 연습을 했고, 선전부원들은 현수막이나 대자보 또는 찌라시(홍보물, 전단지)를 썼으며, 참모는 다음날 후보자들이 수행해야 할 활동 전략과 동선을 짰다. 그리고 이 모든 것을 정책 단위에서 지휘했다. 모두가 자주적 학생회 건설을 위해 잠을 아껴 가며 동분서주했다. 때문에 이들을 잘 살피고 격려하는 것은 후보자로서 매우 중요한 일이었다. 특히나 인간의 삶에 있어 사람을 남기는 것만큼 중요한 건 없다는 게 희정의 지론이었기 때문에 희정은 무엇보다 운동원들을 살피는 일에 마음을 더 쓰려고 노력했다.

그렇게 하루 일정을 모두 마치면 평가가 남아 있었다. 평가는 하루를 되돌아보고 더 나은 내일을 준비하는 일기와도 같은 것이기 때문에 단 하루라도 빼놓을 수 없었다. 너무 피곤해서 잠깐씩 졸기도 했지만, 평가에 임할 때는 최대한 진지해지려고 혀를 깨물고 허벅지를 꼬집고 눈을 부릅떴다. 운동원들의 말에 차분히 귀 기울이고, 너무 터무니없는 의견만 아니라면 최대한 수렴하려고 했다. 아주 가끔 운동원들 사이에 비난성 발언이 오갈 때도 있었는데, 그렇게 말하는 사람의 마음까지 다 이해해 보려고 무진 애를 썼다. 하나하나 다 고마운 사람들이었기 때문에 아무도 미워해선 안 되었다.

그렇게 새벽이슬을 맞으며 돌아와 잠깐 눈을 붙이고 그 이슬이 마르기도 전에 학교로 가 교문에 들어서는 학우들에게 인사를 건넸다. 선거가 끝나면 이틀이고 사흘이고 내리 잠만 잘 수 있을 것 같은 강행군이었다. 선거 운동원들은 누군가 지금 소원이 뭐냐고 물으면 뜨끈한 물에 목욕하고 실컷 자는 것이라 답하겠다고 입을 모았다. 그만큼 지금까지의 삶 중 가장 밀도 있고 긴장된 시간을 보냈다. 모두가, 최선을 다해.

온 힘을 다해 뛰었기 때문에 며칠은 죽은 듯이 잘 수 있을 것 같았는데, 막상 선거가 끝나자 희정은 잠을 잘 이루지 못하였다. 한바탕 소나기가 양철 지붕을 때리고 지나간 뒤처럼 갑자기 찾아든 적막을 견디기 힘들었다. 한참 바쁘다가 갑자기 할 일이 없어지니까 이제 숨 쉬는 것조차 귀찮았다. 아무것도 하지 않으니 더더욱 아무것도 하기 싫었다. 가끔 함께 애써 준 선거 운동원들 생각이 났지만, 그들이 나만큼 힘드랴 싶어서 그 생각도 곧 접었다.

그렇게 무기력한 가운데 기말고사가 끝나고 방학이 시작됐다. 집에 있기도 싫고 학교에 가기도 싫어서 희정은 무작정 집을 나와 걷고 또 걸었다. 어디를 걷는지도 모르게 길이 있으면 앞으로 나아갔고, 길이 없으면 뒤돌아 다른 길을 찾았다. 수많은 생각들이 일어났다 사라졌다. 그러다 아주 나중에, 너무 힘이 들어서 이제 그만 돌아갈까 생각하는 와중에 명희가 떠올랐다. 명희는 동아리 연합회 회장에 출마했다가 떨어졌다. 명희는 어쩌고 있을까, 그런 생각이 떠오르자 갑자기 걱정이 되기 시작했다. 선거에 패배한 마음이야 다 똑같겠지만, 명희만큼은 아무렇지도 않게 훌훌 털고 일어났기를 바랐다. 이미 한 번 넘어졌다 일어나 본 경험이 있으니까 이번에도 씩씩하게 일어서겠지. 그날 밤 희정은 명희에게 편지를 썼다. 아주 오랜만에 쓰는 편지였다.

지난주에는 하루하루를 보내기가 정말 힘이 들었었어. 한창 부풀려 놓았던 고민들을 풀어낼 장이 사라졌다는 것, 그리고 이제는 내 고민들, 내가 챙기려 했던 사람들을 축소하고 정리해야 한다는 것, 후보로서 공개된 사람으로서의 부담감……. 왜 그리 인사하는 사람은 많이 생겼는지……. 그리고 패배감에 있던 자신감조차도 사라져 가고…….

너도 많이 힘들었지? 어떻게 우린 둘이 나가서 둘이 다 떨어지냐. 하나라도 붙어야지. 내 참…….

명희야, 우리 잘 극복해서 더욱더 강한 사람이 되자. 사상성도 투철하고, 그 사상성이 삶으로 배어 나올 수 있는 그런 사람. 한동안 많이 아프겠지만. 조만간 우리 술 한잔 같이 하자. 너랑 술 먹은 게 언제인지 기억도 안 난다.

추신: 틈나면 〈채송화 할아버지〉 한번 읽어 봐.[*]

편지를 쓰면서 희정은 생각했다. 나는 원래 이런 걸 좋아했지. 사람들과 만나서 이야기하고 편지 쓰는 것. 내일 당장 명희를 만나자. 만나서 술을 마시자. 술에 취해 노래도 부르자. *내가 그대를 처음 만난 날 자욱한 최루 연기 넘쳐나던 날.* 더 취하면 춤도 추자. 그러다 부끄러워지면 도망가자. 최루 연기에 눈물 콧물 쏟으며 거리를 뛰어다녔던 수많은 날들처럼 눈물 콧물을 쏟으며 다시 한번 달려 보자. 넘어지면 손 내밀어 일으켜 주자. 그러다 동이 트면 해장국을 먹자. 해장국을 먹고 처음부터 다시……. 너무 오래 걸어서 피곤했나? 생각에 잠겨 편지를 쓰던 희정의 손이 괴발개발 알아볼 수 없는 무늬를 그렸다.

_* 선거 패배 후 희정이 명희에게 쓴 편지를 약간 편집함.

다시 기운을 차린 희정은 안나를 만나 오래 미뤄 둔 이야기를 나누었다. 왜 그런지 선거 이후 내일 내일 하면서 안나와 만나는 걸 자꾸만 피하게 되었더랬다. 막연히 두려웠던 것 같다. 안나를 마주 보면 패배한 사람의 얼굴을 맞닥뜨리게 될 것이고, 그것은 곧 자신의 얼굴일 테니까. 그렇게 몇 날 며칠을 망설이다가 막상 만나니까 좋았다.

“언니, 〈자주꽃〉 할 때 우리가 짝꿍이었던 거 알아요? 그때 가영이랑 저랑 몸치여서 동작 다 틀린다고 많이 혼났잖아요. 가영이는 결국 노래패로 가고. 제가 그때 〈자주꽃〉에서 쫓겨날까 봐 얼마나 연습을 많이 했었는 줄 알아요? 언니랑 짝꿍 못 하게 될까 봐서요.”

“이번에 또 짝꿍이 되었잖아. 그땐 내가 너한테 별로 잘해 주지 못한 것 같아서, 이번엔 정말 잘해 보고 싶었는데……. 미안하다.”

“미안하긴요. 그런 말 하지 마세요. 누구보다 열심히 한 거 다 알아요. 저는 부후보였는데도 많이 힘들었는데, 언니는 얼마나 힘들었겠어요.”

“선거 전에 말이야, 성균관대 앞에서 하루 주점 했잖아. 그때 어떤 선배가 그러더라. 너랑 같이 나갔는데도 선거 지면 책임 톡톡히 져야 한다고. 그땐 그냥 웃고 넘어갔는데, 선거에서

지니까 그 말이 계속 떠오르는 거야. 그래서 괴로웠어."

"우리 열심히 했잖아요. 따지고 보면 우리가 선거에서 진 거다 시대 탓이기도 하고. 무엇보다 선거에서 졌다고 목표도 사라진 건 아니잖아요."

"네 말이 맞다. 우리의 목표는 총학생회장이 되는 게 아니라 자주적 학생회를 건설하는 거였으니까."

희정은 오랫동안 이고 지고 있던 마음의 짐을 풀어 버린 듯 홀가분해졌다. 안나와 이야기를 해 나가면서 생각이 정리되는 듯했다. 그동안 달을 보라니까 달은 안 보고 달을 가리키는 손가락만 쳐다보고 있었구나. 아주 잠깐이었지만 선거 운동원들을 원망했던 것도, 패배감에 굴복해 하릴없이 시간을 흘려보낸 것도, 절망의 그림자에 스스로를 가둬 두고 더 이상 아무것도 할 수 없다고 생각해 버린 것도, 이젠 정말 끝이라고 쉽게 믿어 버린 것도 다 어리석게 느껴졌다. 조금이라도 더 나은 세상을 염원하는 사람들은 모두 주사파 빨갱이로 몰렸고, 통일 조국은 더 이상 '우리의 소원'이 아니게 됐고, 해마다 오르는 등록금에 수많은 대학생이 알바생이 되었고, 그나마 남아 있는 학생들의 전공은 대체로 토익이고, 스스로의 모순에 의해 끝날 줄 알았던 자본주의는 날이 갈수록 기승을 부리고, 자본주의에 편승한 사학 재단은 학생들의 주머니를 털어 자신들의 배를 불릴 궁리나 하는 이 시국에 더 이상 가만히 주저앉아 있을 수는 없었다.

희정은 집으로 돌아오는 내내 역시 안나와 만나기를 잘했다고 생각했다. 이래서 사람이 중요하다. 그 누구도 홀로 살아갈 수 없고, 여럿이 기댈수록 더 큰 세상을 만나게 된다. *함께 가자 우리 이 길을 투쟁 속에 동지 모아……* 희정은 개봉역에 내려서 집까지 걸어가면서 작게 흥얼거렸다. 낮게 내려앉은 검은 하늘 위로 별 하나가 흐릿한 빛을 뿜어내고 있었다. 그것은 꺼질 듯 꺼질 듯 다시 살아나는 촛불 같았다. 우리가 함께 가는 이 길도 저와 같아서 가다 못 가면 쉬었다 가기도 하는 거라고 희정은 생각했다. 이 걸음을 멈추지만 않으면 되는 거라고. 그렇게 생각하니 그동안 패배주의에 빠져 있던 못난 자신을 용서해도 될 것 같았다.

*

군인에게 가장 필요한 것; 휴가, 면회, 편지, 여자친구, 축구, 초코파이, 짜파게티.

여자는 군대 얘기와 축구 얘기를 싫어하고, 군대에서 축구

한 얘기를 제일 싫어한다고 들었다. 반대로 군인은 휴가(그다음이 면회, 그다음이 편지다)와 여자 얘기를 좋아하고, 휴가 가서 여자친구 만난 얘기를 제일 좋아한다. 희정에게서 편지를 받은 철호는 내무반에서 세 번째로 부러운 사람이 되었다. 희정이 여자친구는 아니었지만, 그 부분은 패스. 그런 것은 중요하지 않다. 진짜 중요한 것은 희정이 철호에게 편지를 했고, 철호가 여자에게 편지를 받았다는 사실이다. 이 세상, 특히 군대에서 진실은 아무짝에도 쓸모없다.

'저는 4학년이 될 준비를 하고 있어요'로 시작되는 희정의 편지는 로맨틱한 요소가 전혀 없었다. 당연했다. 희정은 철호가 대불련 서울지부장 활동을 할 때 만났던 후배 중 한 명일 뿐이었으니까. 누구보다 진지하고 열심히 활동하던 후배였지만 철호의 눈에는 희정이 마냥 어린아이 같아 보였다. 아마 희정을 처음 만났을 때가 희정이 이제 막 솜털을 벗기 시작한 대학 신입생 때여서 그럴 것이다.

사실대로 말하자면 철호가 희정을 처음 만났을 때, 희정은 철호의 눈에 들어오지도 않았다. 그때 철호는 하늘 같은 선배를 넘어서 무려 대불련 서울지부장이었다. 전대협 의장과는 비교가 되지 않지만, 운동조직의 간부라고 하면 함부로 범접할 수 없는 아우라가 있었다. 웬만큼 인상적이지 않고서는 이제 막 대학에 입학한 1학년 새내기가 중앙 조직 간부의 눈에 들기는 힘들었다. 그건 철호를 비롯한 중앙 조직의 간부들이 오만해서가 아니라 그들이 워낙 만나는 사람들이 많은 데다 간부로서 조심해야 할 것 또한 많았기 때문이었다. 운동 조직의 간부가 된다는 것은 수배자가 될 각오를 해야 한다는 의미였다.

철호가 희정을 처음 만난 건 92년 3월 말에 열린 '서울지부 개강 법회 및 신입생 환영회' 때였다. 동국대학교 정각원에서 열린 이 행사에서 법현 스님이 '만남과 인연'이라는 주제로 법문을 했는데, 그때 성신여대 지회장이었던 진희가 동기와 후배들을 잔뜩 끌고 왔었다. 진희가 철호를 따로 불러 1학년 두 후배를 소개하며 이름을 말해 줬지만 듣고는 금방 잊어버렸다. 그도 그럴 것이, 새 학기가 시작된 후 처음 열린 행사여서 성신여대, 서울간호전문대학, 상명여대 등 서울지부 소속 대학에서 많은 법우들이 참여해 성황을 이루었기 때문이었다. 법문 주제가 '만남과 인연'인 데다 대불련 서울지부장을 맡아 1년간 그들과 동고동락할 것이었기 때문에 철호는 가급적 새로운 얼굴들을 기억해 두려 애썼지만, 그들을 일일이 기억할 수는 없었다.

희정이 본격적으로 눈에 들어오기 시작한 건 92년 여름 농활에서였다. 대불련 서울지부는 세 개로 팀을 나누어 충북 청원군 미원면에 있는 세 개의 동네에서 각각 활동했는데, 철호는 세 개 마을을 순차적으로 돌며 각각의 활동을 점검했다. 농활은 단순히 농촌의 일손을 거드는 것이 아니라 노동자, 학생과 더불어 사회 변혁의 삼 주체인 농민과 함께하는 투쟁의 한 과정이므로 한시도 긴장을 늦출 수 없었다. 무엇보다 아무 사고 없이 농활을 마치는 것이 중요했다. 다치는 사람이 한 사람이라도 있어서는 안 됐고, 마을 사람들과 사상적으로 부딪혀 얼굴 붉히는 일도 없어야 했다. 이 모든 책임이 농활 대장인 철호에게 있었으므로 철호는 신경이 예민한 채로 몇 날 며칠을 보내고 있었다.

"자, 허리에 손. 신나게 불러 보자. 하나 둘 셋 넷. *나뭇가지에 솜처럼 날아든 솜사탕 하얀 눈처럼 희고도 깨끗한 솜사탕…….*[*]"

정진지구가 활동하고 있는 기암2리에 갔을 때 철호는 아이들과 노래하며 춤추는 희정을 오랫동안 지켜보았다. 농활대들은 마을 주민을 연령별, 성별로 나누어 여러 단위의 분반 활동을 했는데, 보통 1학년 여법우들은 어린이/청소년 분반 활동을 했다. 어린이/청소년 분반 활동은 농사일로 바쁜 부모를 대신해 아이들과 놀아 주고, 공부도 봐주고, 여러 가지 문화적 활동을 함께하는 것으로 채워진다. 때문에 분반 활동을 하면서 아이들과 함께 노래하고 춤추는 게 특별한 상황은 아니었다. 철호가 농활에 참여한 게 한두 해도 아니고, 분반 활동을 하면서 아이들과 춤추고 노래하는 여학생에게 주목할 이유는 없었다.

---

[*] 동요 「솜사탕」 중에서(정근 작사, 이수인 작곡).

그런데도 철호는 희정에게서 눈을 뗄 수 없었다.

뭐랄까, 그때의 희정에게서는 '아무 생각 없음' 같은 게 느껴졌는데, 굳이 말하자면 그냥 멍한 상태가 아니라 그 무엇도 의식하지 않는 상태에 있는 것 같았다. 아이들과 놀아 주는 어른이 아니라 아이들처럼 노는 어른, 아니 아이가 된 어른 같았다. 그때의 희정은 '지금, 여기'를 십분 즐기고 있었다. 그렇지 않다면 그토록 천진한 표정이 나올 수 없었다. 아이들과 함께 노래하고 춤추면서도 자신이 어른임을, 지금 아이와 놀아 주고 있음을 인식하는 사람에게서는 쑥스럽고, 부끄럽고, 쭈뼛대는 분위기가 느껴진다. 왠지 모르게 딱딱하고 어색하다. 그래서 그 사람을 바라보는 사람도 그런 느낌에 휩싸이고 만다. 괜히 민망해진다. 하지만 희정에게서는 그런 어색함을 찾아볼 수 없었다. 오히려 환하고 즐거운 분위기가 느껴졌다. 진심으로 재밌어서 재미있는, 그래서 보는 사람마저 괜스레 즐겁고 재미있는 느낌에 빠져드는. 어쩌면 철호가 희정을 마냥 어린애라고 생각하게 된 이유는 처음 만났을 때의 희정이 대학에 입학한 지 얼마 되지 않은 신입생이었기 때문이 아니라 그해 농활에서 어린애가 된 희정을 목격했기 때문일지도 몰랐다.

희정은 편지에 총학생회 선거에 부총학생회장 후보로 출마했다가 떨어졌다고 썼다. 운동의 구심점을 잃은 것도 슬프지만, 선거하는 과정에서 사람을 잃은 것이 더 슬프다고 했다. 자기가 더 살피고 챙겼어야 하는데 그러지 못한 걸 보면 후보자로서의 자질이 부족했던 것 같다고 자책했다. 선거에서 지고 한동안 실의에 빠져 있었는데 지금은 괜찮다고 썼다. 모든 것은 오고 가는 때가 있다는 부처님의 말씀을 마음에 새기는 중이라고 했다. 부총학생회장이 자기 자리가 아니었다면 자기가 꼭 가야 할 자리가 어딘가에 있지 않겠냐고 했다. 그리고 미희 언니는 잘 있다고 썼다. 철호는 그 문장을 보는 순간 잠깐 숨이 멎는 것 같았다. 함께 가기로 한 현장에 미희 혼자 보내 놓고 나는 지금 무얼 하고 있나, 후회와 죄책감이 가슴을 무겁게 짓눌렀다.

희정이 보낸 편지에는 어른이 된 희정이 있었다. '저는 4학년이 될 준비를 하고 있어요'로 시작되는 편지는 그저 안부를 전하려고 쓴 것이 아닌 것 같았다. 그 말은 편지 말미에 쓴 '미희 언니는 잘 있어요'라는 뜬금없는 문장과 호응을 이루며 제대를 앞둔 철호에게 경종을 울리고 있었다. 어쩌면 희정이 정말로 전하고 싶었던 말은 '형이 가고자 했던 길을 잊지 말고 돌아올 준비를 하세요'라는 한 문장일지도 몰랐다. 철호는 다 읽은 편지를 접어 봉투에 집어넣으며 생각했다. 너는 어느새 이만큼 커서 이토록 작은 나를 꾸짖는구나, 어떤 비난도 없이.

철호는 희정을 처음 만난 날 법현 스님이 하신 법문 '만남과 인연'을 떠올렸다. 모든 것은 오고 가는 때가 있다는 부처님의 말씀처럼 어느 한때 희정을 만나서 이런 편지를 받게 된 데에는 오묘한 섭리가 숨어 있을 것이었다. 철호는 진실 따위 중요하지 않은 것처럼 보이는 이 세상을 진실되게 만드는 것이 어쩌면 자신에게 주어진 화두일지 모르겠다고 생각하며 희정이 보낸 편지를 한 번 쓰다듬고는 관물대에 소중히 넣어 두었다. 제대할 때까지, 어쩌면 제대한 뒤에도 두고두고 보게 될 것 같았다.

*

"우리는 국민윤리교육과잖아요. 앞으로 아이들에게 '윤리', 그것도 '국민 윤리'를 가르쳐야 한단 말이죠. 그러니까 현대사를 알아야 해요. 현재 우리의 삶이 어떻게 형성되었는가를 알아야 아이들에게 윤리에 대해 말할 수 있으니까요. 어떤 것이 윤리적이고 어떤 것이 비윤리적인 것인지를 따지려면 우리부터 판단기준을 가져야 해요."

미선은 희정의 말에 연신 고개를 끄덕였다. 희정의 입을 거치면 같은 말도 다르게 들렸다. 그동안 미선이 알지 못했던 세계가 새로이 열렸다. 학교와 전공만 해도 그랬다. 적당히 성적에 맞춰 온 터라 미선은 과에 대한 애정이 별로 없었다. 교사가 되고 싶어 사범대를 택하긴 했지만 어떤 교사가 되어야겠다는 생각은 한 번도 해 보지 않았다. 사범대학을 나와 임용 고사에

합격하면 자연스럽게 교사가 되는 거라고 막연히 생각했을 뿐
이었다. 그런데 선배와 신입생이 처음 만나는 자리인 신입생 오
리엔테이션(선배들은 새터라고 불렀다)에서 희정은 말했다. '어
떤' 교사가 되어야 하는지를. 설명하는 말이었으나 계몽적이지
않았고, 주장하는 말이었으나 강압적이지 않았다. 저런 식으로
도 말할 수 있구나! 미선은 감탄했고, 단번에 희정을 좋아하게
되었다. 그날 밤 94학번 선배가 달려와 희정에게 구원해 줄 것
을 청하지 않았다면 미선은 그 밤이 새도록 희정에게 이야기를
계속해 달라고 졸랐을지도 몰랐다.

— 언니, 신입생 한 명이 영어로 술주정하면서 누워서 막 토
해요!

희정이 귀찮아하는 기색도 없이 앞에 앉아 있는 후배들에게
양해를 구하고 일어섰다. 미선은 어떻게 하겠다는 작정도 없이
희정을 뒤따라 나가는 94학번의 뒤꽁무니에 붙어 그들을 졸졸
쫓아갔다.

방문을 열자 토사물 냄새가 훅 끼쳤다. 미선은 저도 모르게
코를 감싸쥐었다. 다른 사람들은 모두 피신했는지 방 안에는
누워 있는 사람을 둘러싸고 있는 94학번 세 명을 제외하곤 아
무도 없었다. 그들은 어떻게 해야 할지 모르는 사람들처럼 엉
거주춤한 자세로 앉아 심각한 표정을 짓고 있었는데, 눈앞에
펼쳐진 역겨움 때문에 웩웩 헛구역질을 하거나 구역질을 간신

히 참으며 연속적으로 기침을 하기도 했다. 희정이 그들 가까이 다가가자 그들은 학생 주임에게 부당하게 벌을 서다 갑자기 할 말 다 하는 담임 선생님을 만난 것처럼 기쁜 표정을 감추지 못했다.

— 언니, 얘가 뭐라고 뭐라고 하는데 아무래도 영어인 것 같아요. 뭐라는지 하나도 모르겠어요.

94학번이 상황 설명을 하자 희정은 됐다는 듯 한 손을 들고는 화장지와 비닐봉지를 가져오라고 했다. 그러자 옆에 서 있던 다른 94학번이 두루마리 화장지와 검정 비닐봉지를 얼른 내밀었다. 가져다 놓긴 했지만 차마 토사물에 손대기는 어려웠던 듯 토사물 주위에 둘둘 말린 화장지 뭉치가 군데군데 놓여 있었다. 그 사이에 희정은 누워 있는 신입생의 얼굴을 옆쪽을 보게 돌려 놓고는 비닐봉지 입구를 둘둘 말아 방바닥에 내려놓고 두 손으로 토사물을 모았다. 그러고는 양손을 바가지처럼 오므려 토사물을 쓸어 담아 봉지로 옮겼다. 미선은 보는 것만으로도 역겨워서 당장 토할 것 같았다. 하지만 토하러 달려나가면 안 될 것 같은 분위기였다. 뭐랄까, 환자의 배설물을 치워 주는 마더 테레사를 더럽게 여겨서는 안 되는 것과 똑같은 분위였다고나 할까? 미선은 두 손을 겹쳐 입을 막고 쉴 새 없이 침을 삼켰다. 토사물 냄새가 훅훅 올라올 때마다 속이 뒤집혔다. 그래도 두 눈을 똑바로 뜨고 희정이 토사물 처리하는 것을 지켜보았다.

토사물이 어느 정도 정리되자 94학번들이 화장지를 들고 누워 있는 사람의 얼굴과 옷과 주변을 닦았다. 희정이 토사물이 든 검정 비닐봉지를 꽁꽁 여민 후 들고 일어서며 말했다.

— 또 토할지도 모르니까 똑바로 눕지 못하게 해. 애들 다 자러 가는 거 보고, 내가 와서 잘 테니까 그때까지만 옆에서 좀 지켜봐 주고. 그리고 이 시간 이후로 이 일은 없었던 거다.

술 취한 신입생은 그 소동을 일으키고도 아직 더 할 것이 남았는지 누운 채 연신 무슨 말인가를 쏟아냈다. 조기 유학생이기라도 했던 건지 술주정이 몽땅 다 영어였다. 미선은 술에 떡이 되어 아무 데서나 주정을 해 대는 저런 애가 영어를 잘한다는 게 마뜩잖았다. 그래서 좀 꼬인 생각을 했다. 외국물 좀 먹었다고 자랑질이야, 아주. 시간이 한참 지난 후 이 생각은 편견에 지나지 않았음이 드러났다. 하지만 미선은 속으로만 생각했기 때문에 그 아이에게 따로 사과하지는 않았다.

희정은 화장실에서 오래오래 손을 씻었다. 냄새도 냄새려니와 손에 남은 미끄덩한 감각은 아무리 씻어내도 지우기 힘들 터였다. 손을 씻는 동안 내내 옆에 서 있던 미선을 보고 희정이 한마디 했다.

— 비밀이다.

단 한마디뿐이었지만 미선은 그 속에 담겨 있는 여러 가지

의미를 한꺼번에 다 이해할 수 있을 것 같았다. 토한 애가 누구인지, 94학번들이 얼마나 우왕좌왕했는지, 희정이 얼마나 위대한 일을 했는지 다 비밀로 하라는 것일 터였다. 미선은 신입생 오리엔테이션 내내 희정을 눈으로 좇으며 저런 선배가 되고 싶다고 생각했다. 때문에 희정이 과 소모임인 〈물결〉의 창립 멤버임을 알았을 때는 지체없이 〈물결〉의 일원이 되었다.

"저는 솔직히 처음에는 되게 거부감이 들었어요. 책 읽고 토론하는 모임이라고 해서 들어왔는데, 자꾸 이상한 얘기만 하는 거예요. 여태껏 미국이 우리의 우방이고, 우리나라가 자유를 지키게 도와줬고, 맥아더는 위기의 순간에 나타난 영웅이라고 배웠는데 정반대의 말만 해서 받아들이기 힘들더라고요. 솔직히 지금도 완전히 받아들이기는 어려워요. 이제 조금 눈을 떴으니 언젠가는 이 세계의 진실을 볼 수 있겠죠."

"그래서 배움이 중요한 것 같아요. 고등학교 때까지는 이런 거 교과서에 나오지도 않았어요. 그나마 수능에서 중요한 비중을 차지하지 않으니까 역사 시간에 국영수 공부하고 그랬어요."

"맞아요. 고3 때 예체능은 아예 없는 과목이었어요. 체육 시간에 운동하면 피곤해서 야자(야간자율학습) 때 존다고 체육 시간 자체를 없앨 정도였다니까요."

"저는 수능이라는 제도 자체가 비상식적인 것 같아요. 단 한 번의 시험으로 지난 12년을 판가름하는 게 말이 돼요? 그날

컨디션이 안 좋을 수도 있는 거잖아요. 전교 1등 하던 애가 만일 장염에 걸려서 설사하다 시험 망치면 그냥 실패자, 낙오자 되는 거잖아요."

"저는 수능이 뉴스에 나오는 것부터가 이상해요. 수능 날 날씨가 춥다는 것부터 수능에 늦은 애 퀵서비스 물건처럼 오토바이에 실려 시험장에 도착한 것까지. 게다가 후배들은 왜 남의 교문 앞에 떼거리로 와서 야단법석 난리를 치는지 모르겠어요. 수능이 무슨 중요한 국가적 행사라도 돼요? 한일전 축구 경기라도 돼요?"

"남의 학교 교문에 엿 붙여 놓고 그 추운 데서 벌벌 떨면서 하루 종일 기도하는 엄마들은 어떻고요. 21세기를 앞두고 그런 주술적 행위가 통한다고 생각하는 게 놀라워요. 그리고 자기 아이 붙으면 남의 아이 떨어질 텐데, 남의 아이 불행하라고 하루 종일 기도하는 거잖아요."

"하루면 다행이게요? 백일기도 천일기도도 하는데요, 뭘."

수능 이야기가 나오자 저마다 물 만난 고기처럼 활기를 띠었다. 92학번과 93학번은 학력고사를 치렀고, 94학번과 95학번들은 수능을 치르고 대학에 들어왔다. 말이 좋아 수학능력시험이지 4지 선다에서 5지 선다로 선택지가 조금 늘었을 뿐, 수능이란 것도 결국 대학 입시에 지나지 않았으므로 수능 대신 학력고사를 치른 92, 93학번이라고 해서 할 말이 없을 수는 없었다. 저마다 억압적이고 폭력적인 입시의 터널을 어떻게 헤쳐 왔는지 다 말하자면 하룻밤을 꼬박 새고 다음날까지 이어서 해도 모자랄 판이었다. 그렇게 쏟아낸다 해도 마음속에 응어리져 있는 울분이 풀릴지 의문이었다. 하여 목소리가 점점 높아졌다. 침이 입에서 총알처럼 튀었다. 앞사람의 말이 끝나기도 전에 뒷사람이 말을 이었다. 때론 웅변하는 연사처럼 책상을 탕탕 두들기기도 하였다. 분위기가 점점 고조될수록 배가 산으로 가고 있었다.

"이 모든 게 자본주의의 농간이에요!"

목소리 하나가 어수선한 분위기를 날카롭게 뚫고 나왔다. 침을 튀겨가며 저마다 목소리를 높이던 사람들이 일순 조용해졌다.

"교육 백년지대계라는 말은 다 헛소리예요. 우리나라 교육처럼 자본주의에 충실한 게 또 있을까요?"

희정이었다. 희정은 조용해진 좌중을 둘러보며 낮게 이야기를 이어갔다.

"오랫동안 과외를 해 왔지만, 과외를 할 때마다 딜레마에 빠져요. 내 학비를 내기 위해 남에게 사교육비를 받고 있으니까요. 대학에 가기 위해 학원이다 과외다 비싼 돈을 들이지만, 정작 대학에 가면 그보다 더 많은 돈을 내야 해요. 잘사는 집 아들 딸이 아니면 그 돈을 내기 위해 과외나 학원 선생을 해야 하고요. 과외나 학원 선생은 그래도 편하고 고급스러운 편이죠. 호프집이나 식당, 심지어 공사장 같은 곳에서 아르바이트하는 사람도 많아요. 뼈 빠지게 돈 벌어서 비싼 등록금 낼 때마다 저절로 이런 생각이 들어요. 나는 도대체 대학에 뭐 하러 왔을까?"

미선의 마음이 울컥했다. 지금은 학교가 마음에 드는지 아닌지 따질 때가 아니었다. 비싼 등록금을 생각하면 과가 적성에 맞는지 아닌지 재고 있어선 안 되었다. 등록금이 아깝지 않으려면 여기서 뭐가 돼도 돼야 한다. 전공을 살려 국민 윤리 교사가 되거나 학교와는 상관없이, 전공과는 상관없이 보편적으로 잘나가는 사람이 되어야 한다. 이를테면 대기업 신입 사원이나 공무원 같은 것. 그런 것이 되려면 토익 점수는 기본이고 다른 공부를 또 해야 한다. 교사가 되려 해도 임용 고사를 봐야 한다. 대학에 입학할 때만 해도 이제 공부와는 담을 쌓고 살아도 된다고 생각했는데 대학에 들어오자마자 또 다시 수험생이 되었다. 따라서 대학에만 들어가면 고생 끝 행복 시작이라고 했던 고등학교 때 선생님들 말은 다 거짓이다. 선생님들은 가르치는 사람답게 진실을 말해 줘야 했다. 대학에 들어가면 고생 끝 또 다른 고생 시작이라고.

"옛날에는 대학을 우골탑이라고 했대요. 소를 팔아 대학에 갔기 때문에. 소뼈로 쌓은 탑이 대학이라는 거죠. 지금은 소를 팔아도 대학에 못 가요. 이게 다 무엇 때문이겠습니까?"

희정이 묻고 잠시 뜸을 들였다가 아무도 대답을 하지 않자 말을 이어갔다.

"교육 정책이 잘못되어서 그래요. 일제 시대의 교육은 차치하고라도 해방 이후 우리의 교육은 시작부터 잘못됐어요. 이는 친일파를 청산하지 못한 역사와도 맞물려 있어요. 이른바 우리 사회의 상층부를 이루고 있는 사람들의 대다수가 친일파와 그 자손들인데, 사회 구조가 이렇게 기형적으로 형성된 것은 친일파 청산을 방해했을 뿐 아니라 오히려 이들을 적극 활용한 미군정 때문이에요. 미군이 우리나라에 들어와서 한 일이 친일파를 앞세워 대리 정권을 만드는 것이었기 때문에 한국 전쟁도 일어난 거고요.

교육도 마찬가지예요. 이 시기에 친일파들이 앞다퉈 사학 재단을 만들었고, 그걸로 사리사욕을 채우기 시작했어요. 비싼 등록금을 받아 교육에 투자하는 대신 땅을 사고 건물을 짓고 재산을 늘려 갔죠. 학교는 학생들을 이용해 장사를 해 먹는 시장바닥이 된 지 이미 오래예요. 국립 대학이라고 해도 다를 게 없어요. 사립 학교에 비해 등록금이 비교적 싸긴 하지만 교육에 투자하지 않기는 국립 대학도 마찬가지예요. 국립 대학은 학생들을 이용해 땅이나 건물을 사는 대신 권력을 사죠. 국립 대학 총장이 되면 장관급 대우를 받아요. 그렇기 때문에 눈에 불을

켜고 총장이 되려고 하는 거고, 그 과정에서 비리가 발생하게
되는 거죠.

그것뿐이라면 아주 다행한 일입니다. 문제는 세습과 패거리
문화예요. 사학 재단의 세습은 이미 상식이 됐고, 국립 대학의
줄 세우기도 공공연한 사실로 드러났죠. 돈과 권력의 맛을 알
아 버린 자들은 그것을 놓지 못해요. 그래서 그들은 약간의 당
근을 주면서 자기들의 재산과 권력을 지켜 줄 패거리를 만드는
거예요. 이렇게 패거리 공화국이 된 학교에서 학생들은 자연히
소외될 수밖에 없어요."

미선은 왠지 모르게 슬펐다. 분노보다 슬픔이 더 먼저, 더
많이 밀려왔다. 그동안 배워온 대로라면 세상은 권선징악이 되
어야 마땅했다. 착하게 살면 복 받고 악하게 살면 벌을 받아야
했다. 그러나 이게 뭔가. 일본놈한테 빌붙어 앞잡이 노릇을 했
던 친일파가 여전히 득세하는 이 나라는. 반성은커녕 악한 자
가 착한 사람을 조롱하며 마지막 남은 한 조각마저 빼앗도록
부추기는 이 제도는. 온갖 굴욕 속에서도 꿋꿋하게 선량함을
지키려다 끝내 못난이 바보가 되고 마는 이 현실은. 그럼에도
불구하고 계속 바보로 사는 사람들은 대체 뭔가, 뭐란 말인가.

미선은 처음으로 집회에 나가던 때가 생각났다. 집회에 나
가기 전 두려워하는 미선에게 희정은 말했었다.

— 한총련은 빨갱이도, 폭도도 아니야. 우리는 단 한 번도

국가를 전복하려고 한 적이 없어. 우리는 우리가 아는 진실을 알리고 싶을 뿐이야. 그래서 진실을 알게 된 사람들이 다 함께 힘을 모아 이 나라를 좋은 곳으로 바꾸었으면 하는 거야. 우리 모두 주인이 되는 세상을 꿈꾸는 거지. 진정한 민주주의를 말이야.

그런 세상이 올까? 민주주의는 피를 먹고 자란다던데, 얼마나 더 많은 피를 흘리면 우리 모두 주인이 될 수 있을까? 날마다 자주를 외치는 희정 언니는 정말 그런 날이 올 거라 믿는 걸까? 희정이 말을 하면 할수록 미선의 마음속 슬픔이 커져만 갔다. 그 슬픈 와중에 또 이런 생각도 들었다. 나도 4학년이 되면 희정 언니처럼 될 수 있을까? 똑똑한 바보. 그 슬픈 와중에 미선은 얼토당토 않게도 그런 것이 한번 돼 보고 싶었다. 이 세계의 진정한 주인. 그것이 무엇이기에 희정이 그렇게도 목을 매는 것인지 한 번쯤은, 아니 한 번만이라도 되어 보고 싶었다.

*

교생 실습은 생각보다 힘들었다. 역시 이론은 현실을 따라잡을 수 없는 것인가 보았다. 수업 시간에 교육학 강의를 들으며 기본기를 쌓았고, 과 소모임인 〈물결〉에서 우리나라의 교육 현실에 대한 토론을 하면서 수업 시간에는 배울 수 없는 것들을 두루 성찰해 보는 시간을 가졌지만, 현장에는 그런 것들로 는 도무지 채울 수 없는 공동(空洞)이 있었다. 가르치고 배우 는 행위가 이루어지는 학교는 실로 많은 것들을 가르쳤는데, 교과서에 나오는 지식은 교육적 측면의 극히 일부에 불과했 다. 그것은 선생에게나 학생에게나 모두 마찬가지였다. 특히나 선생도 아니고 학생도 아닌, 그렇다고 선생이나 학생이 아니라 고도 할 수 없는 교생에게는 매 순간이 시험이었고 배울 것투 성이었다.

수진은 교생 실습을 하면서 점점 시들어 간다고 느꼈다. 수 진은 좋은 교사란 그저 잘 가르치기만 하면 되는 줄 알았다. 교 과서에 나오는 지식을 이해하기 쉽게 잘 전달하고, 어떠한 차별 없이 아이들을 공평하게 대하며, 누구나 가지고 있는 잠재력을 발견해 북돋워 주기만 하면 좋은 교사가 되는 줄 알았다. 그러 나 이 작은 사회에도 정치가 있었다. 아이들 사이에도 있었고, 교사들 사이에도 있었고, 교사와 아이들 사이에도 있었다. 학 교 안에서 벌어지는 정치적 행위들은 크고 작은 권력을 만들었 고, 그렇게 형성된 권력은 차별을 만들었다. 아이들은 어떤 선 생이 두렵고 어떤 선생이 만만한지, 어떤 선생을 호의적으로 대 하고 어떤 선생을 적대적으로 대할 건지 기가 막히게 구분했다. 반면 선생들은 분위기 파악을 잘했다. 그리고 그것이 아이들을 대하는 태도에 영향을 미쳤다. 더 무섭거나 더 무관심하게, 혹은 더 정열적이거나 더 눈치 빠르게. 노골적으로 드러내진 않았지만 아이들이 무시하는 선생은 선생들도 무시했다.

— 어리바리하지 마라. 애들이 다 안다.

교생 실습 첫날, 수진에게 배정된 학급의 담임이자 중학교 선배이기도 한 김 선생님이 수진의 어깨에 손을 올리고 재빠르게 속삭였을 때만 해도 그냥 농담인 줄 알았다. 아직 경험이 없어 모든 것이 낯선 초짜에게 겁을 주어 놀리는 거라 생각했다. 하지만 채 일주일도 지나지 않아 그 말이 무슨 뜻이었는지 확실히 깨닫게 되었다.

"나는 아무래도 좋은 교사가 되기는 어려울 것 같아."

시범 수업을 앞두고 수진은 스트레스를 받고 있었다. 교생 실습을 준비할 때만 해도 수진은 자신감이 있었다. 아이들을 사랑하고 아이들에게 존경받는 교사가 충분히 될 수 있을 줄 알았다. 수진은 아이들을 좋아했고, 대한민국의 교육 현실에 대해 비판적 관점을 가지고 있었다. 아이들을 잘 이해한다고 믿었고, 그러므로 아이들과 서로 마음을 나누며 친구처럼 지낼 수 있을 거라 생각했다. 하지만 막상 교단에 서 보니 그런 믿음 따위 철없는 망상에 지나지 않는 것 같았다. 수업을 하면 절반은 딴짓하고, 그 나머지의 절반은 졸고, 또 그 나머지의 절반은 수업을 듣는 건지 마는 건지 눈빛이 멍했다. 앞에 서 있는 교사에게 눈을 맞추고 간혹 고개를 끄덕여 주는 건 한두 명에 불과

했다. 수진은 아이들을 절대 차별하지 않고 공평하게 대하려고 무진 애를 썼지만, 수업을 잘 듣는 아이에게 자꾸만 눈이 가는 건 어쩔 수 없었다. 처음에는 수업 시간에 이런저런 질문을 던지기도 했지만, 대답을 잘하는 아이에게만 질문을 하는 자신을 발견하고는 더 이상 아이들에게 질문하지 않았다. 그러자 수업은 점점 더 재미없어졌고, 아이들의 집중력은 현저하게 떨어졌다. 이런 상황에 시범 수업이라니. 수진은 잠도 잃고 밥맛도 잃었다. 잘하고 싶은 욕심이 커질수록 좌절감도 깊어졌다.

"왜, 무슨 일 있어?"

일과를 마치고 지하철역으로 가면서 수진이 푸념하듯 말하자 희정이 걱정스러운 눈빛으로 물었다.

"아니, 그냥 그런 생각이 들어. 좋은 교사가 되기엔 내 역량이 많이 부족한 것 같아."

"그런 게 어디 있어. 이제 겨우 시작인데 그걸 어떻게 알아."

"수업 시간에 아무도 집중을 안 해. 아무리 열심히 떠들어도 아이들이 나를 봐주지 않아. 뭐가 문제인지 도무지 모르겠어. 곧 시범 수업인데 마음이 너무 복잡해서 잠이 다 안 와. 넌 이런 내 맘 모르지?"

"저녁 먹고 갈래? 내가 쏠게. 비싼 걸로. 내가 너한테 원수 갚을 것도 있잖아."

대답할 새도 없이 희정이 수진의 팔짱을 끼고 어디론가 이끌었다. 저녁을 먹을 마음이 있든 없든 무조건 먹고 가야 한다는 듯한 태도였다. 수진은 아무 저항 없이 희정이 이끄는 대로 따라가며 속도 답답한데 이참에 신세 한탄이나 제대로 해야겠다고 마음먹었다.

"사실 네가 부럽고, 그래서 좀 얄미웠어."

술이 들어가고 점점 긴장이 풀리자 수진은 솔직한 마음이 되었다.

"왜?"

희정이 상추쌈을 손에 든 채 눈이 동그래져서 물었다. 수진은 괜히 방금 뒤집은 삼겹살을 다시 뒤집으며 뜸을 들였다. 솔직히 터놓고 말하려고 했지만, 막상 얘기하려니 자존심이 조금 상하는 것 같았다. 수진이 아무 말 하지 않자 희정이 손에 든 상추쌈을 입에 넣고 우물거렸다.

"너는 하나도 안 힘든 것 같아서."

희정이 입안에서 우물거리던 것을 삼킬 때쯤 수진이 여전히 삼겹살을 뒤집으며 무겁게 입을 뗐다. 그러고는 앞에 놓인 소주잔을 들어 한입에 털어 넣었다.

"왜, 나도 힘들지."

희정이 수진의 빈 잔에 소주를 따라 주며 대꾸했다.

"너는 정말이지 하나도 안 힘들어 보여. 천생 교사. 마치 타고난 사람 같아."

수진이 소주에 입술을 축이고 잔을 내려놓으며 말했다. 희정이 소주를 마시고 크으 소리를 냈다. 수진이 희정의 빈 잔에 소주를 따랐다.

"소주는 공평하게 쓰지."

희정이 소주를 받으며 말했다.

"너는 애들하고도 잘 지내고 수업도 잘하잖아. 선생님들도 너를 엄청 신뢰하고. 어떨 때는 여기가 내 모교가 아니라 네 모교인 것 같다니까."

수진이 삼겹살을 입에 넣고 우물거리며 말했다.

"너도 잘하고 있잖아. 애들하고 사이도 좋고."

희정이 수진을 격려하는 말을 하자 수진이 삼겹살을 꿀꺽 삼키고 대꾸했다.

"난 안 그래. 나는 솔직히 애들이 무서워."

희정이 불판에 고기를 올리자 불판에서 치이익 소리가 났다.

"나도 그래. 너 우리 반 문제아 알지? 걔 오늘 또 학교 안 왔어. 내가 걔랑 잘 지내 보려고 엄청나게 노력했거든? 그런데 끝까지 마음을 안 열더라. 다 좋은데 학교는 나오라고 그렇게 사정해도 들은 척도 안 해. 그 정도면 다행이지. 내가 말할 때마다 피식피식 웃어. 교생 주제에 나대지 말라는 거지. 속에서 열불이 나는데 할 수 있는 게 아무것도 없어. 애원하는 것밖에는. 그러면 그럴수록 애가 나를 더욱 깔보는데도 그것 말고 할 수 있는 게 없더라."

"그래도 최선을 다했잖아."

"글쎄, 정말 그럴까? 난 아무 생각 없이 그 애더러 문제아라고 해. 방금 전에 그랬던 것처럼. 개랑 얘기할 때는 다 이해하는 척, 다 받아 줄 것처럼 하면서 네 잘못 아니라고, 너한테는 아무 문제가 없다고 말하는데, 사실은 문제아라고 생각하는 거지. 여기서는 안 그래야지 하는데, 여기서는 그런 거야. 이러다 개를 대놓고 문제아라고 부를까 봐 겁이 나."

희정이 자신의 머리와 가슴을 차례로 가리키며 시무룩하게 말했다.

"한잔하자."

수진이 들어 올린 소주잔에 희정이 잔을 부딪쳤다. 소주가 달았다. 공평하게 쓰긴 개뿔.

"시범 수업을 어떻게 해야 할지 모르겠어."

"주제를 뭘로 할 거야?"

"불교."

희정이 고개를 끄덕이더니 탁자에 왼쪽 팔꿈치를 대고 왼손으로 턱을 고였다. 그러고는 오른손으로 고기를 뒤집었다. 고기를 자꾸 뒤집으면 맛없는데. 수진은 속으로 생각하며 소주를 마셨다. 여전히 달았다. 내일 술 냄새 풍기면 안 되는데, 생각하면서 빈 잔에 소주를 따르고 한 병 더 시켰다.

“이렇게 하면 어떨까?”

계속해서 고기를 뒤집던 희정이 젓가락을 내려놓고 똑바로 앉아 수진을 바라보았다.

“뭘?”

“시범 수업 말이야. 그림을 그려서 설명하는 거야. 만화처럼.”

“나 그림 못 그려.”

“그건 걱정 마. 나 아는 사람 중에 그림 되게 잘 그리는 사람 있어. 내가 부탁해 볼게.”

“정말? 고마워서 어쩌니.”

“고맙긴 내가 훨씬 더 고맙지. 내가 누구 덕에 교생 실습을 하는데. 이제야 원수를 제대로 갚을 수 있겠네.”

희정의 눈이 초승달처럼 구부러졌다. 수진이 교생 실습할 학교를 구했다고 함께 가지 않겠냐고 물었을 때도 희정은 저렇게 웃었다. 기쁘고 고맙고 안도하는 웃음이었다. 희정은 수진이 교생 실습 나갈 학교를 알아봐 준 것에 대해 지나치다 싶을 만큼 고마워했다. 학교에서 교생 실습 나갈 학교를 따로 정해 주지 않았기 때문에 직접 알아봐야 했는데, 희정은 단대 학생회 일로 정신없이 바빴다. 희정보다는 비교적 시간이 있었던 수진도 학교를 알아보는 데 어려움을 겪었다. 전화번호가 적힌 중학교 목록을 놓고 여기저기 전화를 돌렸지만, 교생을 원하는 학교가 없었다. 번번이 거절당한 뒤에 모교에 다시 전화를 걸어 사정사정했다. 간신히 허락을 얻은 뒤 교생 실습할 사람이 두 명이라고 했더니 수화기 너머에서 긴 한숨이 흘러나왔다. 잘못한 것도 없는데 벌써는 마음이 들었다. 서러웠지만 이딴 거 다 때려치우면 그만이라고 호기를 부릴 수도 없었다. 지문이 닳을 정도로 싹싹 빌고 또 빌어서 겨우 얻은 자리가 수진의 모교 월곡중학교였다. 이 모든 우여곡절에 대해 단 한마디도 전하지 않았는데 희정은 수진에게 큰 빚을 진 것처럼 굴었다.

삼겹살을 다 먹고, 오늘따라 달게 느껴지는 소주 두 병을 나눠 마시고 수진과 희정은 팔짱을 끼고 지하철역으로 향했다. 배부르고 적당히 취기가 올라 기분이 좋았다.

"소주는 공평하게 쓰지 않아. 어떤 사람한텐 달기도 해. 때에 따라서 달기도 하고."

기분 좋은 수진이 괜히 시비를 걸듯 말하자 희정이 무슨 소리냐고 했다.

"아까 네가 그랬잖아. 너는 하나도 안 힘들어 보인다니까 소주는 공평하게 쓰다고."

"아, 그거. 내 말뜻은……."

"기본값을 말하는 거지?"

희정의 말을 자르며 수진이 덧붙였다.

"나도 알 것 같아. 기본값에 무엇을 더해야 하는지도 알 것 같고."

보일 듯 말 듯 고개를 끄덕이던 희정이 갑자기 라마즈 호흡을 하듯 호들갑스럽게 숨을 들이마셨다 내쉬기를 반복하며 말했다.

"우리 내일 술 냄새 나는 건 아니겠지? 교생이 술 마셨다고 문제아로 찍히는 건 아니겠지? 만일 그러면 억울하겠지? 그래서 미움받으면 슬프겠지이."

희정은 수진에게 동의를 구하듯 마지막 음절을 길게 끌었다.

"그래, 슬프겠지. 그러니까 끝까지 한번 해 봐. 그래도 안 바뀌면 할 수 없는 거고."

희정이 자기네 반 문제아를 염두에 두고 한 소리라는 걸 눈치챈 수진은 희정에게 말하며 생각했다. 이 말은 어느 누구도 아닌 스스로에게 해 주는 말이라고. 그리고 동시에 깨달았다. 최선을 다한다는 말이 얼마나 무거운 것인지 알게 하려고 희정은 오늘 고기도 사고 술도 산 것이구나. 그러면서도 수진에게 이러쿵저러쿵 충고하는 말은 한마디도 하지 않는 희정이 참으로 희정답다고 생각했다. 되로 주면 언제나 말로 갚는 애, 희정은 그런 애라고.

*

혜영은 마음이 복잡했다. 공동집행부를 꾸리기로 합의하

고 희정이 사범대 학생회 학술부장으로 왔을 때부터 이미 사태는 예고된 것이었다. PD 계열 학생회에 NL 계열이 와서 뭘 어쩌겠다는 건가? 아무리 PD니 NL이니 하는 것들이 의미를 잃어 가는 시대가 되었다고는 하지만, 노선은 여전히 중요했다. 노선에 따라 무엇을 할 것인지가 정해지니까. 혜영은 희정과 매우 친했지만, 그런 점에서는 함께할 수 없었다. 둘은 노선이 달랐다. 혜영은 희정이 혼자 얼마나 고군분투하고 있는지, 그럼에도 불구하고 얼마나 큰 성과를 냈는지, 노선이 다르다는 이유로 성과를 제대로 평가받지 못하는 상황이 얼마나 억울할지, 평가 따위야 아무 상관없다 해도 아무도 알아주려 하지 않는 그 마음이 얼마나 외로울지 잘 알았지만 희정을 편들 수는 없었다. 그래서 몹시 괴로웠다.

"정책은 내가 알아서 해. 너는 학술부장답게 네 일이나 열심히 해."

"현시점에서 우리의 가장 큰 과업은 학내 민주화, 학원 자주화야. 신문에는 우리의 요구를 담아야 한다고. 정책과 학술은 분리될 수 없어."

"그래 맞아. 정책과 학술은 분리될 수 없고, 신문에는 우리의 요구를 담아야 해. 그런데 우리의 가장 큰 과업이 학내 민주화, 학원 자주화라는 데는 동의할 수 없어. 정책은 정책 단위에서 결정해. 너는 결정된 바에 따라 기사를 쓰면 되는 거고. 알겠니?”

“신문은 너희들의 나팔수가 아니야. 학우들이 무엇을 원하는지 똑바로 보라고!”

“학우들이 원하는 게 뭔데? 학내 민주화? 자주적 학생회? 너희들이 자주, 자주 하는데 도대체 자주가 뭐야. 스스로 주인이 되는 게 자주 아니니? 그런데 너희들은 너희의 논리를 앞세워 학우들을 주체가 아닌 객체로 만들고 있어.”

“너희들이야말로 아무 논리도 없이 반대를 위한 반대를 하고 있어.”

“반대를 위한 반대라고? 그런 말 같지도 않은 말 하기 전에 제발 현실을 똑바로 봐. 한총련 때문에 학생 운동 전체가 위기에 봉착한 게 네 눈에는 안 보여? 87년 6월 항쟁에 이은 7, 8, 9 노동자 대투쟁의 성과가 죄다 물거품이 됐어. 모두가 피땀 흘려 이룩한 민주주의가 너희들 NL 주사파 때문에 매도당하고 있다고. 학우들이 왜 우리를 선택했겠어. 우리 삶과는 상관없이 너무나 정치 지향적이기만 한 한총련에 지친 거야. 아무 대안도 없이 정권 탓만 하는 한총련에 질려 버린 거라고. 알겠니?”

“그건 이 정권의 논리야. 이 정권이 왜 그렇게 한총련을 와해시키려 혈안이 되어 있는지 정말 몰라서 그래? 학생 운동이 무너지면 사회 운동 전체가 무너진다는 건 너희도 잘 알잖아.”

“아니, 그건 아주 지엽적이고 오만한 생각이야. 사회 운동의 주된 동력은 언제나 노동자들이었어.”

“계급 투쟁은 여전히 유효하지만 전 세계 노동자들이 단결하여 자본주의의 모순을 해결한다는 발상은 벌써 실험이 끝났어. 소련이 해체됐고, 독일이 흡수 통일 됐어. 자본주의는 점점 더 세력을 확장하고 있고, 계급은 더욱 더 견고해지고 있지. 목적을 위해 인간을 객체화하는 프롤레타리아 투쟁으로는 이 거대한 모순을 극복할 수 없어. 우리는 개개인이 주체로 서는 운동을 해야 하고, 그래서 자주적 학생회가 필요한 거야.”

싸움이 반복될 때마다 혜영은 모르는 척했다. 할 말이 없는 건 아니었지만 보태고 싶지 않았다. 어떤 때는 후배들 말처럼 NL이니 PD니 하는 것들이 다 부질없게 느껴졌다. 도대체 무엇을 위해 싸우고 있는 건가 싶을 때마다 보수는 부패로 망하고 진보는 분열로 망한다는 말이 떠올랐다. 그런 생각이 들면 희정에 대한 원망이 스멀스멀 싹트려 했다. 도대체 어쩌자고 NL이 PD 판에 들어온단 말인가. 이렇게 분란만 일으킬 게 뻔한데.

하지만 희정을 원망할 수는 없었다. 혜영은 희정의 진심을 너무나 잘 알았다. 서로 노선이 달랐음에도 같은 과 동기로서, 〈물결〉의 일원으로서 희정과 많은 시간을 함께한 것은 희정의 마음을 신뢰했기 때문이었다. 그런 혜영의 믿음이 잘못되지 않았다는 것을 희정은 행동으로 보여 줬다. 9시 조회를 가장 성실하게 지켰고, 모두가 시간에 쫓겨 허둥대면서도 틈틈이 숨

쉴 구멍을 만들어 놓는 와중에도 희정은 혼자서 밤을 꼬박 새워 가며 새내기 새로 배움터의 단대 한마당 기획을 거의 완벽에 가깝게 해냈다. 사범대 학생회의 학술부장을 맡으면서 단대 신문을 발행했고, 신문 기자로 활동할 후배들을 여러 명 모았다. 대동제 자원 봉사단으로 모집했다가 교육 소모임으로 전환한 교육동이들도 희정의 노력이 아니었다면 활동을 지속하기 어려웠을 것이다. 학생 운동에서 사람을 조직하고 남기는 일이 얼마나 중요한지 아는 사람이라면 희정의 공을 절대 모른 척해서는 안 되는 것이었다.

그런데 희정은 그런 자신을 알아 달라고 한 적이 없었다. 단지 운동의 기조와 노선에 관한 의견을 얘기할 때만 목소리를 높였다. 그럴 때는 타협이 없었는데, 평소 온화한 성격의 희정이 180도 돌변하는 것을 보고 후배들이 무서워 벌벌 떨 정도였다. 혜영은 희정이 학습한 주체사상이 어떤 내용을 담고 있는지 구체적으로 알 수는 없었지만, 희정의 말과 행동을 보면 대략 짐작이 갔다. 아마도 인간의 주체성을 인정하고 존중해야 한다는 것이 주체사상의 요체이고, 자주적 주체들이 억압받지 않고 자유롭게 살아갈 세상을 만들기 위해 운동의 주체들은 살신성인하는 태도를 가져야 한다는 게 주체사상을 이끄는 방법론인 것 같았다. 하지만 한총련이 주사파로 몰려 과격한 빨갱이 집단으로 매도당하는 걸 보면 그게 다는 아닌 것도 같았

다. 혜영은 희정이 회장과 언성을 높이며 싸울 때마다 희정이
주체사상 같다고 생각했는데, 대체로 좋으나 뭔가 결정적인 문
제가 있어 보이는 주체사상처럼 희정도 그런 것 같았다.

　명선은 몹시 심란했다. 여간해서는 속엣말을 털어놓지 않는
희정이 전화를 걸어 하소연했을 때는 많이 힘들다는 얘긴데 해
줄 수 있는 게 아무것도 없었다. 밥 한번 사겠다는 것마저 바쁘
다며 거절해 버리자 정말이지 아무것도 해 줄 게 없었다.
　"내 얘기 들어 줘서 고마워요. 내 편이 있어서 든든하네."
　아무것도 해 주지 못해서 미안한 마음뿐인데 희정은 오히려
고맙다고 했다. 얘기 들어 주는 게 뭐 어려운 일이라고. 밥 한번
사는 게 뭐 어떻다고. 얘는 다 좋은데 너무 예의를 차리는 게 흠
이야. 명선은 전화를 끊으며 저도 모르게 중얼거렸다.
　명선은 희정에게 갚아야 할 마음의 빚이 있었다. 갑자기 집
안 형편이 어려워져서 휴학을 고민하고 있던 때에 희정이 과외
를 소개해 줬다. 자기가 하고 있는 과외가 너무 많아서 감당이
안 된다며 나눠서 해달라고 했다. 엄마 지인의 자녀들이라 도저
히 거절할 수 없어서 하긴 하는데 너무 벅차다고 했다. 과외 때
문에 집회에도 자주 빠지고, 불교학생회 활동에도 지장이 많다
며 제발 좀 몇 개만 가져가라고 했다. 선심 쓰듯 해 주겠다고,
나 아니면 어쩔 뻔했냐고 너스레를 떨었지만 명선은 희정이 눈

물 나도록 고마웠다. 그런데 과외를 하면서 알게 됐다. 사실은 희정이 하는 과외가 너무 많아서 명선에게 떼어 준 게 아니었다. 엄마에게 일부러 부탁해서 과외를 따로 알아봐 준 것이었다. 그러고도 생색은커녕 거기에 대해서는 한마디도 하지 않았다. 과외 잘하고 있냐고 묻지도 않았다.

그때보다 형편이 나아지긴 했지만, 사회 초년생인 명선은 적응하느라 힘들었다. 아무리 쪼개 써도 돈은 잘 모이지 않았고, 조금이나마 모였다 치면 반드시 써야 할 곳이 나타났다. 아주 오래전부터 돈을 벌면 희정이한테 제일 먼저 쓰겠다고 별러 왔지만, 현실은 마음처럼 흘러가지 않았다. 차일피일 미루기만 하다가 여태 밥 한번 못 샀다. 고맙고 미안한 마음에 이번에는 기어코 밥을 사야겠다 결심하고 이야기를 꺼냈는데 희정이 먼저 철벽을 쳤다. 너무 바빠서 밥 먹을 시간도 없다고 했지만, 희정은 명선의 주머니 사정을 제일 먼저 생각했을 것이다.

"기집애도 참, 굶고 어떻게 일을 해. 아무리 바빠도 밥은 먹어야지. 다 먹고살자고 하는 일인데 비싸게 굴긴."

명선은 이런 말로 미안한 마음을 애써 눙쳤다.

"언니, 고립감 느껴질 때 또 전화해도 돼요?"

이렇게 묻는 희정에게 당장 나오라고 소리치고 싶었다. 네가 뭐가 부족해서 그런 대접을 받으면서까지 버티고 있냐고, 사범대 학생회 따위 집어치우고 불교학생회에서 그냥 마음 편히 지내라고, 왜 시키지도 않은 고생을 사서 하느냐고. 하지만 희정이 그런 선택을 한 데에는 이유가 있을 것이므로 명선은 그렇게 말하는 대신 이렇게만 얘기했다.

"그럼. 언제든지."

*

1995년 6월 29일 오후 5시 57분경 서울특별시 서초구 서초동에 있는 삼풍백화점이 무너졌다. 이 사고로 502명이 사망했고, 937명이 부상을 입었다. 붕괴의 원인은 부실 공사와 안일한 대응 때문인 것으로 밝혀졌다. 건물이 붕괴되기 훨씬 전부터 수많은 조짐이 있었지만 모두 무시했다고 했다. 작년 성수대교 붕괴에 이어 큰 사고가 또 터지자 김영삼 대통령에게 마(魔)가 끼어서 그렇다는 소문이 돌았다. 나라의 액운을 막는 큰 굿이라도 벌여야 할 판이라고.

말도 안 된다는 것을 다 알면서도 누구라도 탓하고 싶은 시절이 아주 지루한 궤적을 그리며 천천히 흘러가고 있었다. 사태가 여기에 이르자 이 모든 게 이제는 죽고 없는 김일성 탓이라는 이야기까지 나돌았다. 언제 이 나라에 진상 규명과 책임자 처벌이 제대로 이루어진 적이 있었나? 달라지고 싶고, 달라져야 했지만 그 무엇도 장담할 수 없었다. 절망과 냉소와 유언비어

들이 유령처럼 떠도는 가운데 언제나 그랬듯 정국을 타개할 카
드로 빨갱이가 소환됐다.

*

졸업을 앞두고 드디어 자주 학생회를 세웠다. 희정은 오랜
고민 끝에 학교에 남기로 하였다. 그래서 일부러 학점을 펑크
내려고 했는데, 교수님이 점수를 잘 주는 바람에 덜컥 졸업이
되고 말았다. 물론 희정이 예뻐서 점수를 잘 준 건 아니었다. 희
정이 이른바 요주의 인물이었기 때문이었다. 빨리 졸업시켜서
내보내야지, 괜히 학교에 남겨 뒀다간 두고두고 골치 썩을 게
뻔한 학생으로 교수들 사이에서 이미 낙인찍혀 있었다. 덕분에
희정의 고민이 한층 더 깊어졌지만 아주 외롭지는 않았다. 똑
같은 고민을 하는 선주가 있기 때문이었다. 선주와는 선거를
통해 알게 된 터라 만난 지는 얼마 안 됐지만 서로 통하는 게
많아서 금방 친해지게 되었다.

사실 선주는 졸업 후 학교에 남을 생각이 없었다. 그런데 선
거 운동을 하는 동안 급격히 친해진 희정이 같이 남자고 간곡
히 청하는 바람에 진지하게 고민하게 되었다. 학교에 남기로 결
심하는 순간 선주의 앞날에 감당하기 힘든 고난이 펼쳐질 건
뻔한 이치였다. 몸이 고생하는 것이야 홀로 견디면 그만이지만,

선주의 결심을 전해 들었을 때 부모님이 받을 충격과 실망은 도저히 감당할 수 없을 것 같았다. 당연히 고민이 깊어질 수밖에 없었다.

숙고에 숙고를 거듭하는 동안 내내 마음이 부대꼈지만, 어렵게 내린 결정을 가족들에게 차마 말하지 못하고 망설이는 동안 무지막지한 두려움과 죄책감에 시달렸지만, 부모님께 허락을 구하던 그 고난의 시기에 날아와 박힌 비난의 화살과 그로 인해 쏟은 눈물이 산과 강을 이루고도 남았지만, 선주는 희정을 원망하지 않았다. 다만 걱정하고 또 걱정했다. 자신이 힘든 만큼 희정도 힘들게 너무나 뻔해서.

희정은 어떻게 하면 집을 나갈 수 있을까 심각하게 고민했다. 그전에도 그런 생각을 잠깐씩 하기는 했었다. 부모님 눈치 보지 않고 마음껏 운동을 하고 싶었다. 새내기 새로 배움터, MT, 통일선봉대, 한총련 출범식 등 며칠씩 집을 비워야 할 때마다 농활 간다고 거짓말하기도 싫었고, 그때마다 너는 왜 그렇게 농활을 자주 가냐고 걱정하는 소리도 듣기 싫었다. 선거 때처럼 할 일이 많을 때는 학교에 늦게까지 남아 있어야 하는데, 막차가 끊기기 전에는 가야 해서 남아 있는 사람들에게 늘 미안했다.

희정이 너무 늦게까지 집에 들어가지 않으면 아버지가 지나치게 걱정을 했다. 어떤 때는 아무 잘못도 없는 엄마가 괜히 봉변을 당하기도 했다. 도대체 애 간수를 어떻게 하는 거야! 때문에 희정은 늦게 귀가하게 되면 무엇 때문에 늦는지, 어디에 있을 것인지 꼭 알려야 했다. 밖에서 밤을 새우는 것은 농활처럼 지방에 갈 때나 가능했다. 서울 하늘 아래 있으면 그곳이 어디든 택시 기사인 아버지가 희정을 데리러 나타났다. 밤새 시험 공부를 할 거라고 둘러대도 소용없었다. 공부도 좋지만, 뭐니 뭐니 해도 건강이 최우선이니 집에 가서 잠깐이라도 눈을 붙이라고 했다. 그도 그럴 것이 아버지는 희정이 중학교 때 암 수술을 했기 때문에 건강에 대한 염려가 컸다. 완치가 됐다고는 하나 늘 관리하고 조심해야 했기 때문에 온 식구가 신경을 곤두세웠다. 될 수 있는 한 아버지를 걱정시키는 일은 하지 않는 게 가족의 불문율이었다.

희정은 가끔 아버지의 사랑이 족쇄처럼 느껴졌다. 위로 세 명의 자녀를 잃고 어렵게 얻은 희정이 얼마나 귀한 아이인지 귀에 딱지가 앉게 들었다. 거짓말 조금 보태면 부모님이 하도 안고 업고 다녀서 발바닥이 땅에 닿을 새가 없을 정도였다고 했다. 잠시 한눈판 사이에 희정이 어떻게 되기라도 할까 봐 한시도 눈을 떼지 못했다고도 했다. 어릴 때 사진을 보면 희정은 항상 좋은 옷을 입고 있었다. 통통한 얼굴은 영양 상태가 얼마나 좋은지를 시사했고, 티 없이 해맑은 표정은 얼마나 행복한 상태인지를 소리 없이 웅변했다. 집이 부유한 편이 아니었는데도 희정은 부잣집 아이 같았다. 넘칠 만큼 사랑을 주신 부모님께는 물론 감사한 마음을 갖고 있다. 하지만 뭐든 적당한 것이 좋은 것이다. 스무 살 넘어 성인이 된 딸에게 보이는 과도한 애정은 정말이지 너무나 부담스럽다.

하지만 집을 나오고 싶다는 희정의 바람은 번번이 좌절됐다. 아버지가 너무 걱정돼서였다. 수술 후 완치가 되었다고는 하나 아버지는 여전히 조심해야 했다. 스트레스를 받으면 암이 재발하거나 쓰러지실지도 모른다. 돈이 없는 것도 문제였다. 집을 나와 독립을 하려면 손바닥만 한 사글셋방이라도 얻어야 할 텐데 희정의 수중엔 그만한 돈이 없었다. 과외를 해서 번 돈은 받는 즉시 사람들에게 밥과 술을 사느라 다 써 버렸다. 독립하고 싶다는 생각을 할 때마다 돈을 좀 모아 둘 걸 후회했지만, 과외비를 받으면 고마운 사람들이 자꾸 생각나서 또 밥도 사고 술도 사게 되었다.

어렵게 잡은 총학생회에서 마음 놓고 활동을 하자면 어떻게든 독립을 해야 할 것인데, 여전히 수중에 돈은 없고, 아버지의 사랑은 한량없었다. 아무리 생각해도 뾰족한 수는 떠오르지 않고, 희정이 정책국장으로 활동하게 될 12대 총학생회는 벌써 오래전부터 대문을 활짝 열고 희정을 기다리고 있었다.

“너 이럴 거면 짐 싸 갖고 나가! 자식 하나 없는 셈 칠 테니까.”

편지가 역효과였던 걸까? 잔뜩 화가 난 아빠의 두 눈에서 불길이 뚝뚝 떨어지는 것 같았다. 아빠 앞에 무릎 꿇은 선주가 고개를 숙였다. 바닥으로 눈물방울이 후두둑 떨어졌다. 아빠의 분노가 정수리를 뚫은 듯 선주의 정수리가 뜨끔뜨끔했다.

“어서 말씀드려. 그만둔다고 한마디만 해.”

아빠 옆에서 계속 우시던 엄마가 선주를 다그쳤다.

“당신은 나서지 말아요!”

자식들 앞에서 엄마에게 호통을 치다니! 아빠의 이런 모습은 처음이었다. 늘 자상하고 점잖은 아빠가 이렇게까지 자제심을 잃는 것을 본 적이 없었다. 선주는 죄책감에 심장이 죄어드는 것 같았다.

그 누구도 입을 열지 않았다. 방 안의 공기가 긴장으로 터질 것 같았다. 똑. 딱. 똑. 딱. 벽시계의 초침이 망치처럼 선주의 가슴을 둔중하게 내리치며 지나갔다. 가슴이 아팠다. 수사적으로가 아니라 물리적으로. 실제로 가슴을 갈라 보면 피가 흥건히 고여 있을 것만 같았다.

“마지막으로 한 번만 더 묻겠다. 학교냐 아빠냐.”

아빠의 낮은 목소리가 무거운 공기를 갈랐다. 감정을 애써 억누른 듯 갈라진 목소리였다. 선주는 무릎에 올려놓은 손에 힘을 주었다. 손등 위로 다시 눈물이 뚝뚝 떨어졌다. 무슨 말을

할 수 있을까? 아빠의 질문은 애초부터 잘못되었다. 어떤 답을
내놓든 오답인 질문은 아무것도 증명할 수가 없다. 선주는 입
술을 깨물었다.

"알았다. 이제부터 넌 내 딸이 아니다. 나가라."

무릎 꿇은 선주가 꼼짝을 하지 않자 아빠가 고함쳤다.

"당장 나가!"

일어서려고 했지만 무릎이 펴지지가 않았다. 얼마나 오래
무릎을 꿇고 있었을까? 한 시간? 두 시간? 오금이 펴지지 않는
게 오래 꿇어앉아 있었기 때문일까? 정말 그것뿐일까? 엉금엉
금 기어서 방을 나오며 선주는 엉엉 소리 내어 울었다. 내가 뭘
그렇게 잘못한 것일까, 처음으로 그런 생각이 들었다.

지난번 엄마 아빠와 얘기하면서 많은 눈물을 흘렸습
니다. 제가 흘린 눈물의 의미는 무엇이었을까요? 처음
엔 정말 죄송하다는 생각에 울었습니다. 왜냐면 걱정
많이 하실 거라는 걸 너무나 잘 아니까요.

전 누가 뭐래도 내년까지 학생회에서 일을 하기로
결심했습니다. 엄마 아빠께 말씀드리기 정말 힘든 얘기
지요. 하지만 전 꼭 하고 싶고, 잘할 자신이 있습니다.
사람들도 저를 무척 신뢰하고 함께하기를 원하고 있습
니다. 그들의 바람을 도저히 외면할 수 없습니다. 이 얘

기를 어떻게 말씀드릴까 한참을 고민하다가 편지를 썼던 것이었습니다.

하지만 직접 말씀드리기가 두렵고 어려워서 편지로 대신한 것은 아닙니다. 편지로 말씀드리면 제 진심을 더 잘 전달해 드릴 수 있을 것 같았습니다. 제 진심이 담긴 편지를 읽으시면 엄마 아빠도 저를 잘 이해해 주실 거라고 믿었습니다.

전 '제 인생은 제가 알아서 해요. 그러니 상관하지 마세요'라는 말씀은 절대로 드리고 싶지 않아요. 엄마 아빠께서 절 걱정하시는 건 절 사랑하시기 때문이라는 것도 잘 알고, 제 좁은 소견으로도 가족 간에는 사랑이 있어야 한다고 생각하거든요. 전 절대로 엄마 아빠가 실망하실 일은 하지 않을 겁니다. 엄마 아빠를 너무나도 사랑하니까요.

제가 학생회 일을 하려는 이유가 저 자신만 잘 살기 위함이 아니라 우리 가족 모두 잘 살기 위함이라고 하면 믿으실까요? 저는 이 세상을 좀 더 합리적이고 살기 좋은 곳으로 만들고 싶고, 그런 세상이 우리를 행복하게 만들어 줄 거라고 생각하고 있습니다. 학생회는 더 좋은 세상을 만들고 싶은 꿈을 가능한 현실로 이루게 하는 발판이 되어 줄 거고요.

자기가 꼭 하고 싶어 하는 것이 있고 그것이 양심에 추호도 거리낄 것이 없는 일이라면, 그 사람은 그것을 하며 살아야 한다고 생각합니다. 하지만 한 사람의 삶은 그 사람의 것만이 아니기에 가족과 함께 공유할 수 있어야 하겠지요.

어떻게 생각하면 1년이란 기간은 꽤 긴 기간이기도 하고 저의 평생에 비한다면 짧은 기간이라고도 할 수 있을 거예요. 하지만 그 짧은 기간 동안 제가 평생을 살아갈 세상에 대한 고민들을 풀어 가고, 그 과정에서 중요한 것들을 얻게 된다면 그건 정말 의미 있는 시간이 될 것 같아요.

엄마 아빠께서 저에게 거는 기대가 크다는 거 알고 있어요. 엄마 아빠가 바라는 것들을 당장 내년에 해드릴 수는 없겠지만 내후년부터는 그럴 수 있거든요. 절 믿어 주세요. 저 나쁜 애 아니잖아요. 저 한다면 하는 애잖아요. 오늘 졸업 시험 발표가 있었는데요, 세 과목 모두 합격한 사람은 50명 중에서 15명밖에 안 돼요. 그중에 저도 있어요. 저도 모두 합격했어요.

전 엄마 아빠가 저 때문에 속상해하시는 게 너무 가슴 아파요.

엄마 아빠, 하나만 약속드릴게요. 정말로 올바르게

살겠습니다.

계속 편지로 말씀드리겠습니다.[*]

선주가 부모님께 드릴 편지를 쓰고 있는데 언니와 동생이 노크도 없이 문을 벌컥 열고 들어왔다. 선주는 쓰던 편지를 노트 밑으로 급히 숨겼다.

"너 진짜 너무한 거 아냐?"

방으로 들이닥친 동생이 다짜고짜 소리쳤다. 동생이 '너'라고 부르며 버릇없이 구는데도 선주는 가만히 있었다. 평소 같으면 동생이 언니를 '너'라고 부르는 것은 감히 상상도 할 수 없는 일이었다.

"엄마 아빠 얼굴 안 보여? 너 때문에 엄마 아빠 밥도 못 드셔. 주위 사람들도 혈색이 안 좋아 보인다고 한대. 집에 무슨 안 좋은 일 있냐고."

대답을 바라고 한 말은 아니었겠지만 동생은 쉬지도 않고 일방적으로 선주를 몰아붙였다.

"나는 어떻게 하면 엄마 아빠 덜 고생하실까 일 원 단위까지 계산하면서 아껴 써. 네가 양심이 있으면 엄마 아빠 등골 그만 빼먹고 지금까지 뒷바라지한 거 갚아야 하는 거 아냐? 밖에

---

[*] 1995년 10월 25일 선주의 일기 중에서. 부모님께 드린 편지의 초고로 보인다. 긴 분량의 편지를 필자가 짧게 편집했다.

서 하는 것 반만큼이라도 집에서 좀 해. 이제부터 집에서도 봉사해!"

"제가 알아서 하게 그냥 놔둬."

동생이 하도 펄펄 뛰어서 그런지 선주는 언니의 말이 자기를 편드는 것처럼 느껴져 울컥했다. 선주가 아무 말도 못 하고 고개를 숙인 채 가만히 있자 언니가 덧붙였다.

"선거에서 이겼으면 선주가 책임지고 학생회를 세운 걸 텐데 어떻게 모른 척하고 나올 수가 있겠어."

그러자 동생이 이성을 잃고 독한 말을 쏟아내기 시작했다.

"언니는 도대체 누굴 두둔하는 거야? 제정신이야? 다 똑같이 미친년들이야, 아주. 엄마 아빠가 천년만년 사실 수 있을 것 같아? 엄마 아빠 돌아가시면 다 너 때문이야. 십 년 뒤에 돌아가시면 십일 년 사실 수 있었는데 십 년밖에 못 사신 거니까 네 책임이고, 백 년 뒤에 돌아가시면 백일 년 사실 수 있었는데 백 년밖에 못 사신 거니까 네 책임이야. 알겠어?"

동생의 말이 얼음으로 된 표창처럼 시리고 날카롭게 선주의 가슴에 와 박혔다. 찬바람을 일으키며 방에서 나간 동생은 있는 힘껏 방문을 닫았다. 꽝 소리와 함께 집 전체가 흔들리는 것 같았다. 흠칫 떠는 선주의 어깨 위에 언니가 손을 올렸다.

"너를 응원할 순 없지만 적어도 방해는 하고 싶지 않다, 이 언니는."

선주는 기어이 눈물을 터뜨리고 말았다. 그 정도라도 좋았다. 아니, 그 무엇보다 힘이 되는 말이었다.

"고마워, 언니. 언니가 엄마 아빠한테 잘해 드려. 언니는 충분히 그럴 수 있잖아. 나도 잘할게. 학생회 일도 잘하고 집에서도 잘할게. 정말이야. 이 몸이 둘로 쪼개져도 정말 잘할게."

언니는 선주의 어깨를 두어 번 토닥이고는 선주의 방에서 나갔다. 선주는 힘이 들었다. 그동안 힘들다는 말을 참 많이도 했지만, 그동안 힘들었던 것과는 비교도 되지 않을 만큼 힘들었다. 선주는 책상에 엎드려 오래 울었다. 그리고 그날 밤 희정의 삐삐에 음성 메시지를 남겼다. 희정아, 괜찮니? 나는……, 이제 괜찮아지려고. 학교에서 보자.

희정이 고시원에 들어가겠다고 했다. 선주는 반대했다.

"너를 그런 데 두고 돌아서는 내 발걸음이 떨어지겠니?"

선주는 학원에서 아르바이트를 시작했다. 이제부터는 집에 손 벌리지 않고 살아야 했다. 그러자니 또 다른 문제에 봉착하게 되었다. 학생회 일을 잘하기 위해서 돈을 벌려고 했던 건데, 돈을 버느라 학생회 일을 제대로 할 수가 없었다. 만약 희정이 선주의 사정을 이해하고 배려해 주지 않았다면 선주는 오래 못 버티고 엉뚱한 선택을 하고 말았을 것이다. 그랬다면 그럼 그렇지, 하며 부모님은 안도하셨겠지만, 선주는 배신자라는 꼬리표를 달고 내내 자괴감에 시달렸을지도 몰랐다.

희정은 임용 고사 핑계를 댔다고 했다. 학교에서 임용 고사 준비를 하겠다고 말씀드렸더니 허락해 주셨다고 했다. 임시방편이지만 당분간은 마음 편히 활동할 수 있게 됐다며 좋아했다. 자기가 사범대여서 얼마나 다행이냐고, 이 정도면 앞날을 미리 내다본 게 아니겠냐며 깔깔댔다. 이게 뭐 그렇게까지 좋아할 일이라고.

아빠한테 혼나고 귀에서 피가 날 정도로 엄마에게 잔소리를 들은 선주는 마음이 울적했다. 희정에게 편지를 쓸까 하다가 잘못된 생각이라고 마음을 고쳐먹었다. 희정도 요즘 집안 문제로 고민이 많다고 들었다. 좋은 말로 서로 힘을 북돋워 줘도 모자랄 이 마당에 울적한 말로 서로 힘 빼기 싫었다. 대신 일기장에 울적한 심사를 주절주절 옮겨 놓았다. 언젠가 이 모든 문제가 해결되면 희정에게 보여 줘도 괜찮지 않을까. 그때는 이토록 험난한 길을 걸어 온 스스로를 다독이며 서로를 자랑스러워하게 될지도 모른다. 그리고 더 먼 훗날, 학생회 일에 지칠 때 이 일기를 보면 이렇게 힘든 상황도 이겨냈는데 무슨 일은 못할까 생각하게 될 수도 있을 것이다. *세상에 태어나 생의*

먼 길을 쉼 없이 걸어갈 때 인간에게서 한없이 귀중한 참된 삶이
란 무엇인가.* 선주는 한없이 비장한 노래를 읊조리다 일기장을
덮으며 생각했다. 이제부터는 이렇게 무겁고 처량한 노래 말고
〈더 큰 웃음 있잖아요〉 같이 밝은 노래만 부르겠다고.

　한총련 학자 학교에서 92학번이라고 소개했더니 사람들이
5학년이냐고 묻는다. 그렇다고 하자 대단하다고 했다. 정말 그
런가, 선주는 고개를 갸웃했다. 희정이었다면 어떻게 대답했을
까? 선주는 그것이 궁금했다.

---

* 민중가요 「참된 삶이란 무엇인가」. 전대협노래단이 1991년에 발매한 《전대협 우리의 자랑
이여》라는 음반에 수록된 곡으로 이 음반에는 두 곡의 북한 노래가 수록되어 있다. 이 중
「청년진군가」는 북한의 사로청에서 만든 선전 가요를 약간 개사한 것이고, 「참된 삶이란 무
엇인가」는 항일 빨치산들의 무장 투쟁을 기념하고 그 정신을 계승하자는 내용의 노래다.

오당안지(吾當安之)
내가 마땅히 편안케 하리라

*

    1996년은 김영삼이 대통령이 된 지 4년째 되는 해였다. 대선에 출마할 때부터 3당 합당이라는 정치쇼를 펼쳐 보인 김영삼 정권은 금융 실명제 도입 같은 개혁적인 정책을 펼치기도 했으나 우루과이 라운드의 굴욕적 타결 등 국가와 국민의 이익에 반하는 행태를 여러 차례 보임으로써 끝내 태생적 한계에서 벗어나지 못했음이 밝혀졌다. 더욱이 성수대교 붕괴, 삼풍백화점 붕괴 같은 대참사가 잇달아 일어나면서 김영삼 정권의 지지율은 급격히 하락했다. 이러한 때에 불법 대선 자금 수수 의혹이 터지면서 정권은 사면초가에 빠졌다.

    사회 변혁 운동의 한 축으로 학원 자주화 운동을 벌이고 있던 한총련은 김영삼의 불법 대선 자금 수수 의혹을 최대의 정치적 쟁점이라 판단하고 정치 투쟁의 방향을 대선 자금 공개와 교육 재정 확보로 정했다. 이러한 한총련의 기조는 각 대학에 전달되었고, 개강과 더불어 대선 자금 공개와 교육 재정 확보 투쟁의 정당성을 호소하는 대자보가 학교마다 나붙었다. 한총련은 대선 자금 공개와 교육 재정 확보를 요구하는 기자 회견을 열고 요구가 받아들여지지 않을 경우 총궐기할 것을 공식화했다.

서총련(서울지역총학생회연합)의 경우 40여 개의 대학들 중에서 거의 반수가 등록금 투쟁을 비롯한 학원 자주화 투쟁을 단위 투쟁으로 상정해 놓았는데, 한총련의 기조에 따라 투쟁의 성격을 대선 자금 공개와 교육 재정 확보 투쟁으로 확대하려는 노력을 이어 가고 있었다. 이에 따라 각 대학에서는 방학 중에 간부 대상의 간담회와 〈학원 자주화 운동론〉의 학습이 활발히 이루어졌다. 의식화 정도는 학교마다 달랐지만, 서총련 소속 대학들은 3월 29일 열릴 '대선 자금 공개 교육 재정 확보를 위한 서총련 총궐기'에 모두 함께하기로 뜻을 모았다.

성신여대는 90년과 93년에 학원 자주화 투쟁을 벌인 바 있는데, 90년에는 본관 점거와 학생총회를 통해 학원 자주화 투쟁을 전개했고, 93년에는 등록금 납부 유보 투쟁을 했다. 그러나 이때는 학원 자주화 운동에 대한 전반적인 이해가 부족했고,

학우들의 참여도 지지부진했다. 또한 당시에 벌였던 학원 자주화 운동의 진행 상황 및 성과와 한계가 차기 학생회로 전달되지 않았기 때문에 학원 자주화 운동은 맥이 끊기고 말았다.

그러는 동안 학우들은 점점 개인화되어 갔고, 학우들의 관심을 잃은 학생회는 구심점 역할을 하지 못한 채 학우들과 점점 괴리되었다. 토익과 공무원 시험이 중요한 관심사가 된 학원은 취업 양성소로 전락해 가고 있었다.

이러한 문제의식을 안고 새롭게 출범한 성신여대 제12대 총학생회는 한총련의 기조를 받아들여 '자주적 학생회 강화와 반김 의식 확산'을 한 해의 운동 목표로 삼고 1월부터 본격적인 활동에 들어갔다.

1996년 1월

성신여대는 사실상 학원 자주화 투쟁을 처음으로 시작하는 상황이었기 때문에 원론부터 교양이 필요했다. 그래서 〈학원 자주화 운동론〉을 전 단위의 간부들이 읽고 토론하기 시작했다. 하지만 일꾼들을 사전 교양하기에는 학내의 역량이 매우 부족하다는 것을 절감했다. 하여, 1월 11일~13일 열린 한총련 학자학교에 20여 명의 간부들을 결합시켰다.

"학원 자주화 운동의 역사는 일제 강점기까지 거슬러 올라

갑니다. 학원은 일제가 자신들의 지배 이데올로기를 효과적으로 만들어 내고 퍼뜨리기에 아주 좋은 수단이었습니다. 역사 교육의 주를 이룬 식민 사관과 우리 말 탄압, 신사 참배, 군사 훈련 등 일제 강점기에 이루어진 교육의 내용을 보면 이를 확연히 알 수 있습니다. 때문에 일제는 진보적인 사상을 가졌거나 민족의 이익을 중요하게 여기는 교직원이나 교수들을 무자비하게 억압함으로써 이 땅의 교육이 자생적이고 독립적으로 자라날 수 있는 토양을 애초에 말살시켰던 것입니다. 이와 같은 일제의 억압에 저항하며 독립 운동과 함께 학원 자주화 운동도 활발히 일어났는데요, 일제에 빌붙어 자신들의 삶을 보장받으려 했던 어용 교수에 대한 퇴진 투쟁, 식민 사관을 주입하는 교육에 대한 거부, 식민화한 학원 운영에 대한 반대, 신사 참배 거부, 일본 제국주의 타도 같은 다양한 형태의 투쟁들이 바로 그것이죠.

하지만 불행하게도 미군정을 거치면서 우리의 교육은 다시 종속적인 양상을 띠기 시작합니다. 사학 재단이 살아남기 위해 정권을 등에 업는 것처럼 정권 또한 집권의 취약성으로 인해 강대국에 빌붙게 되는데, 우리 교육의 내용이나 형식이 미국의 그것과 별반 다름이 없는 것은 이것을 잘 말해 줍니다. 친일 청산이 제대로 이루어지지 못한 우리 교육은 미군정기를 거치면서 일제 잔재에 얼룩진 데다 신(新)사대주의의 굴레에 갇힌 매우

기형적인 모습을 형성하게 됩니다.

　앞서 살펴본 역사에서처럼 학원 자주화는 단지 학생들만의 요구는 아닙니다. 학원은 사회의 일부분이고 더군다나 사회의 미래를 설계할 인재들을 양성하는 곳이기에 학원의 자주화는 국가와 민족의 자주화와 깊은 관련이 있습니다. 때문에 학원 자주화 운동은 사회 변혁 운동과 떼려야 뗄 수 없는 관계에 있는 것입니다.

　그럼 이번에는 학원 자주화 운동의 동력을 살펴볼까요? 학원 자주화 운동의 동력은 교수, 학생, 교직원 학원 3주체가 기본입니다. 학원에서 자신들의 삶을 자주적으로 개척하고자 하는 주체들인 것이죠. 싸움은 적보다 아가 절대적으로 많아야 승리합니다. 경험적으로 볼 때, 교수와 교직원이 함께한 싸움은 반드시 승리했습니다. 따라서 우리는 싸움의 동력을 계속 확장해 나가야 합니다. 학원과 직접적인 관련은 없어 보이지만 학원의 상태에 이해관계를 가지고 있는 동문이나 학부모, 학교 인근 주민들까지 학원 자주화 운동의 주인이 될 수 있습니다."

　학자 학교의 내용은 성신여대 간부들에게는 수위가 높았다. 소속 단위별로 집회에 참여한 경험만 있을 뿐, 전체 차원에서 투쟁을 이끌어 본 경험이 없었기 때문에 시작부터 어려웠다. 무엇부터 어떻게 시작해야 할지 감도 오지 않았다.

　총학생회 간부들은 여러 차례 회의를 거듭한 끝에 우선 학우들에게 학원 자주화 운동의 중요성에 대해 알리고 공감대를 형성하는 것부터 하기로 하였다. 학원 자주화 운동이 얼마나 중요하며 왜 필요한지 학우들에게 인식시키는 것이 급선무이므로 각 단과대별로 분임 토의와 교양을 진행하였고, 각 과별 토론도 조직해 갔다. 이 시기에 희정은 정책국장으로서 각 단위를 돌며 〈학원 자주화 운동론〉을 학습시키고 간담회와 분임 토의를 이끌었는데, 단시간 안에 학우들에게 학원 자주화 운동 전반에 관해 이해시키는 게 얼마나 힘든지 절감했다.

선주는 아침부터 일정이 꼬이는 바람에 간부 회의에도 늦었다. 평소 인간관계에 있어 약속 시간을 준수하는 것이 기본이라고 생각해 왔던 선주는 그래서 상당히 예민해져 있었다. 그런데 회의장 문을 열고 들어선 순간 예상했던 것과는 다른 그림이 펼쳐져 있어서 적이 당황스러웠다. 엄숙하고 진지하게 회의에 임하고 있을 줄 알았던 간부들이 삼삼오오 모여 떠들고 있고, 그 옆에서는 희정이 라면을 끓이고 있었다. 희정에게 다가가 무슨 일이냐고 묻자, 서총련에서 간부가 나와서 잠시 쉬기로 했다고 전했다.

"근데 애들은 뭐하고 네가 라면을 끓여?"

"서총련 간부랑 얘기하고 있어."

"이것들이 빠져 가지고. 너 하지 마."

선주는 화가 치밀었다. 일정이 꼬이는 바람에 하루가 엉망이 되어 가뜩이나 짜증스러웠는데, 5학년 선배인 희정이 후배들 먹일 라면을 끓이고 있는 꼴을 보니까 속에서 열불이 났다. 게다가 서총련 간부가 왔다고 원래 하려던 회의를 중단해 버린 것도 이해되지 않았다.

"회장은 어디 있어?"

사람들을 둘러보던 선주의 눈에 서총련 간부와 웃으며 이야기하고 있는 회장의 모습이 들어왔다. 선주가 일어서서 그쪽으로 가려 하자 희정이 급하게 선주를 만류했다.

"가지 말고 내 옆에 있어 줘."

"왜 네가 라면을 끓이냐고, 후배들도 많은데."

선주가 짜증 난 목소리로 따지듯 말하자 희정이 예의 그 초승달눈을 하며 말했다.

"내가 라면을 잘 끓이잖아."

"나 지금 엄청 화났어. 농담하지 마."

선주가 어금니를 깨물고 낮게 말하자 희정이 선주의 손을 잡았다.

"라면 끓이는데 4학년이든 5학년이든 그게 뭐가 중요해. 애들도 힘들어. 요즘 우리 너무 빡셌잖아. 그래도 내가 선밴데 애들 뭐라도 먹여 가면서 일 시켜야지. 진수성찬 해 먹이는 것도 아니고 고작 라면이야."

선주는 속상해서 눈물이 나오려고 했다. 일정이 꼬여 망쳐 버린 하루도 속상했고, 그것을 부추기기나 하듯 뜬금없이 방문한 서총련 간부도 싫었고, 그렇다고 애초 잡혀 있던 회의를 접어 버린 집행부도 어이없었고, 유일한 5학년 동기인 희정이 쭈그리고 앉아 이 많은 인원이 먹을 라면을 끓이느라 쩔쩔매고 있는 것도 꼴 보기 싫었고, 말로는 핵심 참모라고 떠벌리면서 하늘 같은 선배가 라면을 끓이고 있는데 손 놓고 수다나 떨고 있는 후배들도 괘씸했다. 그중에 가장 속상한 것은, 학생회에 남기로 결심한 순간부터 자신의 그릇이 점점 작아지고 있다는 것이었다. 뭘 바라고 한 결정은 아니었는데도 후배들에게 섭섭한 마음이 자꾸만 늘어 갔다.

"이러려고 5학년 된 것은 아니었는데."

푸념이 절로 나왔다.

"이러려고 5학년 된 것 맞아. 우리 후배들한테 조금이라도 도움 되려고 남은 거잖아."

희정이 퉁퉁 불은 라면을 종이컵에 푸면서 말했다.

"이리 줘. 넌 뭘 해도 어설퍼."

선주가 희정의 손에서 나무젓가락을 빼앗으며 엉덩이로 희정을 밀어냈다.

"내가 좀 그렇지."

희정이 뒷머리를 긁적이며 또 초승달눈을 하고 웃었다.

"가서 애들이나 불러."

선주가 퉁명스러움을 가장하여 말하자 희정이 사람들을 향해 소리쳤다.

"얘들아, 라면 먹어!"

이론으로 안 되면 직접 발로 뛰면 된다. 이렇게 해서 제기된 것이 간부들이 교정에 흩어져 있는 학우들을 일일이 찾아다니며 얘기 듣는 간부 모니터와 학우들의 집으로 직접 전화를 걸어 이야기하는 전화 모니터였다. 중운위(중앙운영위원회)에서 결의하고 진행한 간부 모니터와 전화 모니터 덕분에 학원 자주화 운동에 대한 열의가 높아졌다. 절박한 마음에 무뎃포로 진행한 이 운동은 학우들에게는 등록금에 대한 문제의식을 공유하는 계기가 되었고, 간부들에게는 학자 승리를 위해 새로운 결의를 다지는 장이 되었다.

22일 열린 '학자 승리 일꾼 결의대회'에서는 30여 명의 간부들이 모여서 학원 자주화 투쟁을 결의하였으며, '학교 당국의 새터 불허 방침에 대한 철회 요구, 예·결산안 공개, 등록금 소위원회를 통한 등록금 재책정'이라는 내용의 성명서를 발표하였다.

우리는 너무나 오랫동안 성신의 주인일 수 없었습
니다.

우리는 너무나 오랫동안 성신의 주인이라고

당당히 이야기할 수 없었습니다.

어느 주인이 자기가 낸 등록금이 어디에 쓰이는지도
모르고,

왜 올라가는지도 모르며

꼭 필요성이 있는 공간들을 남에 의해 불허 당합니
까?

그러나 이제는 주인의 자리를 찾아야 하겠습니다.

6천 5백 성신인의 힘과 지혜를 모아 이제는 우리의
자주권을 찾아야 할 때입니다.

이제 우리는 학우들을 중심으로

성신 사랑의 마음으로

힘차게 학원 자주화 투쟁을 선포합니다.

성신의 자주가 이루어질 때까지

이제는 결코 멈추지도 끝내지도 않겠습니다.

〈우리의 요구〉

해마다 어떠한 근거로 올라가는지도 알 수 없는 등
록금.

올해도 13%가 오른다고 합니다. 어떠한 근거로 올라가며 왜 학생들과 함께 논의하지 않고 정해 놓고 통보하는 일방 고지의 형태인지 우리는 이해할 수 없습니다.

그렇기에 우리는 이렇게 당당히 요구합니다.

하나. 90년 합의한 등록금소위원회 개최를 통해 등록금을 학생들과 함께 다시 협상하라!

하나. 95년 가결산안과 96년 가예산안을 공개하고 인상 근거안을 즉시 공개하라!

하나. 새로 배움터의 불허는 학생들의 자주권의 침범이다. 즉시 철회하라!*

이후 25일에는 과 학생회를 포함해 80여 명의 간부들과 함께한 간부 교양 학교를, 29~30일에는 간부 교양 학교의 내용을 심화하고 간부들의 사기를 진작시키기 위한 간부 수련회를 개최하였다. 이때의 간부 수련회에서는 지난 22일에 발표했던 중운위의 성명에 대한 학교 측의 답변을 듣는 자리를 마련했는데, 이 자리에서 학생처장은 "예·결산안 공개와 등록금 고지는 총장님의 직권이므로 관여하지 말라"는 발언을 하였다. 이에

---

* 1996년 1월 22일 성신여대 중앙운영위원회에서 발표한 성명서 부분.

간부 수련회에 참여했던 160여 명의 간부들은 학교 당국의 본질을 명확히 인식하고, 학교 측의 이러한 입장을 학우들에게 적극적으로 알려 학자 승리를 위한 투쟁의 발판을 더욱 공고히 할 것을 다짐하였다.

1996년 2월

간담회와 전화 모니터, 교양 학습이 계속되는 가운데 2월 9일 제1차 확대운영위원회를 개최했다. '등록금 납부 유보'가 주요 안건으로 상정되었고, 60명 정원에 52명 참석, 46표의 찬성으로 가결되었다. 또한 과 총회와 과 간담회를 진행하기로 합의하였고, 전화 모니터 사업을 지속·확대할 것과 각 가정에 통신문을 보내 우리의 상황을 알릴 것을 결의하였다.

방학 중이었음에도 불구하고 예년에는 잘 진행되지 않았던 과 학생회 집행부 회의가 이루어졌다. 여기서는 주로 현재 돌아가고 있는 상황에 대해 토론했는데, 토론이 원활하게 진행되지 않아 도움을 요청하는 경우에는 총학생회 일꾼들이 결합해서 함께 간담회를 하기도 했다. 2월 한 달 동안 44개 과 중에서 40개 과 학생회가 간담회를 진행했고, 16개 과에서 과 총회를 개최했다. 이 시기에 발송된 공문만 해도 총학생회와 단대 학생회에서 발송한 것을 비롯하여 20개 과에서 자체적으로 만든 것까지 수십 통이었다.

이 당시의 문서를 보면 '옆에 있는 과 친구와 이야기할 때 예견되는 문제들'을 미리 뽑아 만든 대화 지침서가 있는데, 이러한 노력의 결과로 2천여 명의 학우가 등록금 납부를 유보했다.

나를 끈질기게 물고 넘어졌던 것은 사람에 대한 책임감이었다. 처음으로 단대 신문을 만들었던 편집부 활동 속에서 이제 막 애국을 고민하는 첫 단계에 들어선 어린 후배들의 모습이 계속 나의 가슴을 답답하게 했다. 중심을 나 자신에게서 찾지 못했던 지난 4년 간의 운동을 되돌아보며 정말 진지하게 나에게 운동이라는 것이 무엇인가 고민해 보았고, 해답을 찾았다. 운동은 나의 삶이고 기쁨이었다. 그리고 무엇보다 나의 사범대 후배들에게 든든한 조직이 되어 주겠다는 생각에 5년 운동을 결의했다. 아직도 잊을 수 없다. 내가 5년의 활동을 결의한 이유를 이야기했을 때 나의 편집부 후배들이 눈물을 흘리면서 열심히 살겠다고 다짐했던 것을……. 언제나 나를 의지해 온 후배들에게 평등하지만 산과 같은 선배가 되어줄 것이다.[*]

---

[*] 1996년 희정이 쓴 총화서 중에서

희정이 음대 단대장으로부터 한 통의 편지를 받았다는 이야기를 듣고 혜영은 1월 중순경 중운위에서 중앙집행부 인준 과정을 거칠 때 보았던 희정의 총화서를 떠올렸다. 그동안 혜영이 바라본 희정은 참 대단한 사람이었다. 방학이 되어 투쟁국장이 집안일로 자리를 비우게 되었을 때 아무 불평 없이 묵묵히 그 자리를 메꾸었고, 단대뿐만 아니라 과 학생회에서 열리는 간담회까지 다 참석하느라 정신없는 와중에도 새터를 개최할 장소 섭외에 어려움을 겪자 두 발 벗고 나서 주었고, 시시각각 변화하는 상황에 대응하느라 피곤에 지친 사람들을 언제나 웃으면서 격려했다. 자기도 힘들고 몹시 지쳤을 텐데, 힘든 내색 하나 없이 늘 꿋꿋했다.

그러나 희정을 힘들게 만든 한 사람으로서 혜영은 늘 꿋꿋하기만 한 희정에게 가끔 서운함을 느꼈다. 힘들고 어려운 일일수록 같이 나누면 좋을 텐데, 희정은 언제나 저 앞에 먼저 가서 궂은 일들을 도맡아 처리하려고 했다. 일이 정말 뜻대로 풀리지 않거나 중요한 결정을 해야 할 때는 같은 학번 동기인 선주만 찾았다. 5학년 활동을 결의하는 과정에서 둘 다 엄청난 심적 고통을 겪었고, 그래서 누구보다 끈끈한 사이란 건 잘 알았다. 하지만 그 점을 십분 이해한다 해도 그 둘과 후배들 사이에 뛰어넘을 수 없는 벽이 존재하는 것 같아 섭섭해지는 건 어쩔 수 없었다. 이 얘기를 했을 때 희정과 선주는 절대 그렇지 않다고,

후배들이 그렇게 느꼈다니 정말 충격이 아닐 수 없다고 손사래를 치며 사과했지만, 그 후에도 둘은 끈끈함을 과시하며 떨어질 줄을 몰랐다.

그 모습을 보고 혜영은 지금까지 희정이 자기 사람만 챙긴다고 생각해 왔다. 그런데 음대 단대장이 편지를 보냈다는 소식을 듣고 보니 자기가 희정에 대해 잘못 생각했던 것은 아닐까 하는 의문이 들었다. 희정에게 벽을 느낀 건 자신만의 생각일 뿐, 처음부터 희정은 격의 없이 누구나 공평하게 대했던 것은 아닐까 하고. 단대장 활동을 하면서 희정을 처음 만난 간부가 편지를 보내 무한한 신뢰를 보낼 정도면 희정이 어떤 마음으로 사람들을 대했을지 능히 짐작할 수 있지 않은가.

음대 단대장은 편지에 이렇게 썼다. '방학 동안 언니와 함께 지내면서 총학생회에 대한 믿음을 가지게 되었어요.' 총학생회 후배들에게 그 부분을 읽어 주며 희정은 말했다.

"학우들이 총학을 신뢰하고 있어. 힘들고 정신없겠지만 서로에게 상처 주지 말고 더욱더 힘을 내서 싸우자. 학자 승리의 그날까지 투쟁!"

그런 희정을 보면서 혜영은 생각했다. 도대체 어떤 마음이면 생전 처음 본 사람의 신뢰를 얻게 되는가. 얼마나 진심이면 타인에게 함께 싸우고 싶은 마음이 들게 만드는가. 총학생회장으로서 어떤 태도를 가져야 할지 혜영은 진지하게 고민했다.

해마다 증가되는 등록금, 이제는 3백만 원에 육박할 등록금의 문제를 올해는 기필코 해결하고자 저희 성신인 2,500명은 등록금 납부를 유보하고 있습니다. 언제나 우리가 낸 등록금이 어디에 쓰이는지도 몰랐습니다. 거의 대부분의 학교에서 공개되고 있는 예·결산안도 알 수 없으며, 학생들과 함께 책정하는 등록금소위원회도 저희 성신인은 가질 수 없었습니다. 그리고 반드시 저희를 위해 쓰여야 할 실험실습비, 장학금, 학생활동 지원비 또한 저희에게 돌아오지 않습니다.

이런 상황에서 등록금은 계속 올라가서 이제는 사랑하는 부모님께도 너무나 큰 부담이 되고 있습니다. 그래서 저희는 학교와 협상을 하고자 하였으나 학교는 저희들과의 협상을 하려고 하지 않습니다. 그렇기에 저희 성신인은 등록금 납부 유보를 결정했던 것입니다.

하지만 지금 학교는 이러한 학생들의 요구를 계속 묵살하며 일방적으로 1차 추가 등록 기간을 상정했고 학부모님께 전화를 걸어 추가 등록 기간에 등록금을 내지 않으면 제적시키겠다는 등의 협박 전화를 걸고 있습니다. 법적으로 보장되어 있는 추가 등록 기간은 4

월 중간고사 전까지이며 93년도에도 등록금을 내지 않
았던 650명이 3월 말에 등록금을 낸 사례가 있습니다.
그런데도 학교가 그렇게 이야기하는 것은 분명한 거짓
말이며 협박입니다.

어머님, 아버님 걱정이 많으시죠?

그러나 걱정하지 마십시오. 현재 2,500명이 함께 유
보를 하고 있는 상황이며, 상정되어 있는 1차 추가 등
록 기간 철회를 6,500의 목소리로 요구하고 있습니다.
절대 따님에게 불이득이 돌아가는 일은 없을 것입니다.

지금 현재 6,500명이 함께 뭉치고 있으며 부모님들
께서 적극적인 협조를 해 주고 계신 이상 반드시 올해
엔 등록금 문제를 해결할 수 있습니다.

부모님, 1차 추가 등록 기간에 등록금을 내지 마시구
요, 등록금 문제를 해결한 이후 학생과 학교가 함께 상
정한 추가 등록 기간에 2,500명이 함께 등록금을 내시
면 됩니다.[*]

3월 5일 개강맞이 선전전을 시작으로 3월도 바쁘게 돌아갔
다. 학생들의 뜻을 대표하여 총학생회장 명의로 된 글을 학부

---

[*] 3월 7일 총학생회에서 학부모들께 보낸 호소문 〈아버님, 어머님 학교는 학생에게 이러면
정말 안 됩니다〉 중에서

모님께 보내자 총학생회실로 격려하는 전화가 빗발쳤다. 이 맛에 운동을 하는 것인지, 싸늘하기만 한 학교 측의 태도에 분개하다가도 학부모님들로부터 격려의 전화를 받으면 호랑이 기운이 솟아났다.

6,500 성신인들은 이 기세를 몰아 투쟁의 수위를 높여 갔다. 3월 8일 집단 행동의 날에는 학교 측의 일방적 추가 등록 공고에 분노한 학우 300여 명이 몰려 나와 몸에 붉은 띠를 묶고 교문에서 체육관까지 인간 띠 잇기를 했고, 학생들의 요구를 무시하는 학교 측에 항의하는 뜻으로 학교 당국의 상징인 행정관으로 쳐들어가 난리 법석을 피우는 '행정관 소란 투쟁'을 벌였다.

3월 13일은 진눈깨비가 날려 으스스한 날씨였지만 800여 명의 학우들이 수정관 앞 운동장에 모여 학원 자주화 투쟁 선포식을 가졌다. 이날 집회에서 학우들은 예·결산안을 3월 18일 오후 3시까지 제시할 것을 학교 당국에 공식적으로 요구했다. 집회를 마친 후에는 '운동장 돌 캐기 투쟁'을 진행하였다. 수정관 건축물 허가를 위해서는 주차 공간을 마련해야 하는데, 학교 당국이 학우들의 의견은 들어 보지도 않고 운동장에 긴 돌을 박아 운동장 일부를 임시 주차장으로 이용하고 있었다. 그래서 학우들은 빼앗긴 운동장을 되찾겠다는 마음으로 주차 표시선으로 박아 놓은 돌을 캐내기로 했다. 코펠 뚜껑에 미대 학우들의 작업 도구에 심지어 우산까지 동원해 돌을 캐냈고, 그렇게 캐낸 돌은 모두 옮겨 행정관 앞에 쌓아 두었다.

3월 14일에는 야간학과 대표자들이 모임을 갖고 행정관 출입문에 야간 학우들의 요구안을 붙이는 투쟁을 했다. 요구안을 떼어 내지 못하도록 본드를 이용해 붙였는데, 총학생회 간부들은 야간 학우들이 붙인 요구안이 훼손되지 않도록 늦은 밤까지 행정관 문 앞을 지켰다. 성신의 학원 자주화 투쟁에 처음으로 야간학과 학생들이 결합해 힘을 모은 날이었다.

"예·결산안을 공개하려고 하는데 어떻게 하면 되지? 총장이 학생처장, 기획처장, 총무과에 결정권을 넘겼으니까 그 셋과 협상하도록 하지."

3월 15일 역시 매일 하는 선전전을 진행하고 있는데 학생과장이 와서 말을 걸었다.

"그렇게 무형식으로 얘기하지 말고 공식적으로 제안해서 협상을 진행하세요."

희정이 따지자 학생과장은 가타부타 말없이 그냥 가 버렸다. 이에 희정이 학생처에 전화를 걸어 확인하자 학생과로 올라오면 예·결산안을 줄 테니 올라와서 얘기하자고 했다. 그래서 총학생회 간부 몇이 학생과로 올라가 학생처장을 만났는데, 주겠다던 예·결산안은 주지 않고 전혀 납득할 수 없는 소리만 주절댔다.

"예산안만 공개하지. 결산안은 4월 말까지는 절대 공개할 수 없어. 협상? 협상 같은 소리 하네. 너희들과 협상할 생각은 조금도 없어. 그리고 너, 너는 졸업생이 무슨 권리로 협상 운운하는 거야? 암튼 예산안은 월요일에 대자보로 붙일 거야. 그게 공개 아니야?"

3월 18일에 학교 측은 예산안만을 공고했다. 그것도 A4 한 장짜리였다. 이 중요한 시점에 과반수 부족으로 전학대회가 무산되었다. 이 일로 간부들이 지쳐서 학원 자주화 투쟁이 중단될 수도 있는 위기를 맞았다. 돌파구가 필요했다.

운명의 날

"네가 왜 단식을 해."

성숙이 미간을 찌푸리며 희정을 걱정스러운 눈으로 바라봤다. 성숙은 성신여대의 학원 자주화 투쟁을 지원하기 위해 서총련에서 파견되어 벌써 몇 달째 성신여대에서 살고 있었다. 학원 자주화 투쟁 원론을 간부들에게 교양하고 투쟁의 큰 틀을 잡아 주는 역할을 했다. 성신여대는 투쟁 경험이 부족하고 조직화가 덜 되어 있었지만, 이즈음 학원 자주화 운동에서 타의 모범이 되고 있었다. 길을 잘 알고 요령 있게 찾아가는 것이 아니라 길이 있든 없든 무조건 가고 보는 방식의 투쟁이었지만,

진심이 학우들에게 가 닿아서 그랬는지 학우들의 참여율도 높고 호응도 좋았다. 학원 자주화 운동의 전술로 택한 등록금 납부 유보 투쟁도 거의 절반 수준의 높은 참여율을 보였다. 성숙은 이 싸움은 다 이긴 싸움이라고 내다보았다. 뒤가 없는 사람은 아무도 이길 수 없다. 그런데 아직도 뒤가 더 남았단 말인가? 희정이 뜬금없이 단식을 하겠다고 나섰다.

"3·18 예산 공개 이후로 학우들이 많이 지쳤어요. 그걸 알고 학교는 버티기로 나올 것 같고요. 뒤로는 계속 학우들과 학부모들을 협박할 거예요. 그러다 보면 하나둘 떨어져 나가는 것은 시간문제예요. 뭔가 돌파구가 필요해요."

"그런데 그게 왜 너여야 하냐고."

"제가 아니면 누가 해요. 후배들은 발로 뛰어야 하는데, 굶고 어떻게 뛰어요."

"너는. 너 없으면 조직 자체가 흔들려."

"제가 왜 없어요. 학자 승리할 때까지 여기서 한 발짝도 안 움직일 건데요."

"그러다 큰일 나. 너는 제발 좀! 더 멀리 내다볼 수는 없는 거니?"

안타까운 마음에 성숙의 입에서 큰소리가 나왔다. 머리 굴리지 않고 당면한 문제에 불나방처럼 뛰어드는 게 성신여대가 가진 장점이자 단점이었다. 이렇게 근시안적으로 눈앞의 문제들만 바라봐서는 큰 그림을 그릴 수 없다. 희정은 정책국장으로서 해야 할 일이 따로 있었다. 희정이 쓰러지기라도 하면 그때야말로 그동안 쌓아 왔던 공든 탑이 와르르 무너질 수도 있다. 더구나 희정은 졸업생이었다. 학교 측이 상대도 안 해 주는. 총학생회 정책국장으로서 아무리 떠들어 봐야 학교 측은 희정을 협상 상대로 인정해 주지 않았다. 이런 마당에 희정이 전면에 나서서 득 될 게 하나 없다.

"언니, 우리 반드시 승리해야 해요. 이번에 무너지면 다시는 못 일어나요."

"이 싸움이 다가 아니야."

"알아요. 하지만 승리한 이후라야 다음 싸움도 있어요."

"나는 허락할 수 없어. 차라리 다른 걸 해. 밤새 학우들을 만나든지, 간부들 정신 바짝 차리게 얼차려를 주든지, 매일 옥상에 올라가서 삐라를 뿌려. 단식은 안 돼. 다른 건 다 돼도 단식은 절대 안 돼."

"저 안 쓰러져요. 제가 얼마나 튼튼한데요. 살면서 지금까지 병원 한 번을 안 갔어요."

"그렇게 자신하지 마. 성신의 투쟁은 지금부터가 시작이야. 아직 한 발짝도 안 뗐다고. 6학년, 7학년, 8학년 계속 학교에 남아 있을 생각 아니면 함부로 나서지 마."

성숙은 설득을 하면서도 희정의 고집을 꺾지 못하리란 걸 알았다. 희정이 한 번 한다면 끝까지 하는 애라는 걸 수도 없이 들었고, 실제로도 곁에서 여러 차례 목격했다. 투쟁의 불모지나 다름없는 성신여대에서 이 정도 성과를 낸 것도 희정의 공이 클 터였다. 하지만 그렇다 해도 희정에게 단식을 하라고 할 수는 없었다. 누군가는 뒤에 서서 멀리 내다보고 큰 그림을 그려야 하므로. 성숙이 언제까지고 성신여대에 붙어 있을 수는 없다. 그건 희정도 마찬가지일 터. 지금은 직접 나서서 싸우는 것보다 후배들에게 길을 터 주면서 그들의 역량을 키우는 것이 더 중요하다. 성숙은 희정이 제발 그 사실을 빨리 깨닫기를 바라며 간곡히 만류했지만, 어쩐지 목소리에서 점점 힘이 빠져나가는 것 같았다.

총화를 끝내고 혜영은 오랜만에 집에 들어갔다. 그동안 학생회실에서 쪽잠을 자느라 잠도 제대로 못 자고 싸워 온 터라 몸이 천근만근이었다. 오늘만큼은 두 다리 쭉 뻗고 편안하게 잘 수 있겠구나, 생각하며 이불 위에 막 누우려는데 희정에게서 전화가 왔다. 집에 가는 길에 잠깐 들를 테니 만나자고 했다. 저절로 한숨이 나왔다. 얼마만의 휴식인데, 그마저도 못하게 생겼으니 말이다. 그렇다고 거절할 수는 없어서 그러자고 하고 전화를 끊었다. 남 배려하기로 둘째가라면 섭섭할 희정이 간만에 쉬러 들어온 사람을 전화로 불러낼 정도면 꼭 해야 할 중요한 이야기가 있을 것이었다.

누우면 잠들 게 뻔하고, 한 번 잠들면 약속한 시간에 일어나지 못할 것 같아 책상 앞에 앉아 책을 폈다. 내용이 머릿속에 들어오지 않았다. 읽은 데 또 읽고, 읽은 데 또 읽고 하는데 자꾸만 글씨가 흐릿해졌다. 잠들면 안 되는데…….

책상 위에 엎드린 채 잠이 들었다가 놀라서 번쩍 깼다. 한참 잔 것 같은데 1시간도 지나지 않아서 안심했다. 그새 잠이 푹 들었는지 몸이 개운해진 것 같았다. 뭘 더 하기도 애매해서 조금 일찍 나가 있기로 했다. 운동 삼아 천천히 걸어도 좋을 것 같았다. 바야흐로 봄이니까.

혜영은 목동 사거리의 조용한 카페에서 희정을 만났다. 이런저런 시시한 이야기들을 한참 나누다가 희정이 정색을 하며 물어서 혜영은 조금 긴장했다. 드디어 본론이 나오는구나.

"너는 요즘 학교 상황이 어떤 것 같아?"

모니터를 하다 하다 이제 나까지 하나 싶어 잠시 갸우뚱하고 있는데, 희정이 다시 한번 물었다.

"네가 봤을 때 뭐가 제일 문제인 것 같아?"

혜영은 잠시 생각했다. 뭐가 제일 문제인가. 나인가? 내가 열심히 하지 않아서 분위기가 가라앉고 있다고 질책하려는 건가? 그거라면 학교에서 총화할 때 해도 될 텐데. 그렇게 생각하자 주눅이 들었다. 한두 번 속 썩인 것도 아니고, 이번에는 제대로 혼내려나 보다 생각하니 겁도 났다. 그래서 최대한 건조한 목소리로 슬쩍 에둘러 남 탓하는 말을 했다. 이것이야말로 아주 객관적인 정세 분석의 결과라는 듯이.

"과로와 스트레스 때문에 일꾼들이 많이 지친 것 같아요. 싸움이 장기화 되고 있는데 학교 측은 협상할 생각조차 안 하니까 승리에 대한 전망도 사라지는 것 같고요. 학교에서 등록금 안 내면 제적한다고 계속 협박하니까 위축되는 것도 사실이고. 지금 상황으로 보면 앞으로는 더할 텐데 걱정이에요."

혜영의 말에 희정이 고개를 끄덕였다.

"너도 그렇게 생각하는구나. 지금은 먼저 모범을 보이면서 학우들에게 강한 믿음을 주는 간부가 필요한 것 같아. 말로만 잘하자는 게 아니라 실천으로 보여 주는 거 말야. 그래서 말인데 다음 주부터 투쟁을 더욱 세게 가져가야겠어."

지금보다 더 세게? 여기서 더 어떻게? 혜영은 목이 바짝 탔다.

"어떻게요?"

"단식을 해야 할 것 같아. 목숨 걸고 싸우고 있다는 걸 학교 측에 보여 줘야 해."

"단식요? 간부들 전부 다요?"

"아니. 전부 다 단식을 하면 동력이 떨어져. 누군가는 발로 뛰며 싸워야지. 너랑 나랑 둘이 하는 거야."

혜영은 망설여졌다. 다 먹고살자고 하는 일인데 마른하늘에 날벼락도 아니고 웬 단식이란 말인가. 여러 가지 참을 수 없는 것 중에 배고픈 것도 있는데 단식을 어떻게 하란 말야. 혜영은 울상이 되어 물었다.

"며칠이나요?"

"승리할 때까지 무기한으로."

설상가상, 첩첩산중이었다. 혜영이 입을 벌린 채 아무 말 않자 희정이 다시 말을 이어 갔다.

"다음 주에 제적 통지서가 나오면 학우들이 많이 혼란스러워할 거야. 그때 우리가 나서서 학우들을 지켜야 해. 계속 싸워도 된다는 믿음을 줘야 한단 말이지. 계속 싸워도 아무런 불이익이 없을 거란 확신을 줘야 학우들이 이탈하지 않을 거야. 단식으로 최대한 학교 측을 압박하면서 공격적으로 대응해야겠어. 나는 단대 집행부를 중심으로 일꾼들을 추스를 테니까 너는 과 대표들과 학우들을 최대한 많이 만나. 만나서 우리의 의지를 보여 주는 거야. 단식하느라 힘들겠지만, 처음부터 다시 시작하는 마음으로 한번 해 보자. 학교가 협상에 나올 때까지."

희정이 이렇게까지 나오는데 싫다고 할 수가 없었다. 썩 내키지는 않았지만, 지금으로서 할 수 있는 최선의 방법이 단식이라면 해야지 별 수 있겠는가. 졸업생이라며 학교 측이 대화조차 하지 않으려는 희정이 저렇게까지 나서는데 총학생회장이 못하겠다고 나자빠질 수는 없지.

　이렇게 해서 3월 25일 구혜영 총학생회장과 권희정 정책국장의 단식이 시작되었다. 아주 나중이 되어서야 혜영은 그때 무슨 수를 써서라도 말렸어야 했다고 땅을 치며 후회했다.

　총학생회장과 정책국장이 단식을 시작했는데도 학교 측에서는 아무런 반응이 없었다. 이 정도로는 안 되겠다 싶어 더 센 것을 찾았다. 이제는 이판사판이었다. 학교 측을 압박할 수 있는 것이라면 무엇이든 다 해야 했다. 우선 3월 27일 열린 1차 비상총회에서 '대선 자금 공개와 교육 재정 확보를 위한 서총련 동맹 휴업'에 함께할 것을 결의했다. 학우들을 최대한 자발적으로 결합시키되, 동맹 휴업에 참여하지 않는 학우들에게는 강의실 앞에서 '소리통'으로 함께해 줄 것을 호소하기로 했다. 이날 열린 집회에서는 총학생회장 구혜영과 부총학생회장 노지연이 삭발식을 거행했다. 총학생회장과 부총학생회장의 머리카락이 잘려 나가는 동안 광장에 모인 학우들은 혈서를 쓰고 행정관에 페인트 병을 던졌다. 학우들의 손에서 뚝뚝 떨어지는 핏물과 페인트 병에서 쏟아진 붉은 페인트가 섞여 행정관 앞 광장이 새빨간 피로 물든 듯했다.
　그날 성신여대 인근 병원이 환자들로 북새통을 이루었다는 후문이 있었는데, 그날 환자의 치료를 도운 한 간호사의 전언에 따르면 "전부 다 칼로 베인 상처들이라 주변에서 패싸움이 일어난 줄 알았다"고 했다. 실상을 알아본즉슨, 혈서 쓰기를 처음 해 본 성신여대 중집 간부들이 얼마나 깊이 찔러야 할지 몰라서 중운위 간부들의 손을 너무 깊고 길게 베어 버렸다는 것이었다. 그날 혈서를 썼던 중운위 간부 가운데 한 명은 "혈서를 다 썼는데도 피가 멈추지 않았다. 병원에 가는 동안에도 피가 계속 흘러나와 이럴 거면 혈서를 더 쓰고 올 걸 그랬다고 후회했다. 마음 같아선 백 장이고 천 장이고 쓸 수 있을 것 같았다"고 전했다.

　　등록금 인상률 조정과 대선자금 공개를 요구하며 거리 시위를 벌이던 대학생이 경찰 진압 과정에서 숨졌다.

　　29일 오후 6시 44분께 서울 중구 을지로5가 천지호텔 옆 대현문화사에서 연세대생 노수석(20·법학2·광주시 북구 두암동 동산휘밀리아파트 401호) 씨가 의식을 잃고 쓰러져 병원으로 옮겼으나 숨졌다.

　　대현문화사 주인 최종두(35) 씨는 "경찰에 쫓긴 시위 학생 10여 명이 인쇄소 안으로 들어온 뒤 다시 학생 3~4명이 들어왔는데 이들을 쫓아온 전경 서너 명이 학생들과 격투를 벌여 밖으로 내보냈다"며 "전경들이 나간 뒤 먼저 들어와 있던 한 학생이 대형 기계 뒤에서 의식을 잃고 있어 바로 거리의 학생들을 부르고 119 신고도 했다”고 말했다.

최 씨의 외침을 듣고 가게로 들어온 이창호(20·한양대 기계공학2) 씨는 “기계 뒤로 가 노 씨에게 인공호흡을 했으나 의식을 찾지 못했다”고 말했다. 이 씨는 “당시 을지로5가 부근에서 경찰이 시위대 2백~3백 명을 기습적으로 뒤에서 덮쳐 많은 학생들이 다쳤다”고 말했다.

노 씨는 119 구급대에 의해 인근 국립의료원으로 옮겨졌으나 이미 숨진 상태였다.

노 씨 사체를 검안한 황정연 국립의료원 응급실장은 “사망에 이를 만한 외부 소견을 발견하지 못했다”면서 “정확한 사망 원인은 부검을 해야 알 수 있을 것”이라고 말했다.

재야단체들은 ‘고 노수석 씨 사인 규명 및 사태 해결을 위한 임시대책위원회’(공동대표 이창복 전국연합 상임의장)를 구성하고, 당국과 대책위 쪽이 추천하는 동수의 의사가 참여해 부검을 실시하자고 요구했다.

이에 앞서 서울지역총학생회연합(서총련) 소속 학생 1만여 명은 학교별로 동맹휴업과 교내집회를 가진 뒤 종로에 집결해 ‘대선자금 공개 촉구 및 등록금 인상

투쟁 동맹휴업 궐기대회'를 가지려다 경찰이 저지하자 시내 곳곳에서 산발 시위를 벌였다.

경찰은 서울지검 형사3부 김시진·이기석 검사의 지휘 아래 최광현 중부경찰서장을 본부장으로 하는 수사본부를 을지로6가 파출소에 차리고 정확한 사망 경위와 당시 시위 진압 과정 등에 대한 조사를 벌이고 있다.[*]

4월 2일 9일째 단식을 이어 가던 총학생회장 구혜영이 쓰러져 병원에 실려 갔다. 그 전날인 4월 1일에는 지지 단식을 하던 통계학과 학생회장이 쓰러졌다. 그러나 학교는 무대응으로 일관했다.

4월 3일 구혜영 총학생회장과 권희정 정책국장은 건강상의 이유로 더 이상 단식을 이어 가기 어렵다고 판단하여 단식을 풀기로 했다. 그 소식을 들은 명희는 곧바로 죽을 끓여 희정에게 달려갔다. 죽을 내밀며 지금 제일 먹고 싶은 게 뭐냐고 물었더니 초코파이와 우유라고 했다. 지금은 죽을 먹어야 하니까 못 사 주지만, 몸이 회복되기만 하면 물려서 못 먹을 때까지 사 주겠다고 했다. 웃는 희정을 보며 명희는 탄식했다. 열흘 단식 끝에 먹고 싶은 게 겨우 초코파이와 우유라니. 이날 열린 비상

---

[*] 한겨레신문, 〈시위대학생 진압 중 숨져: 등록금 인상 항의 · 대선자금 공개 촉구 서총련 거리 집회서〉, 1996년 3월 30일 1면

총회에서 총장실 점거 투쟁을 결의하고 곧바로 총장실 점거에 들어갔다. 총장실을 점거하려 학생들이 몰려갔을 때는 이미 총장이 자리를 비운 상태였다. 학우들은 학교 측과 아무런 마찰 없이 총장실을 점거했다. 총학생회에서 협상하자고 학교 측에 끊임없이 요구했지만, 학교 측은 여전히 묵묵부답이었다.

4월 4일에는 연세대 본관 앞 광장에서 노수석 열사의 영결식과 노제가 열렸다. 단식을 푼 지 하루밖에 지나지 않아서 조금 기운이 없는 것 같았지만 희정은 학우들을 이끌고 노제에 참석했다. 성신 학우들은 학원 자주화 투쟁 중에 경찰의 과잉 진압으로 숨진 노수석 열사에게 강한 동지애를 느끼고 있었다. 투쟁 중에 동지를 잃는다는 것은 큰 충격이자 슬픔이 아닐 수 없었다. 이날 시위에 참석한 성신 학우는 약 300명에 달했다. 사상 유례없는 참여율이었다. 아무 사고 없이 집회를 잘 마칠 수 있도록 이들을 지휘해야 하는 희정은 큰 부담을 느꼈지만, 한편으로는 매우 뿌듯했고 힘이 났다. 희정은 학우들에게 딱 한 가지를 당부했다. 부디 다치지 마.

"엄마, 배고파."

며칠째 친구 집에 가 있던 희정이 들어오면서 밥부터 찾았다. 친구가 다리를 다쳐서 간호해야 한다더니 밥도 못 얻어먹는 모양이었다. 오랜만에 집에 와서 밥부터 내놓으라고 하니 딸이 얄미울 만도 한데 선순은 그 소리가 마냥 반갑기만 했다. 평소에는 얼굴 보기도 힘든 데다 가끔 올 때마다 물어보면 먹고 왔다고 해서 서운했는데, 웬일로 집에 와서 밥을 다 찾았다. 자식이 성인이 되면 품에서 떠나보내야 하는 거라고 속으로 다짐하고 또 다짐했지만, 자식은 아무리 나이를 먹고 어른이 돼도 항상 아기 같았다. 눈에 넣어도 하나도 안 아플 귀여운 아기가 엄마를 보고 밥을 달라고 하니 선순은 그저 좋기만 했다.

"배고파? 그럼 얼른 밥해 줘야지. 잠깐만 기다려."

선순은 그들이 집에 있든 없든 항상 희정이와 태혁이의 밥을 퍼서 식탁 위에 올려 두었다. 그래야 아이들이 밖에 나가서도 배곯지 않을 것 같았다. 때문에 밥을 새로 할 필요가 없었지만 오랜만에 온 딸인데 그래도 새 밥을 해 줘야겠다 싶어 급하게 밥할 준비를 했다.

"나 얼른 과외 가야 돼. 그냥 있는 거 줘요."

"금방 돼. 근데 과외가 몇 시지?"

서둘러 쌀을 씻으며 희정을 돌아보았는데, 식탁에 앉아 있는 희정의 얼굴이 노랗게 뜬 게 무척 안 좋아 보였다.

"너 얼굴이 그게 뭐야. 피죽 한 그릇도 못 얻어먹은 애처럼."

걱정스러운 마음에 딸을 나무라는 듯한 말투가 나왔다. 그러자 희정이 가방에서 약봉지를 꺼내 흔들었다.

"어제 밥 먹은 게 얹혔나 봐요."

"그럼 죽을 먹어야지."

선순은 밥을 지으려던 쌀에 물을 더 붓고 죽을 쑤었다. 그런데 마음이 급해서 그런지 잘 되지가 않았다. 평소에는 아무렇지 않게 했던 일들도 마음먹고 잘하려고 하면 꼭 탈이 난다. 들썩이는 마음을 애써 가라앉히고 죽을 젓는데, 눈길이 자꾸 시계가 있는 쪽으로 갔다. 야속한 시간은 참 빠르게도 흘러갔다.

간신히 죽을 끓여 희정 앞에 놓아 주자 희정은 물기만 쪽쪽 짜 먹었다.

"무슨 죽을 그렇게 먹어."

"죽이 너무 딱딱해서 못 먹겠어요. 엄마, 미안한데, 그만 먹을게요."

"그래도 한 숟가락만 더 먹어 봐."

"과외 늦겠어요. 이제 그만 갈게요."

희정이 나가고 난 뒤 선순은 마음에서 무엇인가가 쑥 빠져나가는 것 같은 느낌이 들었다. 식탁 위에 놓인 죽은 하나도 줄지 않고 그대로였다.

"애가 공부하느라고 힘든가?"

선순은 희정이 제대로 먹지도 못하고 그대로 남겨 두고 간 죽을 물끄러미 내려다보며 중얼거렸다.

희정은 졸업하고도 학교에 계속 가야 한다고 했다. 임용 고사에 합격하려면 눈에 불을 켜고 준비해도 모자라다며. 스터딘지 뭔지 시험 볼 애들끼리 모여서 아침부터 밤늦게까지 함께 공부한다고 했다. 그렇게 며칠 집에서 왔다 갔다 하더니 어느 날 도저히 힘들어서 안 되겠다고, 같은 과 친구네 집에서 일주일만 있겠다고 했다. 아버지 아시면 큰일 난다고 했더니 선순더러 아버지를 잘 설득해 달라며 갖은 아양을 떨었다. 그래 놓고 그 길로 짐을 싸서 나가 버렸다. 선순은 희정이 가고 없는 빈방을 괜스레 들락날락하면서 남편에게 뭐라고 말해야 하나 고민했다. 말을 꺼내자마자 노발대발하며 한걱정할 게 뻔했다. 희정이 학생이었을 때도 틈만 나면 데모다 뭐다 절대 허튼짓 못 하게 따라다니면서 잘 감시하라고 말하던 이였다. 그때마다 선순은 남편이 잘 이해할 수 있도록 설명하느라 진땀을 뺐다. 다 큰 애를 어떻게 따라다니며 감시하냐, 남들이 들으면 기가 차다고 웃을 일이다, 그리고 자식을 믿어 주는 게 부모의 도리지 그렇게 의심하면 되겠냐, 희정이는 절대 그런 일로 부모 속 썩일 애가 아니다, 내 딸은 내가 제일 잘 안다, 어디에 내놔도 남 걱정시키는 일 하나 없이 저 알아서 자를 댄 듯 반듯하게 살아갈 애가 바로 우리 희정이다. 선순은 그때도 그렇게 힘들었는데 졸업까지 한 이 마당에 나더러 어쩌라고 이렇게 막무가내로 짐을 싸서 나가 버린단 말인가 싶었지만, 딸이 그렇게 힘들다는데 어쩌겠는가 하고 이번에도 희정의 편이 돼 주기로 했다. 그날 저녁 늦게 들어온 남편에게 주저주저하며 희정이 딱 일주일만 친구 집에 있겠다고 한다며 어렵게 얘기를 꺼냈더니 아니나 다를까 당장 데려오라며 펄펄 뛰었다. 선순은 불같이 화를 내는 남편 때문에 가슴이 벌렁벌렁 뛰고 손바닥에 땀이 찼지만, 마음을 다잡고 용기를 내어 말했다. 딱 일주일이라고 한다, 애가 저렇게 힘들다는데 어쩌겠냐, 다른 부모들은 보약이다 뭐다 애들 시험 뒷바라지하느라 난리인데 희정이는 우리한테 바라는 게 아무것도 없지 않냐, 우리 희정이가 똑부러지고 바른 애라는 거 누구보다 당신이 제일 잘 알지 않냐, 그래도 정 못 믿겠거든 우리가 자주 가 보면 되지 않냐. 그렇게 밤새도록 입이 닳도록 설득해서 겨우겨우 허락을 얻어 냈었다.

그렇게 일주일을 보내고 집으로 돌아온 희정은 일주일을 더 친구와 있겠다고 했다. 일주일만 더 있으면 웬만큼 정리가 될 것 같다고. 이번에는 선순도 반대했다. 아무리 공부하느라 힘들어도 그렇지 여자애가 그렇게 함부로 집을 나가면 되겠냐고 혼을 냈다. 그러자 편지 세 장을 남겨 놓고 몰래 집을 나갔다. 참으로 구구절절 눈물 나는 내용이었다. 이번에도 방패막이가 되어 주는 건 선순의 몫이었다. 희정이가 나쁜 애는 아니잖아요. 믿어 줍시다. 그러나 일주일만 더 있겠다고 하고 나간 희정은 친구가 다리를 크게 다쳐서 간호해야 한다며 벌써 몇 주째 집에 들어오지 않고 있었던 것이다.

희정이 나가고부터 선순은 불안감에 시달렸다. 이런 적이

한 번도 없었는데 이상했다. 밤새 잠 못 들고 뒤척이다가 오늘 새벽 4시에 일 나간다고 나가서는 여태 아무 소식 없는 희정 아버지가 걱정됐다. 무슨 일이 있는 건 아니겠지? 그럼 벌써 연락이 왔겠지. 괜히 방정 떨다가 없는 일 만들지 말고 좋은 생각만 하자, 좋은 생각만. 그래도 마음이 가라앉지 않아 선순은 깨끗한 이불들을 괜히 꺼내서는 빨기 시작했다.

다리 다친 친구 윤경에게서 전화가 왔다. 희정이 배가 아프다고 해서 응급실에 데리고 갔다고 했다.

"아유, 그러잖아도 체했다고 하더라고. 얼굴이 안 좋아 보이길래 과외 쉬라니까 기어코 가더니만."

"어머니, 의사가 찾아요. 빨리 와 보셔야 할 것 같아요."

"우리 희정이, 많이 안 좋은 거야?"

"그런 건 아니고요, 보호자가 있어야 한대요."

선순은 애써 침착하려 했지만, 수화기를 내려놓는 손이 덜덜 떨렸다. 옷도 못 갈아입고 길가로 나가 한참을 기다렸는데도 택시가 안 잡혔다. 개똥도 약에 쓰려면 없다더니, 남편이 택시 기사면 뭐해, 이럴 때 없는걸. 조바심 나는 마음에 험한 소리가 마구 튀어나오려 했다. 발을 동동 구르며 조금 더 기다리다가 다시 집으로 들어와 희정 아버지 동료에게 전화를 했다. 우리 희정이가 응급실에 있어서 빨리 가 봐야 하는데 택시가 안

잡힌다고, 도와달라고.

희정 아버지 동료는 총알처럼 달렸다. 어디가 얼마나 아픈 거냐고 묻기에 모른다고, 가 봐야 안다고 했더니 서울 도심을 쌩쌩 달렸다. 급발진, 급정거에 속도는 또 얼마나 빠른지 멀미가 다 날 지경이었다. 그렇게 허겁지겁 도착한 응급실에 희정이 있었다. 말짱한 얼굴로. 어딜 봐서 아프다는 건지 모르겠는 얼굴로 침대에 앉아서 선순을 향해 손을 흔들었다. 후유. 선순은 숨을 크게 내쉬었다. 다리가 풀리려고 해서 얼른 희정의 침상으로 다가가 침대를 짚었다.

"심장에 문제가 있는 것 같습니다. 혹시 집안에 심장 병력이 있나요?"

의사를 만나러 갔더니 이렇게 묻기에 선순은 속으로 코웃음을 쳤다. 친가, 외가 탈탈 털어도 심장병 때문에 고생한 사람은 하나도 없거든요. 선순이 고개를 젓자 의사가 다시 말했다.

"지금은 심근경색이 의심되는데, 검사를 해 봐야 정확히 알 것 같아요."

"네? 그럴 리가요. 그냥 좀 체한 것뿐인데……."

"검사 결과 나오면 그때 다시 말씀드리겠습니다."

선순이 희정에게 돌아왔더니 희정이 무슨 주삿바늘 같은 걸 꽂고 있었다. 이게 뭐냐고 묻자 희정이 말했다.

"무슨 검사하는 거라는데, 잘 모르겠어요."

"이런 거 말고 수액이나 좀 놔 주지. 여태 밥도 못 먹었을 텐데."

희정의 머리를 쓰다듬어 정리해 주면서 선순이 혀를 끌끌 차자 희정이 기다렸다는 듯이 말했다.

"엄마, 윤경이가 지금 감기에 심하게 걸렸어요. 윤경이 주사 좀 맞혀 주세요."

선순은 어이가 없었다. 개구리 뱀 생각하는 것도 아니고, 지금 누가 누굴 걱정하는 건지.

"너도 아프면서 지금 누굴 걱정해!"

저도 모르게 빽 소리를 지르자 저만치 있던 의사가 돌아보며 조용히 하라고 했다. 환자가 안정해야 하니까 말 시키지 말라고. 선순은 샐쭉하게 입을 다물고 있다가 잠시 후에 희정에게 속삭였다.

"이따 검사 끝나면 둘이 나란히 영양 주사 맞혀 줄게."

희정이 미소 지으며 입 모양으로 말했다.

"고마워요."

무슨 검사실인가로 가야 한다며 의사가 와서는 희정에게 이것저것 물었다.

"혹시 어지러워요?"

"아니요, 괜찮아요."

"심근경색이면 심하게 어지러울 수 있어요. 정말 괜찮아요?"

“네.”

“아까 소변 검사할 때 보니까 소변이 빨갛던데, 평소에도 그랬어요?”

“아니요.”

“오래 굶으면 붉은 소변을 보기도 해요. 혹시 다이어트해요?”

“아니요.”

“지금 검사실로 갈 건데 옆 침대로 옮겨 줄까요?”

“아니요.”

희정은 스스로 옆 침대로 건너가 누웠다.

검사 결과 다행히 심근경색은 아닌 것 같다고 했다. 선순은 안도했다. 그제야 그때까지 밖에서 기다리고 있던 친구들이 눈에 들어왔다.

“괜찮대. 너희들도 힘들었을 텐데 들어가서 쉬어.”

아이들을 보내고 들어오자 간호사들이 희정을 중환자실로 옮긴다며 침대를 끌고 갔다. 왜 거기로 가냐고 묻자 좀 더 안정적인 환경에서 상태를 지켜보기 위해 그런 거니까 너무 걱정 말라고 했다.

뒤늦게 소식을 듣고 헐레벌떡 달려온 희정 아버지와 선순이 대기실에 앉아 있는데, 3시쯤 되어 면회를 하라고 했다. 그래서 중환자실로 들어갔더니 희정이 손가락으로 V를 하고 흔들면서 웃었다.

“엄마, 아버지. 저 땜에 걱정 많으셨죠? 저 이제 괜찮아요. 하나도 안 아파요.”

짧은 면회를 마치고 또 무작정 기다렸다. 5시가 되어 다시 면회를 해도 된다고 했다. 희정이 웃으며 퇴원하고 싶다고 했다.

“오늘은 주말이니까 월요일에 퇴원할 수 있어. 퇴원하면 엄마 다니는 서울대병원으로 옮겨서 찬찬히 검사 한번 받아 보자.”

“괜찮아요. 저 멀쩡한데요, 뭘.”

“그래도 심근경색이 의심된다고 하니까. 내내 찜찜하게 있느니 검사받고 확실히 괜찮다는 거 알면 좋잖아.”

6시쯤 다시 부르기에 가 봤더니 간호사가 죽을 먹이라고 했다. 이제는 정말 괜찮은 거구나 싶어 감사하단 소리가 절로 나왔다. 선순은 간호사가 건넨 죽을 받아 들고 희정이 또 얹힐까 봐 조금씩 떠먹였다. 몇 숟가락 먹는가 싶더니 희정은 그만 먹겠다며 고개를 저었다. 그러고는 선순에게 간곡한 어조로 말했다.

“엄마, 내일 면회 시간에는 엄마가 들어오지 말고 후배들 좀 들여보내 주세요.”

“너는 엄마보다 후배들이 더 좋니?”

섭섭해진 선순이 희정을 흘겨보자 희정이 웃으며 선순을 껴안았다.

“엄마는 계속 볼 건데요, 뭐.”

알았다고 하고 커튼을 치고 밖으로 나오자 선주와 혜영이
와 있었다.

"그러잖아도 후배들만 찾더라. 내일도 나는 들어오지 말고
후배들만 들여보내래. 뭐 그런 애가 다 있니?"

하소연 비슷하게 푸념을 하고 선주와 혜영에게 아직 면회
시간이 좀 남았으니 들어가 보라고 했다. 그런데 조금 후에 나
오더니 도저히 못 찾겠다고 했다. 내일 또 보면 되니까 밥이나
먹으러 가자고 했다.

11시 30분쯤에 의사가 나오더니 아무래도 어려울 것 같다고
했다.

"그게 말이 돼요? 검사 결과 아무 이상 없다면서요. 조금 전
까지 웃고 얘기하고 죽도 먹었는데 갑자기 어떻게 이래요?"

선순이 안으로 들어가려고 하자 못 들어가게 막았다. 선주,
혜영이와 복도에 서서 하릴없이 서성였다. 속이 타들어 가는 것
같았다. 얼마나 시간이 흘렀을까? 의사가 다시 나오더니 마음
의 준비를 하라고 했다. 눈앞이 하얘졌다. 아무 생각도 떠오르
지 않았다. 어서 희정을 봐야겠다는 생각만 들었다. 안으로 들
어가려 하자 의사가 잠시 막는 시늉을 하더니 그냥 들여보내
주었다.

의사도, 간호사도 아무것도 안 했다.

"빨리 어떻게 좀 해 봐요."

선순이 의사들을 향해 울부짖자 옆 병상의 환자가 말했다.

"바늘로 손가락을 따 봐요. 그래서 깨어난 사람을 봤어."

선순은 뾰족한 것을 찾아 미친 듯이 헤맸다. 그러나 중환자실에 그런 것이 있을 리가 없었다. 보다 못한 의사가 머뭇머뭇 주삿바늘을 내밀었다. 선순은 그것을 낚아채 희정의 손가락을 여러 군데 찔렀다. 손이 아직 따뜻했다. 아직 살아 있어. 선순은 미친 사람처럼 소리치기 시작했다.

"빨리 뭐라도 좀 해 봐요. 선생님, 제발 우리 희정이 좀 살려 주세요. 아직 살아 있잖아요. 그러니까 뭐라도 좀 해 보라고요. 너희들 뭐하는 것들이야. 사람이, 사람이 아직 살아 있잖아. 제발 가만히 있지 말고 뭐라도 좀 해 보라고!"

에필로그 1 오온개공(五蘊皆空)

오온(색色, 수受, 상想, 행行, 식識)이 공하니,

나는 어디에도 없고 어디에나 있다

*

“야, 정신 똑바로 안 차려?”

창학이 총학생회 간부들에게 꽥 소리를 질렀다. 희정의 장례식을 준비해야 한다며 우현이 도움을 요청했을 때 사태가 심각하리란 건 짐작했다. 오죽하면 서총련 투쟁국장으로 죄명이 줄줄이 달려 수배 중인 사람에게 도와 달란 말을 할까 싶었던 것이다. 꼭꼭 숨겨 주어도 모자랄 판에 그 자리에 가면 어떤 식으로든 노출될 게 뻔한 걸 알면서도 부른다는 것은 일이 아주 급박하게 돌아가고 있다는 증거였다. 더군다나 그런 연락을 해 온 사람이 서총련 학자실장인 우현이었다. 누구보다 창학이 처한 상황을 잘 알았고, 창학이 잡히면 조직이 어떤 위험에 빠지리란 걸 가장 잘 아는 친구였다.

"여기 애들 아무것도 모르고 온통 넋이 빠져서는 우왕좌왕하고 있어. 아무래도 서총련에서 움직여 줘야 할 것 같아."

"너는 어떻게 알고 벌써 거기에 가 있는 거야?"

창학이 묻자, 성숙이 집안에 갑자기 일이 생겼다며 자기 대신 하루만 가 있어 달라고 부탁해서 잠깐 와 있었는데 이런 일이 일어났다고 했다. 자기도 지금 얼이 빠져서 혼자 뭘 어떻게 해야 좋을지 모르겠다며 빨리 와 달라고 우는 소리를 했다.

"오죽하면 수배 중인 너한테 이런 부탁을 하겠냐. 미안한데, 좀 와 줘라."

그래서 잡힐지도 모르는 위험을 무릅쓰고 달려온 것인데, 이놈의 총학생회 간부들은 해도 해도 너무했다. 넋이 다 나가서는 창학이 하는 말을 귓등으로 흘려들었다.

"너희들 슬픈 건 다 알아. 나라고 마음이 안 아프겠어? 하지만 너희는 일을 해야 하는 사람들이야. 사적인 감정 앞세우지 말고 똑바로 해, 알았어?"

창학은 한바탕 호통을 치고 나서 해야 할 일들을 정리했다. 그러고 나서 사람들을 불러 모아 할 일을 지시했다.

"혜영이랑 지연이는 부모님을 만나서 학생장으로 하자고 말씀드려. 부모님 허락이 최우선이야. 부모님 동의 없이는 장례고 뭐고 할 수 없으니까 반드시 허락받아 와. 선주는 학교에 붙일 현수막과 만장을 써. 쓸 데가 많으니까 최대한 많이 써야 돼. 승연이는 학우들에게 알릴 유인물을 만들고, 태정이는 학내에서 장례식 준비할 사람들을 모아. 그리고 우현이랑 성숙이는 각 대학에 연락하고 언론사에 보도 자료 배포해. 기자 회견도 준비해 주고."

창학의 지시에 따라 각자 분주하게 움직였다. 희정이 운명한 것이 7일 밤이었기 때문에 시간이 없었다. 단 하루 만에 장례식 준비를 모두 마쳐야 했다. 장례식 준비를 하면서 영안실과 학교를 오가느라 총학생회 간부들은 슬픔을 느낄 겨를이 없었다. 신경이 바늘 끝처럼 날카로웠지만, 스스로는 아무것도 생각해 낼 수 없었다. 한시도 쉬지 못하고 바쁘게 움직이는 몸이 자신의 것이 아닌 것 같았다. 한숨도 못 잤지만 피곤한 것도 못 느꼈다. 그것이 다행인지 불행인지는 알 수 없었으나, 시간은 잘 갔다.

각자 마음속에 회한을 품고 있었지만, 성숙의 회한은 누구보다 깊었다. 희정이 단식하겠다고 했을 때 더 적극적으로 말리지 못한 것, 희정이 단식하며 이리저리 뛰어다닐 때 몸 관리를 잘하도록 철저히 지도하지 못한 것, 희정이 응급실에 실려 가던 날 하필 자리를 비운 것 등등 희정과 관련된 모든 순간이 다 후회됐다.

"딱 하루였어. 그날 딱 하루였는데……. 어떻게 이래. 도무지 이해가 안 가.”

성숙이 울면서 말하자 우현이 깊게 숨을 내쉬며 말했다.

“네 탓이 아니잖아. 너는 가면서 나더러 대신 와 있으라고까지 했는걸. 너 대신 오긴 했지만, 그 상황에서 내가 할 수 있는 일은 아무것도 없었어. 너무 애석한 일이기는 하지만 죄책감 같은 거 갖지 마. 우리, 희정이 잘 보내 주자. 좋은 곳에 갈 수 있게.”

솔직히 말해서 우현의 말은 성숙에게 아무 위로가 안 됐다. 성숙은 인생이 이토록 공교로울 수 있다는 걸 너무 이른 나이에 알아 버렸다. 그리고 한 번 일어난 일은 결코 되돌릴 수 없다는 것도. 시간은 너무 빠르고도 느리게 흘렀다. 희정이 간 지 하루도 안 됐는데 십 년은 늙어 버린 것 같았다.

혜영이 몇몇 아이들을 데리고 와서 희정의 장례를 학생장으로 치르자고 했다. 선순은 학생장이 뭔지, 왜 해야 하는지, 어떻게 하면 되는지 아무것도 모르겠고, 그냥 조용히 있고 싶었다. 장례조차 치르고 싶지 않았다. 저 문을 열면 희정이가 서 있을 것 같고, 금방이라도 엄마를 부르며 달려올 것 같고, 달려와서는 폭 안기며 어리광을 부릴 것만 같은데 장례라니, 말도 안 됐다. 원래 사람이 사람으로 태어나는 것부터가 말도 안 되는 것이라지만 이제 다시는 희정을 볼 수 없다는 것은 말 안 되는 것 중에 최고로 말이 안 되는 것이었다. 선순은 아이들을 가만히 보고 있다가 힘겹게 입을 열었다.

"혹시 우리 희정이가, 단식을 했니?"

학생장을 치르게 해 달라고 열변을 토하던 아이들이 입을 굳게 닫았다. 선순은 머리끝까지 화가 났다. 희정이 그렇게 된 게 다 이 아이들 탓인 것만 같았다. 선순은 입술을 꼭 깨물었다. 그렇지 않으면 자신조차 감당할 수 없는 말이 마구 쏟아져 나올 것 같았다. 그때였다. 희정의 이모가 달려와 다급한 목소리로 외쳤다.

"언니, 나와 봐. 형부가 조문을 못 하게 학생들을 막고 있어."

희정의 이모를 따라 밖으로 나간 선순은 눈앞에 펼쳐진 광경을 보고 입을 딱 벌렸다. 그렇게 많은 학생들이 와 있을 줄 정말 몰랐다. 그 많은 학생들이 전부 무릎을 꿇고 앉아서 잘못했다고, 죄송하다고 했다.

"애들이 왜 저러고 있어?"

"형부가 조문을 못 하게 해. 학생들 꼴도 보기 싫다고 한 발짝도 못 들이게 하래."

"들어오라고 해. 그래도 희정이 마지막 가는 길은 봐야지."

선순이 말하고 돌아섰다. 그 모습이 허깨비 같았다. 희정의 이모는 저러다 언니까지 잘못되는 것은 아닐까 걱정이 되었다. 언니는 학생들을 욕했다가 금방 다시 학생들 편을 들었다가 하면서 하루에도 몇 번씩 인격이 여럿인 사람처럼 굴었다. 지금

한 말은 참말일까. 학생들을 들였다가 괜히 날벼락 맞는 것은 아닐까. 희정의 이모는 무릎 꿇은 학생들을 바라보며 정말 들어가게 해도 되는지 한참을 고민했다.

다시 장례 이야기를 하려고 모였는데 태혁이가 울면서 말했다.

"아버지, 엄마. 죄송해요. 정말 죄송해요. 누나가 저렇게 된 거 다 저 때문이에요. 저는 누나가 총학생회 정책국장인 거 알고 있었어요. 학교에서 무슨 일이 벌어지고 있는지도 다 알았고, 누나가 얼마나 중요한 위치에 있는 사람인지도 다 알고 있었어요. 진작 부모님께 말씀드렸으면 이런 일은 없었을 텐데. 어떻게든 엄마가 누나를 지켜 줬을 텐데. 정말, 정말 죄송해요."

선순은 태혁을 멍하니 바라보며 생각했다. 쟤는 뭘 잘못해서 저렇게 울고 있는 걸까. 불쌍하기도 해라, 다 큰 남자가 저렇게 구슬프게 울다니.

"아버지, 저는 누나 이대로는 못 보냅니다. 누나가 얼마나 옳은 일을 하다 갔는데요. 사람들에게 다 알려야 해요. 누나가 얼마나 훌륭한 사람이었는지 사람들이 다 알아야 해요."

아버지는 말하는 법을 다 잊은 사람처럼 아무 말 안 했다. 대신 아버지 친구가 나서서 말했다.

"너희 아버지는 조용히 보내고 싶어 하셔. 학생장을 치르면 며칠이 걸릴지도 모르고, 듣자 하니 빨리 장례를 치르지 않으면 경찰이 시신을 가져간다더라."

"아버지가 직접 말씀해 보세요. 정말 이대로 누나를 보내실 거예요?"

아버지는 여전히 입을 꾹 다문 채 한마디도 안 했다. 태혁이 아버지 앞에 무릎을 꿇으며 간절하게 말했다.

"누나를 명예롭게 보내 주세요. 제발 이렇게 빕니다."

그러자 아버지 친구 중 한 명이 벌떡 일어서며 말했다.

"이럴 거면 난 이 일에서 손 떼겠네. 앞으로 어떤 일이 벌어져도 난 모르는 일일세."

그러고는 밖으로 나가 버렸다. 아버지 친구들이 우르르 따라 일어서 밖으로 나갔다.

"태혁아, 아버지 뜻대로 하자. 네 말대로 누나가 정말 훌륭한 일을 하고 갔다면 우리가 이렇게 보내고 만다 해도 세상에 다 알려지지 않겠니? 반대로 누나가 한 일이 없다면 아무리 성대하게 초상을 치러도 다 묻히겠지. 희정이가 아무리 좋은 일을 했어도 부모를 속이고 운동하다 사람들 곁을 떠났으니 훌륭한 사람은 아니야. 누가 뭐라 해도 부모한테는 불효녀인 거야."

선순이 태혁을 향해 조곤조곤 말했다. 울고 소리치고 욕하던 게 언제였냐는 듯, 태혁을 모르는 사람처럼 대하던 게 언제였냐는 듯 태혁의 손을 잡고 가만가만 타일렀다. 그러자 태혁이 일어서서 아버지와 선순을 바라보며 말했다.

"이 시간 이후부터 누나에 관한 일로 절대 후회하지 마세요. 아무리 후회하셔도 저와는 상관없습니다."

마음에도 없는 말. 그런 것들이 영안실을 가득 메우고 있었다. 그때는 그것이 잘못된 것인 줄 어느 누구도 깨닫지 못했다.

6시쯤 희정이가 나갔다고 누군가가 알려 줬다. 아버지가 선순과 태혁에게도 알리지 않고 데리고 나간 것이다. 선순은 화가 치밀었다. 나는 어미인데, 어떻게 어미인 나를 빼놓고. 화가 나기는 태혁도 마찬가지인 것 같았다. 이를 악문 듯 턱이 경직되어 있었다. 그 와중에도 선순은 두 가지 걱정거리가 떠올랐는데, 하나는 학생장을 준비하고 있는 학생 중 누구에게라도 이 사실을 알려야 할 텐데 하는 것이었고, 다른 하나는 희정이 가는 길에 기도를 해 줘야 할 텐데 함께 갈 스님이 있을까 하는 것이었다.

막 걱정을 하고 있는데 때마침 향림사 스님께서 거기 가도 되겠냐고 전화를 하셨다. 너무나 반갑고 고마웠다. 선순은 태혁이랑 같이 가서 스님을 모셔 오기로 하고 미희와 진희에게만 그 얘기를 했다. 그 애들이 다른 사람들한테도 다 알리겠지.

스님을 모시고 모두 모여 있는 곳으로 갔다. 기도를 마치고 향림사 스님은 사찰로 돌아가시고, 사람들이 운구차에 오르고 있을 때 저쪽에서 각진 스님이 쏜살같이 달려오는 게 보였다.

이후 화장하는 일부터는 각진 스님이 거의 도맡다시피 했다.

"강에다 뿌리시겠습니까, 산에다 뿌리시겠습니까?"

"강에다 뿌렸으면 좋겠어요. 그동안 부모 속이면서 운동하느라 속이 많이 탔을 텐데 강에 가서 시원하게 식혀야지요."

선순의 바람에도 불구하고 뼛가루를 강에 뿌리는 것은 허가되지 않는다고 했다. 그래서 잠깐의 논의 끝에 북한산으로 가기로 했다.

스님이 앞장서고 사람들이 뒤를 따랐다. 선순이 보기에 북한산 가는 길이 아닌 것 같았지만, 스님이 벌써 저만치 가고 있어서 그냥 따라갔다. 그렇게 한참을 쭉 가다가 스님이 멈춰 섰다.

"여기서 보냅시다."

스님이 가리키는 곳을 보니 조그만 개울이 흐르고 있었다. 4월 가물 때인데도 물이 콸콸 잘 흘러갔다.

"참 희한하네요. 가물철인데도 물이 참 많아요."

희정의 뼛가루를 손에 쥐었다. 희정의 체온처럼 따뜻했다. 쥐었던 주먹을 펴자 뼛가루가 허공으로 흩어지며 날았다. 이제는 부모 눈치 보지 말고 자유롭게 살아. 사랑한다, 내 딸. 그렇게 희정을 보내 주고 있는데 명희가 와서 자기도 하겠다고 했다.

"젊은 사람이 이런 것 만지는 건 좋지 않아. 이런 건 부모인 우리가 할게."

"희정이잖아요. 마지막 가는 길인데 꼭 한 번만 만져 보고
싶어요."

명희가 하도 간곡하게 말해서 차마 거절할 수 없었다. 명희
에게 뼛가루를 한 줌 쥐여 주자 퉁퉁 부은 눈에서 눈물을 줄줄
쏟았다. 두 손을 꼭 쥐어 한참 동안 가슴에 대고 있더니 허공을
향해 천천히 손가락을 폈다. 명희에게 마지막 작별 인사를 고
하듯 뼛가루가 하늘거리며 허공을 날았다.

"어머니, 뼛가루 한 줌만 주시면 안 될까요?"

"뭐하려고?"

"불방(불교학생회실)에 놓으려고요. 그러면 희정이랑 늘 함
께 있을 수 있잖아요."

"고맙다. 네 맘은 잘 알겠는데, 희정이를 온전한 모습으로
보내 주고 싶어. 이해하지?"

명희가 울면서 고개를 끄덕였다. 선순은 명희를 꼭 끌어안
고 등을 토닥였다.

"우리 희정이가 친구 하나는 잘 뒀다."

뼛가루를 다 뿌리고 뒷정리까지 한 후 향림사로 갔다. 그곳
에 희정이의 넋을 앉히고 첫 제사를 지냈다. 희정이 처음 올 때
처럼 온 세상이 환한 빛으로 가득 찼다.

아제 아제 바라아제 바라승아제 모지사바하……

학생들의 울음소리와 구호가 성신의 하늘을 뒤덮었다. 희정의 영정 사진을 앞세우고 만장과 깃발 행렬이 그 뒤를 따랐다. 그리고 그 뒤엔 수많은 학생들이 있었다. 수정대에 올라가 소리통을 하는 희정, 사범대에 창고처럼 딸린 〈물결〉 소모임 방에서 날적이를 적는 희정, 불방에 마루를 까느라 목재상에서 이고 지고 온 송판에 탕탕 못을 박는 희정, 회의를 하다 말고 후배들에게 먹일 라면을 끓이는 희정, 강의실에 앉아 수업을 들으며 끄덕끄덕 조는 희정, 집회하는 학생들을 향해 막말을 쏟아 내는 교수들에게 조곤조곤 대드는 희정, 학우들의 이야기에 귀 기울이느라 이마를 약간 찡그린 희정, 교리 공부 시간에 공책 한가득 꽃을 피워 놓는 희정, 가을의 낙엽 봄의 꽃 한여름의 태양 한겨울의 눈송이가 아름다워 너에게 편지를 쓴다는 희정, 있는 돈 다 털어 밥 사 주고 여기저기 차비를 꾸러 다니는 희정, 지독한 몸치이지만 집회에 나가서는 펄펄 날아다니는 희정, 매일 웃는 희정, 그렇지만 아주 가끔 화가 나면 무서운 희정, 우주 소년 아톰처럼 작고 강한 희정, 웃으면 눈이 초승달처럼 굽는 희정, 까만 피부와 곱슬머리를 맘에 들어 하지 않는 희정, 감성에 젖는 날이면 남몰래 사랑을 하고 싶은 희정, 김광석이 죽었다고 펑펑 우는 희정, 언제나 자주적인 사람이 되길 꿈꾸는 희정, 더 좋은 세상에서 더 좋은 꿈을 꾸고 싶은 희정…… 수많은 희정이들이 희정을 따르고 있었다.

에필로그 2 화엄의 바다
마침내 다다를 곳

*

엄마, 언젠가 때가 되면 바다에 가고 싶어요.

깊고 넓은 그곳에 가서

기쁨도 슬픔도 미움도 사랑도 분노도 다 씻어 내고 싶어요.

엄마, 세상은 왜 이렇게 고통으로 가득하죠?

사람들은 왜 하루라도 싸우지 않으면 안 될까요?

드넓은 하늘에 별이 빛나고 구름 떠가듯

서로를 밝히면서 그렇게 평화롭게 살아가면 안 되는 건 가요?

엄마, 나는 보통의 삶을 살고 싶었어요.
서로 다투느라 불안해하지 않아도 되는 삶,
돈 때문에 꿈을 뺏기지 않아도 되는 삶,
내 것이 아니면 그 어느 것도 탐내지 않는 삶,
너무 앞서지도 너무 뒤처지지도 않는 삶,
기쁘면 웃고 슬프면 우는 삶,
배고프면 먹고 배부르면 멈출 줄 아는 삶,
그러다 가끔 허기진 사람을 만나면 밥 한 숟갈 기꺼이 덜어
주는 삶,
그런 삶을 살면서 자연스럽게 나이를 먹고,
그 나이에 어울리는 삶을 살고 싶었어요.
이것이 모든 이의 꿈이 되길 바랐어요.

엄마, 언젠가 때가 되면 바다에 갈 거예요.
깊고 넓은 그곳에 가서
세상 사람들에게 고통을 주는
기쁨 슬픔 미움 사랑 분노 다 씻어 낼 거예요.

그때가 되면 나는
엄마의 딸도, 권희정도 더 이상 아니겠지만
나의 이 마음만큼은 언제나

가장 어두운 하늘을 비추는 별처럼 빛났으면 좋겠어요.
나의 빛으로 엄마의 마음도 환해져서
늘 평안하시기를.

엄마, 사랑해요.

부록1 대담
어머니, 권희정추모사업회, 작가에게 묻다

편집자가 묻고
강선순(권희정 열사 어머니),
구선주(권희정추모사업회 사무국장),
박혜지(작가)가 답했습니다.

1부: 책에 대한 마음 나누기

각고 끝에 드디어 책이 나왔습니다. 권희정 열사의 삶을 다룬 소설 『희정』을 보고 어떤 마음이 드셨는지 궁금합니다.

어머니 내가 책을 꼭 내고 싶었거든. 그런데 이 책이 나오게 되니까 너무 좋은 거야. 30년을 기다린 책이니까. 초고를 하룻저녁에 다 읽어 봤어. 보는 순간 눈물이 걷잡을 수 없이 흐르더라고. 읽고 나니 책 내길 잘했다는 생각이 들었어. 이렇게 책을 내면 그래도 읽어 보는 사람들도 있고 하니까 잊히질 않겠다, 진짜 잘했다 싶었어. 얼마나 고마웠는지 몰라. 진짜 고마웠어.

책 내용을 읽으면서 아는 이름이 나오니 어렴풋이

얼굴들이 떠올라. 고마운 얼굴들, 보고 싶다. 희정이의 얼굴과 겹쳐 보이지. 희정이와 함께했던 모든 선후배들은 나한테 희정이 못지않게 귀중한 사람들이니까. 희정이와 떼 놓고 생각할 수 없는 귀한 보배들이야.

이 책을 선배들, 후배들, 아는 사람들이 읽는다면 희정이를 잊지 않고 기억해 주지 않을까 생각하니 책 내기를 참 잘했다 싶고, 이제 내가 없어도 조금은 안심이 될 것 같아. 그리고 책을 보니 희정이가 참 많은 일을 한 것 같아. 일평생 할 일을 다 하고 간 것 같다는 생각이 들어. 반듯하게 자라 준 게 고맙지. 하지만 마음이 너무 아파. 같이하지 못한 게. 지금만 같으면 아빠도 엄마도 희정이를 믿고 기다려 주었을 텐데⋯⋯. 내 마음속에서 희정이는 항상 믿음직하고 자랑스러운 딸이야. 그런 자부심을 갖고 엄마도 열심히 살고 있는 것 같아.

또 다른 마음이 들진 않으셨나요?

어머니　　　어떻게 생각하면 내 생각하고 좀 다를 수도 있지.

나는 책을 내면, 어릴 때부터 차례차례 들어가고,
희정이가 이렇게 되고 나서 지금 추모사업회를 하
고 있잖아, 그것까지 이어서 나갈 줄 알았어. 그렇
게 하면 참 좋겠다고 생각했거든. 그랬는데, 책을
보니까 어릴 때도 안 들어갔고……. 그리고 학교
가서 한 것도 실제로 나는 잘 모르잖아. 희정이가
집에 이렇게 뭐 써 놓은 거, 왜 책에서 나온 거 있
잖아, 그 《단비》*라든가 그런 데서도 나온 거. 이
런 걸 보면서 희정이가 학교에서 어떻게 살았는지
내가 아는 거지. 나는 처음에는 이렇게 운동하는
거를 조금, 음…… 뭐라 할까, 조금 눈치채기는 했
지. 근데 아버지가 각서까지 받았는지는 진짜 몰
랐어. 요번에 보니까 각서가 나오더라고. 나는 그
거 몰랐거든. 그런데 거기다가 동아리에 가면 학
교를 안 다니겠다고 썼더라고. 나는 몰랐지만, 아
버지는 알고 있었겠지. 그걸 받았으니까. 그때부
터 희정이가 그렇게 속인 것 같아. 진짜 개는 운동
안 하는 줄 알았어요. 그거 보니까 내 마음이 너무
아프더라고. 왜 그러냐면, 개가 1학년 때 쓴 건지

2학년 때 쓴 건지는 모르겠는데, 그렇게 안 들키려고 각서까지 쓰면서 계속 운동을 한 거잖아. 그렇게 하느라고 얼마나 힘들고 마음이 아팠겠어. 부모 속에는 그게 마음 아프더라고. 지금만 같으면 믿어 주고 기다려 줄 수도 있었을 텐데. 그랬으면 이렇게까지는 안 되었을 거고. 희정이가 운동하는 거를 부모한테 다 얘기했으면 이렇게는 안 되지 않았을까, 그런 생각도 했어. 그것도 그렇고 내가 거기에 대해서 모르는 게 너무 많더라고. 근데 이 책에 실명이 나오는 사람은 아는 사람들이야. 거의 다 아는 사람들이야.

조금 아쉬운 점은 빠진 게 많잖아. 뭐 열이면 한 5개 들어갔다고 봐야 하나. 그것도 안 들어갔다고 봐야 하려나……. 그렇기 때문에 아쉬운 건 있는데, 내가 박혜지 작가에게 이 얘기를 했더니 "그러면 어머니, 책 하나 더 쓰면 되죠." 이 소리를 하는데……. 아무튼 나는 지금 상황까지 다 이어 가기를 바랐어. 그런데 책이 어느 순간에 딱 단절이 돼 버리더라고. 그래서 나는 그게 너무나 아쉬운 거야. 그러니까 아이고 뭐야, 이거 시작만 하고 끝내는 기분이 없더라고. 그냥 중간에 이야기하다 마는 것 같고 그래. 그게 좀 아쉬워. 내 마음에는 그게 끝이 아니거든.

소설은 이렇게 끝나지만, 끝난 게 아니라 여기서부터 다시 시작인 거거든요. 그 이후 얘기를 어머니 얘기, 추모사업회 얘기로 이어서 대담으로 실을 거예요.

어머니　나는 죽지 못해 살면서 유가협(전국민족민주유가족협의회) 가서 일했어. 그냥 그거지, 뭐. 그래도 그 일을 했기 때문에 이만큼 견디고 살았지. 사이사이 아버지 일 나가면 거기엘 갔어. 아버지가 일 나가면서 나 거기 실어다 주고, 끝나면 데려가고 그렇게 많이 했어. 장터 할 때도 아버지가 데려다 주고, 밤 11시에 데리러 오고. 장터도 많이 했잖아. 서울대 장터 얘기도 많은데 여기는 그런 거 하나도 안 들어갔다. 다 쓸 순 없으니까…….

나는 희정이가 운동한 걸 몰랐기 때문에 초상을 치르면 끝인 줄 알았어. 그런데 초상을 치르고 나서 조금 있으니까 유가협이라는 데서 자꾸 연락이 오더라고. 하루에도 막 두 번씩 전화가 와. '에휴, 희정이를 아는 데가 어뎄어.' 하고는 누구한테 말도 안 하고 그냥 전화 받고 말고 전화 받고 말고 했는데, 한번은 9월에 어디서 추모제를 하는데 희정이 사진이 올라간다는 거야. 아마 거기서 전화가 왔는가 봐. 그래서 내가 아버지한테는 말도 안 하고 이모(동생) 보고 "야, 어디서 희정이 사진을 올려놓고 추모제를 한다는데 너 나하고 한번 가 보자." 그러고 거기를 가 봤더니 정말 희정이 사진이 올라가 있더라고. 그 후에 박영진이 아버지가 우리 집엘 찾아오더라고. 박영진이 아버지가 그렇게 찾아와. 아버지 쉬는 날은 아예 우리 집에 와서 살았어. 그렇게 왕래하다가 12월에 정식으로 유가협 가족이 되었지. 영진이 아버지 역할이 컸어.

아버지가 49재까지는 일을 한 번도 안 했어. 49재를 끝내 놓고서 일을 나가기 시작했는데, 아버지가 일 나가면 나는 이제 동대문엘 가. 나 나간 걸 확인하면 아버지가 집에 들어와. 그러고서는 술상 요만한 거 하나 차려놓고 희정이 술 한잔, 나 술 한잔…… 해 가면서 울며불며 편지도 끄적거려 놓고 막 그러더라고. 그러다가 이제 유가협에 들어가서 그 사람들 보고 하니까 그때부터 희정이

가 헛산 건 아니라는 걸 좀 안 것 같아. 그러면서
도 아버지는 희정이를 못 놨어.

내가 유가협 나가는 건 아버지가 안 막지. 자기도
노는 날이면 같이 가. 여의도에서 420일간 싸웠을
때도 돼지고기 같은 걸 여러 번 해 갔어. 차 있으니
까. 돼지고기 양념해 가서 볶아 먹고 그랬지. 그렇
게 하면서 아버지도 엄청 후회했어.

내가 희정이를 믿는 게, 우리가 아무것도 몰라서
희정이 장례를 그렇게 서둘러 치렀어도 우리 희정
이는 원망하지 않을 거야. 저도 엄마 아버지를 알
기 때문에 절대 원망은 안 할 거야. 그건 믿어. 그
래서 내가 진짜 열심히 일을 해. 꾀 안 부리고. 내
가 희정이 엄마로서 부끄럽지 않으려면 그 길밖에
없어. 죽기 살기로 하는 거. 희정이도 제 몸 안 사
리고 열심히 하다가 그렇게 된 거잖아. 내가 나 살
겠다고 몸 사리면 되겠어?

유공자법 제정을 위해 단식할 때 혈압이 197이었
어. 의사가 이렇게 위험한데 왜 단식을 하려고 하
느냐며 말렸어. 그래도 나는 꼭 해야만 했어. 이것
이 희정이를 살리는 길이라고 생각했으니까. 만약
에 죽는다 해도 희정이를 만날 수 있다는 생각에

그렇게 두렵지 않았던 것 같아.

희정이를 잃고 유가협에 들어와 참 많은 일이 있었는데, 1998년 6월 26일에 유가협 부모들 강제 연행돼서 3일간 구류(구선주도 같이 있었음)도 살아 봤어. 그렇지만 희정이가 당했던 일이니까 다 할 수 있었어.

어머니는 책을 보고 펑펑 울었다고 하셨는데, 30년 동안 추모사업회 살림을 손에서 놓지 않고 이어 오고 있는 구선주 님은 책을 보고 어떤 마음이 들었나요?

구선주   저는 펑펑 울지는 않았어요. 음, 작가님을 여의도에서 처음 뵈었는데, 희정이랑 너무 닮아서 깜짝 놀랐었어요. 희정의 책을 써 주실 작가분이 희정이를 그렇게 닮았다는 것에 너무 깜짝 놀라서 정말 인연인가 보다 하고 생각했어요. 희정이 책이 어떻게 만들어질지 기대도 컸고 또 걱정도 컸어요. 『희정』을 읽으면서는 당시 우리가 이렇게 살았었구나, 제가 기억하지 못했던, 알지 못했던 얘기들도 많아서 그 당시로 다시 타임머신 타고 간 느낌이었어요. 그리고 당시 희정의 모습이 떠올라서 눈물이 나긴 했는데, 저는 뭐 펑펑 울지는 않았던 것 같아요.

작가님은 어떠셨을지 궁금합니다.

박혜지　아무리 잘해도 0점인 일들이 있습니다. 밤새도록 열심히 공부했고, 그래서 자신 있게 답안지를 다 채웠는데 맞는 답이 하나도 없는 채점표를 들고 있는 심정입니다. 소설을 쓸 때마다 살아간다는 것에 비해 언어란 얼마나 비루한가 생각하곤 하는데요, 이번 작품을 쓰면서 그런 생각이 더욱 강렬하게 들었습니다. 한 사람의 생을 그린다는 것이 얼마나 막중한 책임이 따르는 일인가를 뼈저리게 느꼈고, 그 때문에 내내 마음이 무거웠습니다. 소설을 탈고하고 든 생각은 혹여 누군가가 이 소설을 보고 100점이라고 칭찬해도 하나도 기쁘지 않겠구나 하는 것이었습니다. 지금 드는 생각은 이 넓은 우주에 보일락 말락 하는 점 하나 간신히 찍은 것 같습니다.

권희정 열사를 처음 알게 되신 건 언제인가요? 처음 만났을 때의
인상이라든가 떠오르는 에피소드가 있을까요? 작가님은 권희정
열사를 어떻게 알게 되었나요? 이 책을 집필하게 된 경위를 설명
해 주실 수 있을까요?

박혜지　유가협 어르신들과 함께 국회 앞에서 민주유공자
법 제정 촉구를 위한 농성을 아주 오랫동안 이어
오신 최연택 선생님께서 어느 날 제안을 하셨습니
다. 권희정 열사 30주기 추모제 때 평전을 냈으면
하는데 권희정 열사에 대해 아는 사람이 많지 않
으니 소설 형식으로 썼으면 한다며, 어쩐지 제가
가장 잘 쓸 것 같다고 하셨습니다. 그때만 해도
최연택 선생님께서 저와 제 소설을 좋게 보셨을
때라(지금도 그러기를 바랍니다~^^) 아마 저밖에
생각이 안 나셨던 것 같아요. 참고로 최연택 선생
님은 2016년 이한열기념관에서 열린 〈2016 보고
싶은 얼굴〉 전시회에서 권희정 열사를 그린 작품
을 전시하셨고, 이 작품을 보고 감동한 권희정 열
사의 선후배들과 함께 이듬해 성신여대 근처에 있
는 테르틴 갤러리카페에서 〈기억을 기록하다 展〉
을 개최하셨습니다. 〈기억을 기록하다 展〉은 화

가이신 최연택, 강민경, 변대섭, 성기화, 장순일, 이동주, 황의선 님과 시인이신 김성규, 김은경, 박소란, 유현아, 천수호 님이 콜라보한 권희정 열사만을 위한 전시였습니다.

저는 개인적으로 최연택 선생님을 세월호 참사 때 처음 만나서 존경하게 되었는데, 세속적인 성공을 한 손에 거머쥘 수 있는 여건이었음에도 불구하고 진자리만 찾아다니며 온 마음을 다 쏟는 모습에서 감동을 느꼈습니다. 그런 분이 제안한 것이었기 때문에 두 번 생각할 것도 없이 당장 쓰겠다고 했어야 마땅하지만, 솔직히 겁이 났습니다. 저는 당시에 권희정 열사를 몰랐습니다. 아무리 소설이라지만 잘 알지도 못하는 사람의 생애를 기록하라니, 안 될 일이었습니다. 그런데 한참 후에 김성규 대표가 전화를 걸어 다시 한번 이야기를 했습니다. 그때는 마침 제가 서울에서 청주로 이사를 앞두고 있던 때여서 그 핑계를 대며 충청도 사람답게 완곡하게 거절 의사를 밝혔습니다. 김성규 대표가 그러지 말고 생각 좀 해 보라고 했습니다. 저는 역시 충청도 사람답게 애매하게 대답했습니다. "시간을 좀 줘."

시간을 번 후에 조금 생각하는 척하다가 아무리 생각해도 안 되겠다며 거절하려고 했습니다. 결론은 이미 나 있었지만 생각하는 척이라도 하는 성의는 보여야 했기 때문에 인터넷으로 권희정 열사를 검색했습니다. 그런데, 아뿔싸! 저는 그만 무릎을 꿇고 말았습니다. 생김새가 저와 비슷한 여인이 저를 보고 웃고 있더라고요. 제가 미신을 좀 믿는 편인데, 이런 상황 앞에 놓이니까 더 이상 도망치면 안 되겠다는 생각이 들었습니다. 그래서 쓰기로 한 거죠. 마치 신으로부터 계시를 받은 것 같은 느낌이었달까요?

구선주 님은 권희정 열사와의 첫 만남 기억해요?

구선주　　첫 만남이, 알고 만난 게 아니라 모르는 상태에서 이름만 들었던 기억이 있어요. 그러니까 92년도 대학교 1학년 때 교양 과목 수업을 들었는데 교수님이 "권희정."하고 출석을 부르셨어요. 저희 과에 권희정이 있거든요. 제가 2번이었고 그 친구가 3번이라 친하게 지냈죠. 교수님이 부르는 소리에 이 친구가 대답을 했는데 어디서 누군가 또 대답을 하는 거예요. 그래서 "어? 여기에 권희정이 또 있나 봐." 막 이러면서 저희끼리 깔깔댔었어요. 나중에 희정이를 알게 되고 나서 '그때 그 애가 얘였구나.' 생각했죠. 희정이는 3학년 때까지도 잘 몰랐어요.

3학년 끝날 즈음에 총학생회 부총학생회장 후보로 나왔던 희정이를 지하철에서 봤어요. 우연히. 저는 일반 학우고 희정이는 부총학생회장 후보니까 속으로 연예인 만난 느낌? 연예인 본 듯한 느낌? 그랬던 기억이 있어요. 그리고 4학년이 되어서 희정이랑 인사를 하고 친하게 되었습니다.

2부: 열사를 추모한다는 것

1996년 4월 7일에 권희정 열사가 운명했으니 이제 곧 30주기가 됩니다. 30년이면 만 일의 시간입니다. 그동안 참 많은 일들이 있었을 것 같은데요, 어머니의 활동과 그중에서도 특히 권희정추모사업회를 만들고 지금까지 쭉 활동을 이어온 것이 매우 인상 깊습니다. 권희정추모사업회는 어떤 과정을 통해 만들어졌는지 궁금합니다.

구선주　　　저희가 96년도 당해에는 다 총학생회 일을 하고 있었기 때문에 추모사업회에 대한 생각을 많이는 못 했던 것 같아요. 총학생회 임기가 끝나고 졸업하면서 희정이를 이대로 잊어버리게 놔둘 수는 없다, 희정의 죽음이 헛되게 그냥 이렇게 끝낼 수는 없다고 생각해서 추모사업회를 만들었어요. 추모제 준비를 하면서 97년도 4월 7일에 마석에 희정이 가묘를 만들었는데, 96년도에 부모님께서 희정이를 화장해서 그냥 산에다 뿌리셨기 때문에 마석에다가는 가묘를 만들었어요. 이렇게라도 해서 우리가 희정이를 계속 기억하고 기려야겠다는 생각을 한 거죠. 그렇게 97년도에 추모사업회를 만들고 백서도 만들었어요. 그리고 책도 두 권 더 만들었습니다. 『기억해야 할 그 이름 권희정』 그리고 『차라리 좋은 사람이 아니었다면』이라는 기념 책자를 두 권 만들고 추모사업회 소식지 《단비》를 한 6년 동안 발간했어요. 그리고 2003년도에 처음으로 학교에 추모비를 건립했고, 2006년도에는 10주기 추모의 밤 행사를 했습니다. 2016년도가 20주기였는데 그해엔 추모 행사를 못 했고, 2017년도에 〈기억을 기록하다 아름다운 이름 권희정〉 전시회를 했습니다. 그리고 2019년도에 학생회관 옆에 있던 추모비를 성신여대 민주광장으로 옮기는 작업을 했고요.

저는 처음에 추모사업회 만들 때 같이 있었고, 중간에 잠깐 추모연대라는 조직에 갔다가 그만두고 돌아왔는데, 그 이후에는 다시 추모사업회에서 무언가를 꾸준히 하기는 했던 것 같아요.

네. 맞아요. 96년도에는 92, 93학번이 다들 중집(총학생회 집행부)이어서 박미정, 박은수 등 90학번을 주축으로 졸업생들이 추모사업회 세우는 작업을 함께 했던 걸로 기억해요.

구선주 97년도에 추모사업회가 만들어지고 98년도에 유가협 부모님들께서 국회 앞에서 420일 천막 농성을 하셨거든요. 그때 희정이 어머님도 거기에 적극적으로 결합해서 농성을 계속 하셨는데, 그때 추모사업회도 함께 참여하면서 좀 더 탄탄해지는 계기가 됐던 것 같아요. 어머님이 이렇게 열심히 하시는데 우리도 뭔가를 해야 한다 해서 매일 두세 명씩 조를 짜서 천막 농성과 의문사 진상 규명 캠페인 등을 계속 함께 했죠. 그게 굉장히 큰 힘이었던 것 같아요. 어머님 덕분에 했죠.

어머니 얘기를 들어 보죠. 지난 30년간 어머니의 활동만으로도 책 한 권이 모자랄 정도 아닌가 싶습니다.

어머니　　1996년 12월 유가협 총회 날 유가협에 가입하면서부터 회원이 되었어. 그날부터 활동이 시작된 거지. 그때는 집회도 많았고 추모제도 많았어. 나보다 먼저 겪은 어머니들이 그렇게나 많았던 거지. 그분들이 있어 지금까지 잘 견뎌 온 게 아닐까 싶어. 나 혼자였다면 못 견뎠을 것 같아.

1998년도에 서울역에서 캠페인을 했어. 서울역에서 마이크 잡고 지나가는 사람들한테 얘기 많이 했어. 자꾸 하라고 시키니까 어떡해. 내가 쫄짜인데. 말이 되거나 말거나 막 했지. 거기서 캠페인 하면서 서명도 받고 하다가, 이제 국민은행 앞에 터 잡고 텐트를 친 거잖아. 거기서부터 우리가 420일 넘게 단식도 하고 별거 다 했네. 그 뜨거운 데서도…….

422일의 투쟁 끝에 민주화 운동 관련자 문서를 받았어. 사망자 136명. 그때부터 민주유공자법을 만들기 위해 노력을 많이 했는데, 모두 실패했어. 이대로는 더 이상 안 되겠다는 생각에 2021년 6월부터 1인 시위를 하다가 10월 7일에 지하철 9호선 국회의사당역 5문 앞에 천막을 쳤지.

아침 7시 30분부터 8시 30분까지는 운동가들이 3문 앞에서, 낮 11시 30분부터 12시 30분까지는 우리 부모들이 2문 앞에서 피켓을 들었어. 추운 겨울이든 더운 여름이든 천막에서 잠을 자면서 여기까지 왔어. 아이고 뭐냐, 2년 전인가, 3년 전인가. 무릎이 아파서 걸음도 못 걸었어. 그래도 침 맞아 가며 한약 먹어 가며 열심히 했지. 눈 수술했을 때는 수술한 다음 날부터 나가서 피켓 들었어. 햇빛 보면 안 되는데 양지 가서 들었더니 의사가 막 뭐라 하더라고. 그래도 후회는 없어. 열심히 했기 때문에. 그냥 그거 한 가지, 나는 꾀 안 부리고 열심히 했다. 그렇다고 죽는 것도 아닌데 뭐.

우리는 맨날 어디 가면 420일을 자랑스럽게 얘기했는데, 여기 와서는 벌써 5년이야. 5년이면 한 2천 일 되지? 그렇게 5년 동안 삭발도 하고 단식도 하고 오체투지까지 해서 2024년 5월 28일 유공자법을 통과시켰는데, 5월 29일에 윤석열이 거부권을 행사해서 무효가 됐어. 다시 시작으로 돌아가 여러 투쟁 끝에 9월 25일에는 패스트 트랙이라는 생소한 이름으로 법안을 올려놓고 있는 실정이야. 한 8개월에서 1년은 시간이 필요하다고 하니 느긋한 마음으로 기다리면서 지금도 피켓을 들고 있어.

투쟁하는 동안 나만 고생한 게 아니야. 우리 학생
들, 우리 성신여대 추모사업회에서 몇 명씩 매일
와서 했어. 그때 나는 어깨에 얼마나 힘이 들어갔
는지 몰라.

**많은 졸업생들이 희정이와 같이 활동했던 친구들과 어머니께 그런
게 있지요. 고마우면서도 미안한 마음.**

어머니 미안한 마음 가질 거 없는 것 같아. 나도 맨 처음
에는 진짜, 원망 아닌 원망이 되더라고. 희정이가
단식할 때 단식한다는 말 한마디만 해 줬으면 이
렇게까지는 안 됐을 거 아닌가 하는 생각도 들고
그랬는데, 어느 순간 마음에 변화가 오더라고. 그
래, 내가 덕이 없어서 희정이를 이렇게 보내는 건
데 누구를 원망하나. 누구를 원망하면 또 죄짓는
거지. 희정이 애가 누가 하란다고 뭘 할 애가 아
니야. 그건 내가 잘 알지. 원래 걔는 어려서부터
어른스러웠어. 자기가 옳다 싶으니까 한 거지 누
가 하라고 해서 할 애가 아닌데, 내가 누굴 원망
하면 안 되지. 이 생각을 하니까 그때서부터 원망
이 다 없어지더라고. 학생들이 무슨 죄야. 죽으라

고 떠민 거 아니잖아. 같이했잖아, 같이. 이 사람들은 진짜 죄인 아닌 죄인이 돼 가지고 미안해할 것도 없는데 미안해하면서 희정이 일에서 못 벗어나잖아. 벌써 몇십 년을. 내가 이렇게 하면 안 되지 싶은 생각을 하니까 그때서부터는 원망이 딱 없어지고 그저 고맙고 미안하더라고. 그래, 너무 고맙고 미안하지. 근데 아버지는 원망을 못 버리셨어. 그래도 뭐 시간이 가니까 이해는 한다고 하는데도 좀 그랬어. 내가 맨날 아버지한테 얘기를 해. 그러지 말라고. 그러면 아버지가 항상 하는 소리가 있어. "아유, 그 부처님 가운데 토막 같은 소리 이제 그만해!" 맨날 그 소리를 했는데…….

아버지도 이제 우리 희정이를 만났을 거예요. 그랬을 거야. 지금도 나는 희정이를 믿어. 희정이가 아침에 나가고 나면 방에 일기장이 있었는데, 그냥 다 열어 놓고 나가. 내가 그거 한 번만 들여다봤어도……. 근데 나는 지금이나 그때나 안 봐. 그냥 딱 덮어 놔. 우리 친구들이 하는 소리가 있어. 자기들은 애들 일기장을 다 몰래 훔쳐본대. 그러면서 나보고도 그렇게 하래. 그러면 나는 "그렇게 하지 마. 만약에 엄마가 일기장 같은 거 몰래 보는 거 알면 애들이 엄마를 뭐라고 생각하겠어. 절대로 그러지 마.” 이렇게 얘기했어.

희정이는 유치원 때부터 국민학교 들어가서 중학교, 고등학교 다닐 때까지 한 번도 속 썩이는 일이 없었어. 국민학교 3학년 때 학교 선생님이 공과금을 은행에 갖다 내라고 시켰다더라고. 3학년이면 덩치만 크지 뭘 알겠어. 그래서 내가 희정이보고 “희정아, 그런 거 하지 마. 너 만약에 그렇게 하다 잃어버리면 어떡하려고 그러니?” 했더니 “엄마, 괜찮아.” 그래. 내가 한번 선생님 만날 기회가 있어서 그 얘기를 했어. 그런 걸 왜 어린애한테 시키느냐고. 집에서도 안 시키는데. 시키지 말라 그랬더니 아이고, 얼마나 잘하는 줄 아냐는 거야.

그런 것도 하고, 유치원에서 재롱 잔치 할 때 사회도 보고, 계속 그렇게 했기 때문에 걔는 어른스럽다고 생각을 했지. 아기 같다는 생각은 없고. 어려운 거 있으면 “희정아, 이거 좀 해 놔.” 그러면 다 해 놔. 그러는데 뭐, 누가 하란다고 하고 하지 말란다고 안 할 애가 아니지. 예전엔 희정이를 믿은 것이 잘못인가 싶을 때가 있었지만, 그 애를 믿은 걸 후회는 안 해.

그런 성격이 책에서 잘 표현된 것 같아요.

어머니　　사실 다 똑같은 대학생인데 희정이가 선후배들보
다 나으면 얼마나 더 낫겠어. 다 같잖아. 희정이랑
다 똑같은 선후배들이 이렇게 희정이를 잊지 못하
고 세워 주는 거 아니야, 따지고 보면. 그게 너무
감사하고 고마운 거야. 아무도 희정이를 나쁘게
얘기 안 하고 이렇게 훌륭한 애로 만들어 놓은 게.
그게 너무 감사하고 고맙고 그래요. 거기다 또 작
가님도 어떻게 저렇게 하는지, 그것도 고맙고. 그
래서 희정이가 인복은 있는가 보다 하지.
그런데 나는 그 생각을 많이 해. 아, 희정이가 괜
찮은 애인데 엄마가 시원찮아서 요만큼만 키우다
보내라고 나한테 왔구나. 이런 생각이 자꾸 들더
라고.

아무리 좋은 뜻으로 함께 모였어도 시간이 흐름에 따라 부침이 있
게 마련인데요, 추모사업회를 꾸려 오면서 어떤 점이 가장 힘드셨
나요? 반대로 보람 있었던 일은 무엇인가요?

구선주　　처음에는 다 같이 열의가 있어서 잘 모였었는데,

이제 각자 가정도 생기고, 하는 일들도 생기고 하다 보니까 모이기가 좀 어려워졌어요. 《단비》 소식지도 6년 동안은 꾸준히 만들었는데, 그 이후에 편집부를 이끌어 가기가 힘들었어요. 그리고 추모사업회도 처음과 30년이 지난 지금은 좀 많이 다른 듯한 느낌이 들어요. 그러니까 그때는 굉장히 여유도 많고 마음들도 있었는데, 지금은…….
그래도 지금까지 꾸준히 하고 있는 승연이나 선배님들이 쭉 계시니까 추모사업회가 유지된다는 생각이 들어요. 참 다행이죠.
처음에 추모사업회 만들면서 몇십 년 후에는 도서관이든 어디든 학교에 추모사업회 공간이 있어서 누군가 방문했을 때 희정에 대해서 알려 주고 같이 얘기하고 그랬으면 좋겠다는 바람이 있었어요. 지금도 그런 마음은 있지만 그렇게 못하고 있으니까 개인적으로 그게 가장 힘들어요.

지금은 시간이 많이 흘렀고, 민주화를 열망하던 과거와는 시대적 분위기가 달라져서 성신여대 학생들뿐 아니라 이 땅의 청년들이 열사들에 대해 잘 모를 것 같습니다. 그에 대한 감회나 슬픔 같은 것은 없나요? 그리고 학교나 학생들에게 해 주고 싶은 말이 있을까요?

구선주 제 아이들이 지금 20대, 10대 이렇게 되는데, 얘네들한테 열사에 대해서 막 적극적으로 알려 주거나 이러지는 않아요. 학생들한테 우리 시대의 열사들에 대해서 알려 주기가 쉽지는 않은 것 같아요. 그래도 마석 모란공원에 책자가 비치돼 있고, 전태일기념관이나 이한열기념관 같은 곳에 가면 그 열사분들에 대해서뿐 아니라 그 당시 시대 상황에 대해서 알고 이해할 수 있어서 예전보다는 점점 나아지고 있다고 생각해요.

그러니까 제 생각에는 지금 학생들, 젊은이들 같은 경우는 그런 것을 받아들이는 데 있어서 예전 우리 때보다 더 자연스러운 면도 있는 것 같아요. 그래서 책이 나오면 재학생들이 많이 읽었으면 좋겠고요, 재학생들뿐만 아니라 젊은이들이 많이 읽고 96년도에 20대는 이렇게 살았구나, 하는 것들을 많이 느낄 수 있으면 좋겠다는 생각이 들어요. 그리고 꼭 이뤄졌으면 하는 바람이 있다면, 아까 말씀드렸던 것처럼 학교 안에 '권희정도서관' 같은 공간이 생겨서 학생들이 와서 자연스럽게 희정이를 접할 수 있으면 좋겠어요. 일부러 물어보거나 찾아봐서 아는 게 아니라 그냥 여기가 권희정

도서관이구나, 그러면서 생활로 접할 수 있게 됐
으면 좋겠어요. 그리고 『희정』 책이 나오면 재학
생들이나 젊은이들에게 다가가기도 훨씬 편하고
쉬울 것 같아요.

어머니   지금까지는 희정이와 목숨 걸고 같이 투쟁했던 선
후배가 있었고, 동문들과 추모사업회가 있으니
믿고 살아왔어. 학교는 포기하고 있었는데, 황상
익 이사장님이 성신학교에 오셔서 민주광장에 희
정이 비석을 세우고 2019년 4월 2일 비석 제막식을
했어. 이를 시작으로 23년 만에 총장님을 비롯하여
교수와 직원들이 다 참석한 가운데 학교 추모제
가 치러졌지. 정말 생각지도 못한 일이 이루어졌어.
4월 7일이 되면 총학이 주체가 되어 추모제를 해.
많은 인원은 아니지만 총장님도 참석하고, 점점
제자리를 찾아가고 있어. 학교 백서에도 희정이
이름 석 자가 들어가 있고, 황상익 이사장님이 쓴
책에도 희정이 얘기가 들어 있어서 그나마 마음이
좀 풀린 것 같아.
앞으로 30년, 50년, 성신이라는 학교가 있는 한 권
희정이라는 이름 석 자를 계속 기억해 주었으면

하고, 우리 희정이가 왜 목숨까지 바쳐야 했는지
후배 학생들이 잊지 않고 알아주기를 이 엄마는
바라는 거지.

**수없이 많은 분들의 희생과 시민들의 노력으로 많은 것이 변했는
데요, 한국 사회가 근본적으로 달라졌다고 보시나요?**

구선주　네, 저는 달라졌다고 생각해요. 예전에 비해서 더
많은 사람들이 민주화가 뭔지, 독재가 뭔지 잘 아
는 것 같아요. 요즘에는 많은 매체들이 있으니까.
제가 2024년 윤석열 전 대통령이 비상계엄을 선
포했을 때 여의도에 있었는데 정말 많은 시민들이
나와서 차량이 못 지나가게 막았어요. 빨리 나와
서 비상계엄 해제시켜야 한다, 이러면서 막 나서
는 모습을 보면서 정말 시민 정신이 대단하구나,
이런 생각이 들었어요. 그게 그냥 단순한 게 아니
었다는 생각도 들고요. 그래서 여섯 시간 만에 계
엄이 해제되고 나중에는 윤석열이 파면될 수 있었
다고 생각해요. 저는 이 많은 열사들의 희생과 시
민들의 노력으로 사회가 근본적으로 달라지고 있
다고 생각해요.

어머니　박근혜 대통령 탄핵 촛불 시위 때 많이 참석했는데, 윤석열 때는 유공자법도 있었지만 몸도 예전 같지 않아 몇 번 참석을 못했어. 가지는 못해도 그 많은 사람들을 볼 때 민주주의는 살아 있다는 것을 가슴으로 느꼈지. 특히 2024년 12월 3일 계엄이 선포됐을 때 국회에 가지는 못했지만, 뉴스를 통해 맨몸으로 차를 막고 군인들을 막아서는 시민들을 밤새도록 지켜보면서 '너희들이 아무리 민주주의를 뿌리 뽑으려 해도 민주주의는 살아 있다'는 것을 눈으로 마음으로 확인하고 뿌듯했던 기억이 나. 아마 희정이가 살아 있다면 국회로 제일 먼저 달려갔겠지.

많은 사람들이 이야기해. 민주화를 위해 목숨 바친 사람들이 있어 이만큼 민주화가 되었다고. 나도 그렇게 믿고 싶었어. 그런데 유공자법을 통과시키겠다고 안 간 곳이 없고, 국회의원들도 많이 만나봤는데 그들은 근본적으로는 변한 게 별로 없는 것 같다는 생각이 들어.

박혜지　네, 저는 분명히 달라졌다고 봅니다. 이태원 참사 때 시민들은 불필요한 논쟁 대신 진심 어린 애도와 위로의 말을 먼저 했습니다. 12·3사태 때 계엄령이 발표되자마자 국회 앞으로 달려가 온몸으로 군인들을 막은 것도 시민들이었습니다. 우리는 촛불 혁명을 통해 단 한 방울의 피도 흘리지 않고 대통령을 두 번이나 탄핵한 경험이 있습니다. 성숙한 민주 시민으로서의 이러한 태도는 우리 사회가 달라졌다는 것을 극명하게 보여 주는 증거라고 생각합니다. 물론 '헬조선'이라 할 정도로 수많은 문제점들을 안고 있기도 하지만, 저는 우리 국민들의 저력을 믿습니다. 코로나 시기 대구에 확진자가 급증했을 때, 감염될지도 모르는 위험을 무릅쓰고 그들을 돕기 위해 마스크와 생필품을 들고 찾아가는 사람들을 보면서 '천사는 평소에는 우리들 속에 아무렇지도 않게 숨어 있다가 어려울 때마다 모습을 드러낸다'고 생각한 적이 있습니다. 저는 그것을 믿습니다. 어려울 땐 언제라도 천사들이 들고 일어날 겁니다. 애도든, 환대든, 돌봄이든, 혁명이든 그 어떤 모습으로라도 말이죠.

작가님께 묻겠습니다. 이 책을 집필하신 소감을 말씀해 주세요.
그리고 이후의 이야기를 집필할 계획이 있으신지도요.

박혜지　　앞서도 말씀드렸듯, 0점짜리 성적표를 받아 든 것
같습니다. 그래도 한편으로는 쓰길 잘했다는 생
각도 드는데, 권희정 열사를 통해 우리나라의 90
년대 전반을 새롭게 들여다볼 수 있었기 때문입니
다. 제가 93학번인데요, 권희정 열사의 발길이 머
문 곳에 저의 발걸음이 겹쳤을 수도 있겠다는 생
각이 듭니다. 아주 멀리서, 그러나 그렇게 멀지는
않은 곳에서 서로의 눈이 마주쳤을 수도 있을 겁
니다. 혹은 범민족대회를 마치고 가투를 뛸 때 최
루탄 연기를 마시고 대책 없이 눈물 흘리는 저에
게 살랑살랑 부채를 부쳐 주었던 사람이 권희정
열사였을지도 모르는 일이죠. 전혀 관계없다고
생각했던 사람이 나도 모르게 연결되어 있다는
것을 깨닫는 경험은 참으로 신비롭고 놀라웠습니
다. 그래서 사람은 착하게 살아야 합니다.
이후의 이야기는 저보다 더 혜안이 있으신 분께
맡기는 것이 좋겠다고 생각합니다. 권희정 열사의
이야기를 소설로 썼으니까 이후에는 보다 더 사

실에 근접한 기록이 나왔으면 싶습니다. 소설을 쓰면서 최대한 사실에서 벗어나지 않으려고 노력했지만, 비어 있는 부분은 어쩔 수 없이 문학적 상상력을 발휘할 수밖에 없었습니다. 때문에 본의 아니게 사실이 왜곡되었을 수도 있을 것 같습니다. 부디 이 소설로 말미암아 상처받는 분이 안 계셨으면 좋겠고요, 독자분들께서는 이 소설에 나오는 인물과 현실의 인물을 동일시하지 말아 주셨으면 합니다. 권희정 열사와 시간을 함께 나누었던 분들을 만나 직접 이야기도 듣고 관련 자료들도 꼼꼼히 살펴봤지만, 그렇다 해도 소설은 소설일 뿐입니다. 그럼에도 불구하고 질책받을 것이 있다면 겸허한 자세로 경청하겠습니다. 소설의 내용 중 틀린 것이 있다면 그 또한 저의 책임입니다.

3부: 미래를 그려보기

어느덧 추모사업회가 30년이 됐고, 또 30년 후에 어떤 일이 벌어질지 모르겠지만 앞으로 추모사업회가 어떻게 되어 있으면 좋겠나요?

어머니   지금 내 마음 같아서는 30년 아니라 100년까지라도 이어 가기를 바라지. 그게 희정이가 사는 길이잖아.

그리고 나는 이 책이 나오게 돼서 좋은 게, 희정이 책을 누구라도 본다면 희정이가 살아 있는 거잖아. 살아나는 거예요. 희정이를 잊어버리면 희정이는 죽은 거잖아? 희정이가 우리하고 다른 게, 우리는 죽으면 잊히지만 희정이는 그렇게 된 지 30년이 됐는데 아직도 희정이를 불러 주는 사람들이 있어. 또 책도 『희정』이라고 하니까 나는 책이 좀 잘 됐으면 좋겠어. 잘 돼서 여러 사람이 읽었으면 좋겠어. 우리 추모사업회나 동문들은 당연히 희정이를 알겠지만, 희정이를 몰랐던 사람 중 누구라도 보고 '아, 이런 사람이 있었구나' 하면서 이름 한 번만 불러 줘도 희정이가 사는 길이니까. 앞으로 30년 후에도, 그런데 이 사람들이 30년 후면 나이가 80, 90되겠다. 그래도 입으로 할 수는 있지. 지금 나같이.(하하) 그렇지만 이제 이 사람들이 없어도 학교에서 추모제라도 하고 책이라도 이렇게 나오고 해서 학교 학생들이 계속 이어 가고 그랬으면 좋겠어. 그래서 내가 학교에 공간이 있었으면 하고 바라는 거지. 공간이 있는 한은 권희정 이름 석 자가 남을 거고, 이름 석 자가 있으면 '이 사람 뭐지?' 하고 들여다볼 거고, 또 그렇게 하다 보면 '아, 이런 사람이 있었지' 하고 기억할 테니까.

권희정 열사에게 전하고 싶은 말이 있다면?

구선주　　　　음…… 희정아. 사랑하는 친구 희정아, 언제 어디서나 같이 해 주고 지켜봐 주고 그래서 너무 고맙고 또 미안해. 어머님이 지금 연세가 많으신데도 열의 하나만으로 여의도에 계속 나가시고 유가협 활동도 열심히 하셔. 어머님이 건강하실 수 있도록 잘 지켜 주길 바라. 나중에 만나면 우리 얘기 많이 나누자. 고마워.

박혜지   그냥 아무 말없이 꼭 안아 주고 싶어요. 아주 오랫동안 그리워한 친구처럼 아무 말 안 해도 다 통할 것 같아요.

어머니   부끄러운 엄마가 되지 않기 위해 열심히 살았다고, 지금껏 그래 온 것처럼 희정이를 만나는 날까지 열심히 살겠다고 약속합니다. 희정이도 엄마가 많이 보고 싶겠지만 엄마도 너무 많이 보고 싶다. 30년 동안 하루도 잊은 날이 없어. 꿈속에서도 너를 부르고 만난다. 조금만 참자.

이 책을 읽는 독자들, 특히 미래를 이끌어 갈 청년 세대들에게 하고 싶은 말이 있다면?

박혜지　우리가 누리는 이 모든 것들은 그냥 이루어진 것이 아닙니다. 앞서간 사람들의 피와 땀으로 세운 것들이죠. 만일 당신이 이 세상을 좋은 곳이라 생각한다면 앞선 사람들에게 감사하는 사람이, 힘들고 고통스러운 곳이라 생각한다면 뒤에 올 사람들을 생각하며 변화를 이끌어 내는 사람이 되었으면 좋겠습니다. 이 세상이 좋은 곳이든 나쁜 곳이든 한 가지 분명한 건, 이 세상을 좋은 곳으로 만들려는 사람들이 우리의 기나긴 역사 속에 항상 있어 왔다는 것입니다. 우리는 그들을 '열사' 또는 '의사'라고 부릅니다. 우리가 그들을 반드시 기억해야 하는 이유는 우리의 삶이 그들의 시간으로 채워져 있기 때문입니다. 모든 것은 연결되어 있고, 그래서 만물은 귀합니다. 부디 자신에게나 타인에게나 함부로 쏜 화살이 되지 않기를 바랍니다.

구선주　1996년에 희정이라는, 스물네 살 대학생이 있었습니다.
이 대학생은 우리의 누이이기도 하고 친구이기도 하고 동생이기도 하죠.

『희정』을 읽으면서 그 친구를 만날 수 있었으면
좋겠습니다.
아니, 이렇게 얘기해 주고 싶어요. '그냥 편하게 읽
어 주세요.'

어머니   이 책 『희정』을 읽은 모든 분들에게 '고맙습니다,
사랑합니다.'라는 말을 꼭 드리고 싶습니다.
여러분들이 많이 읽어 주고 사랑해 주어야 희정이
가 영원히 살 수 있으니까요.
『희정』을 읽으면서 생각해 주세요. 이 사람은 왜
목숨까지 바쳐 가며 운동을 했을까, 학원 자주화
가 무엇이기에 목숨과 맞바꾸었을까, 도대체 왜
그래야만 했을까.
여러분들이 굳건히 서야 나라가 바로 섭니다.

부록2 권희정추모사업회 연표

1996년

4.7.	23시 45분 권희정 열사 운명
4.8.	애국학생 고 권희정 열사 추모와 김영삼 정권의 교육정책, 학원의 비인간적 행정 규탄을 위한 자주 성신 비상대책위원회 구성
12월	권희정 열사 어머니 강선순님 전국민족민주열사 희생자유가족협의회(이하 유가협) 가입

1997년

4.6.	추모사업회 발족식 민족민주열사희생자추모(기념)단체연대회의(이하 추모연대) 가입
4.7.	마석 민족민주열사묘역에 가묘 만들고 초혼장 지냄 1주기 추모문집 〈기억해야 할 그 이름 권희정〉 출간, 단비 준비호 발간
6.6.	학생회관 211호 추모사업회 공간 생김
6.15.	마석 모란공원 열사묘역 묘비 제막식

1998년

4월 | 권희정열사 장학금 수여
4.24. | ‘민족민주유공자 명예회복과 의문사 진상규명 특별법(이하 명예회복 진상규명 특별법)’ 제정을 위한 캠페인
6.26. | 경찰청 항의 방문 진행 중 강선순 어머니 연행
6월호부터《단비》매월 발간
11.4. | ‘명예회복 진상규명 특별법’ 제정을 위한 유가협 국회 앞 천막농성 시작

1999년

1.13. | 추모단체 연대회의 총회에서 권희정 추모사업회가 모범상 수상
5.5. | 권희정 열사 3주기 기념백서 출간
5.15.~16. | 광주 순례
8.6.~ | 강선순 어머니, 법 제정촉구 단식 투쟁
12.28. | ‘명예회복 진상규명 특별법’ 국회 통과
12.30. | 국회 앞 유가협 천막농성 해단식 (422일째)

2000년

1.12.	〈민주화운동 관련자 명예회복 및 보상 등에 관한 법률〉 제정
1.15.	〈의문사 진상규명 특별법〉 제정
8.13.~15.	남북공동선언 관철과 민족의 자주대단결을 위한 2000년 통일대축전 참가

2001년

2.24.	국보법 폐지 농성단 지지 방문 및 노동열사 이옥순 선생 빈소 조문
3.11.	성신여대 내 열사분향소 훼손 사건 발생
3.17.	추모사업회 운영위 집행부와 학생처장 과장과 면담 — 유사한 사건이 벌어지지 않도록 하겠다는 각서와 함께 사과 표명
4.12.	열사 사업 요구안 상정(교학협의회)
4.13.	민주화운동관련자 명예회복 및 보상심의위원회와 간담회
4.22.	명예회복특별법 및 의문사진상규명특별법과 YS 투쟁에 관한 간담회

2002년

4.5.	성신여대 내 추모비 건립 준비위 발족식
6.15.	민족통일대축전 참가
7.13.~19.	권희정 한상근 열사 어머니, 조속한 명예 회복 촉구 농성

2003년

4.7.	7주기 추모제 및 추모비 제막식(성신여대 학생회관 앞)
6.18.	서울북부 민중연대에 가입
9.3.	민주화운동관련자명예회복및보상심의위원회(이하 보상심의위) 본회의에서 권희정 열사, 민주화운동 불인정 판정
	권희정 열사 명예 회복 심의에서 기각 판정
9.4.	열사 명예 회복 기각 판정 규탄 성명서 발표
9.30.~10.1.	보상심의위 점거 농성

2004년

1.13.	보상심의위에서 권희정열사를 민주화운동 관련자로 인정
3.20.	노무현 대통령 탄핵 무효를 위한 백만인 대회 참석

2005년

6.5.   마석에 열사 알림판 설치

7.4.   기여도 폐지 지원단 집중투쟁 참석

8.15.   민족대축전, 반전평화 범국민대회 참석

2006년

4.7.~9.   권희정 열사 10주기 행사,

10주기 기념책자 〈차라리 좋은 사람이 아니었다면〉 발간

2007년

교내 추모제 (성신여대 내에 분향소 설치)

마석 모란공원 추도식 및 나무 심기 활동

2009년

교내 분향소 설치 및 추모 행사 진행을 위한 성신여대 학생처장 면담 요청

심화진 총장 및 김봉수 학생처장에게 추모 행사에 관한 협조 요청 공문 발송

2012년

학생회관 리모델링 과정에서 기존 추모사업회 자치 공간 일방적 폐쇄 조치

2013년

교내 추모제 진행을 위한 성신여대 총장 및 학생처장에게 협조 요청 공문 발송

9.30.　권오석님(고 권희정 열사 부친) 별세

성신 민주동문회 준비위 구성

2014년

1.13.　성신 민주동문회 발족

4.7.　민주동문회 이름으로 첫 추도식 참여 및 기념식수

성신여대 교내 추모제 진행(총학생회 주관)

6.20.　심화진 총장 비리 의혹 진상 규명과 고발당한 재학생 구명을 위한 졸업생 릴레이 시위

2015년

4.5.　19주기 추도식 (총학생회, 민주동문회, 추모사업회 3주체 명의로 진행)

12.5.　백남기농민 쾌유 기원과 민주회복 민생살리기 범국민대회 참여

2016년

6.20.　　　　추모사업회와 최연택 작가 인터뷰(이한열기념관
　　　　　　기획전시 준비)

10.5~11.30　이한열기념관 기획전시 〈보고 싶은 얼굴들〉(권희
　　　　　　정 열사 외 5명의 열사 주제로 한 전시)

2017년

4.2~29.　　　〈기억을 기록하다_아름다운 이름 권희정〉 전시회
　　　　　　(최연택, 강민경 등 12인 작가 참여)

2018년

1.15.　　　　유가협 산하 의문사유가족협의회에서 추모사업회
　　　　　　에 감사패 수여

2019년

4.2.　　　　추모비 성신여대 민주광장으로 이전 및 교내 추
　　　　　　모제 (학교, 학생. 민주동문회가 함께 하는 추모
　　　　　　행사, 황상익 이사장 참여)

2021년

6.21.   유가협 '민주유공자 예우에 관한 법률(이하 민주유
공자법)' 제정 촉구하는 국회 앞 피켓 시위 시작(10
월 7일부터 천막농성으로 전환) 추모사업회도 피켓
시위, 천막농성에 참여

2022년

2.19.   성신민주동문회에서 강선순님께 '자랑스러운 성
신인 상' 수여

4.3.   성신 민주동문회 주최로 '마석 열사 묘역 순례 행
사' 진행

6.10.   민주유공자법 제정 촉구 유가협 삭발투쟁 (강선
순 어머니 삭발)

2023년

3.25.   반짝다큐페스티벌에 "편지" 선정되어 영화 상영
(송승연(추모사업회 회장)이 만든 독립다큐멘터리
로 권희정 열사로부터 받은 편지에서 시작하여
강선순 어머니의 민주유공자법 제정 요구투쟁 과
정을 담아낸 단편영화)

| 4.2. | 성신여대 이성근 총장 27주기 마석 추도식 참석 |
추도식 참석하는 학생들에게 학교 측에서 스쿨버스 제공
성신 민주동문회 주최로 '마석 열사 묘역 순례 행사' 진행

| 4.16. | 민주유공자법 제정 유가협 단식투쟁 (강선순 어머니 3일간 단식 후 건강악화로 입원) |

| 5.12. | 민주유공자법 즉시 제정을 촉구하는 국회 앞 1996년 열사 합동 기자회견 (1996년 열사 희생자 추모사업회 및 열사를 기억하는 사람들) |

| 8.3. | 권희정열사 평전 작업을 위해 박혜지(작가), 김성규(출판사 걷는사람 대표), 유가족(강선순), 추모사업회 첫 만남 |

| 12.16. | 추모연대, 추모사업회에 민주유공자법 제정투쟁에 앞장선 공로로 '콩깍지상' 수여 |

2024년

| 1.20.~12. | 박혜지 작가, 평전 작업을 위한 인터뷰 진행 |

| 5.27. | '민주유공자법 본회의 통과 촉구 및 대통령 거부권 반대'유가협 오체투지투쟁(강선순 어머니 참여) |

| 5.28. | 민주유공자법 본회의 통과 ☞ 윤석열 대통령 거부권으로 결국 폐기 |

10.5.	4기한총련모임, 96년열사추모사업회가 모여 96년 열사투쟁 평가, 앞으로의 과제에 대한 회의
12.7.~28.	제1~4차 윤석열 대통령 퇴진 및 탄핵 요구 집회 참여

2025년

1.4.~3.29.	제5~17차 윤석열 대통령 퇴진 및 탄핵 요구 집회 참여
4.6.	29주기 마석추모제에서 '권희정열사 30주기 준비위원회' 발족 (준비위원장 지리90 박미정)
9.25.	민주유공자법 본회의 신속처리 안건으로 지정

2026년

유가협 주최 민주유공자법 국회 앞 농성 참여 중 (1월31일 현재 1574일째)

부록3 권희정 열사(1973-1996)
그리고 추모사업회(1996-2026)
30년 사진

1975
어머니가 코바늘로 뜬 원피스를 입은
모습(당시 3살)

1980
수진유치원 졸업식 때 유치원
원장과 담임선생님과 함께

1984
초등학교 5학년

1986
고척초등학교 졸업

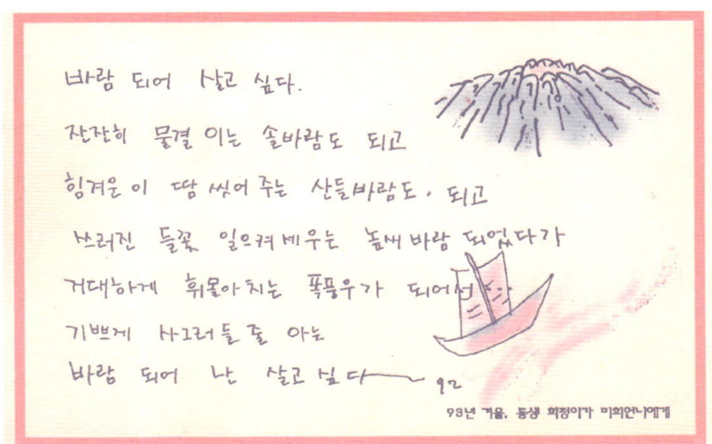

1993
불교학생회 존경하는 선배 미희언니에게 만들어 보낸 엽서

1995
불교학생회 동아리방

1994
불교학생회 MT (1)

1994.9.
불교학생회 MT (2)

350

1995
물결 소모임 후배들과 세미나 후

1995
동생 권태혁, 고등학교 친구 우희, 우희의 동생과 함께

1994
11대 총학생회장 후보와 함께 부총학생회장 입후보 사진

352

1994
부총학생회장 입후보 프로필 사진

1994.11.
총학생회 부총학생회장 후보 시절 선거 운동원들과 함께

1996. 2.
성신여대 졸업식 때 부모님과 함께

354

1996.2.
대학교 졸업식 날 학생회 활동 같이했던 92학번 동기들과 함께

1996.3.
개강 즈음 게시판 선전물들

1996.3.
개강에 맞춰 현수막 선전물이 즐비한 모습

356

1996.4.
권희정 열사 사망 후 단식 사실을 몰랐던 부모님이 학생들의 조문을 막자
학생들이 무릎 꿇고 조문하게 해달라고 빌고 있다.(고대안암병원)

1996.4.
장례식 날 걸개그림

1996.4.
학생장, 성신여대 운동장에 2000여 명 운집

1996.4.
학내 조문

358

1996.4.

김영삼 정권의 무책임한 교육 정책을 규탄하는 기자 회견.교육 재정 5% 상정을
요구하며 한총련 차원의 동맹 휴업을 선언부총학생장과 북부총련 의장의 모습

1996.4.

권희정 열사 사망에 대한 학교 당국과 김영삼 정권 교육 정책 규탄 대회

1996.5.
49제 부모님 헌화

1997.4
1주기 추모제(성신여대 운동장)

1997.4.
1주기 초혼제 때 어머니

2001.4.
5주기 추도식(마석모란공원)

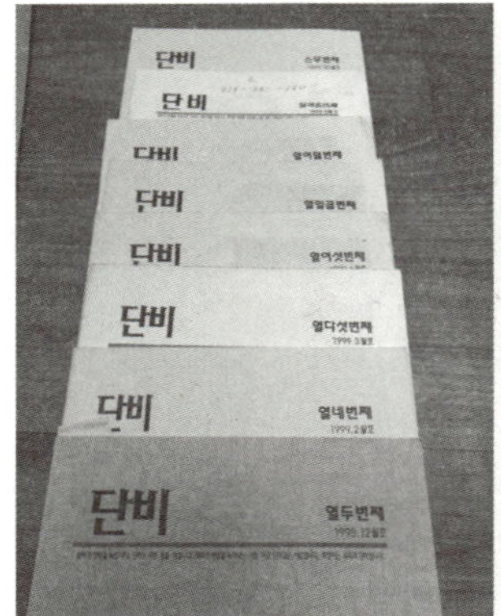

2003
권희정추모사업회 소식지 《단비》
1997년 3월 창간 준비호부터 2003년에 41호까지 발행했다.

2022.6.10.
민주유공자법 제정을 위한 유가협 부모님들의 삭발 투쟁(성공회대성당)

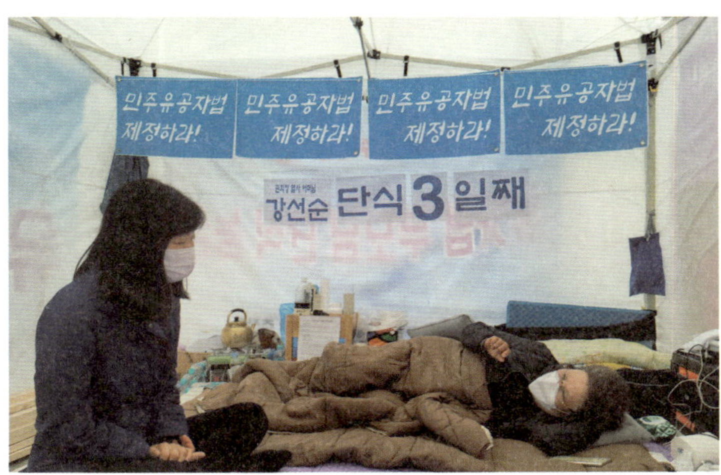

2023
민주유공자법 제정을 위한 권희정 열사의 어머니 강선순 여사 단식

2025
민주유공자법 제정을 위한 피켓팅 중 김종민 의원,
故 이한빛 PD 아버님, 최연택 작가님과 함께

희정

92학번 권희정입니다

2026년 4월 7일 1판 1쇄 펴냄

지은이	박혜지
펴낸이	김성규
편집	조혜주 권은하 백은정
디자인	신혜연 송영현
펴낸곳	걷는사람
주소	서울 마포구 월드컵로16길 51 서교자이빌 304호
전화	02 323 2602
등록	2016년 11월 18일 제25100—2016—000083호

ISBN   979-11-7501-059-8 03810